Verborgene Liebe

Barbara Bosshard

Verborgene Liebe

Die Geschichte von Röbi und Ernst

WÖRTERSEH

Lektorat: Andrea Leuthold, Zürich
Korrektorat: Claudia Bislin, Zürich
Umschlaggestaltung: Thomas Jarzina, Holzkirchen
Foto Umschlag vorne: aus Privatarchiv (oben); Gianni Pisano, Zürich (unten)
Foto Umschlag hinten: Marcel Studer, Zürich (Ringe von Röbi und Ernst)
Fotos Bildteil: aus Privatarchiv (andere Quellen sind gekennzeichnet)
Layout, Satz und herstellerische Betreuung:
Rolf Schöner, Buchherstellung, Aarau
Lithografie: Tamedia Production Services, Zürich
Druck und Bindung: CPI books, Ulm

Print ISBN 978-3-03763-027-3
E-Book ISBN 978-3-03763-534-6

www.woerterseh.ch

MIX
Papier aus verantwortungsvollen Quellen
FSC® C006701

Ein Spinnenfaden
Zittert über der Wiese –
Schmetterling, gib acht!

Flandrina von Salis

Inhalt

Vorwort

»Röbi und Ernst«: Das ist die Geschichte einer großen Liebe. Es ist aber auch die Geschichte vom steinigen Weg eines homosexuellen Paares, das für sich etwas eigentlich Selbstverständliches einforderte: den persönlichen Lebensentwurf frei von rechtlichen Benachteiligungen und gesellschaftlichen Stigmatisierungen entfalten zu können.

Ein unbeschwertes und selbstbestimmtes Leben – das sollte jedoch auch für Homosexuelle in der vergleichsweise liberalen Schweiz lange ein Wunschtraum bleiben. Röbi Rapps und Ernst Ostertags Lebensbilanz hätte deshalb bitter sein können. Nicht nur, dass sie ihre nun schon rund 56 Jahre alte Liebe die meiste Zeit verheimlichen mussten. Auch wurden sie mehrfach von der Polizei bedrängt, ihre Namen fanden sich im sogenannten Schwulenregister wieder, sie lebten in ständiger Sorge vor Ausgrenzung und Repression. Da ist es keineswegs selbstverständlich, so versöhnlich auf die Vergangenheit zurückzublicken, wie Röbi und Ernst es tun.

Dass sich die beiden trotz allem nie haben einschüchtern lassen, dass sie sich immer gegen Diskriminierungen engagierten (und es bis heute tun) und dass sie ihre Beziehung schließlich unter großer medialer Aufmerksamkeit öffentlich machten und sich – noch am Tag des Inkrafttretens des entsprechenden Gesetzes – als erstes gleichgeschlechtliches Paar im Kanton Zürich standesamtlich registrieren ließen, verdient unser aller Respekt. Und größten Respekt verdient es auch, dass Röbi und Ernst so offen über ihre Lebensgeschichte berichten. Ich bin sicher, dass dies auch anderen Mut machen kann.

Vieles von dem, wofür sich Menschen wie Röbi und Ernst über Jahrzehnte hinweg eingesetzt haben, ist heute zwar Wirklichkeit: Das gesellschaftliche Klima ist toleranter geworden – in der Schweiz ebenso wie in meinem Land. Und auch die gesetzlichen Rahmenbedingungen haben sich geändert. Man denke nur an das Lebenspartnerschaftsgesetz in Deutschland und an das eidgenössische Partnerschaftsgesetz – das waren Meilensteine der Emanzipation.

Trotz zahlreicher weiterer Fortschritte in Sachen Gleichstellung und gesellschaftlicher Respektierung bleibt jedoch nach wie vor viel zu tun, bis Lesben und Schwule im Alltag völlig gleichgestellt sind. In vielen Köpfen sind Stereotype und Vorurteile über Homosexuelle nach wie vor fest verankert. Oft genug bereiten sie den Boden für Stigmatisierungen und Benachteiligungen aller Art. Und auch die vollständige Gleichheit vor dem Gesetz ist noch nicht erreicht. In Deutschland werden zum Beispiel eingetragene Partnerschaften gegenüber Ehen nach wie vor steuerlich und auch beim Adoptionsrecht benachteiligt.

Da ist noch viel Arbeit zu leisten. Wir müssen noch mehr Menschen klarmachen: Der Kampf gegen Diskriminierung und für gleiche Bürgerrechte ist kein Nischenthema. Denn hierbei geht es um die Grundregeln unseres Zusammenlebens. Es geht um die Achtung der Menschenwürde und um die Freiheit, andere anders sein zu lassen.

Auch deshalb sind Bücher wie dieses so wichtig. Denn die Geschichte von Röbi und Ernst liest sich auch als Appell für Selbstbestimmung, Eigenverantwortlichkeit und für das Recht auf freie Entfaltung der Persönlichkeit – was gerade in demokratischen und aufgeklärten Gesellschaften wie den unseren für jede Bürgerin und jeden Bürger unabhängig von Religion, Herkunft oder Lebensweise selbstverständlich sein sollte.

Röbi und Ernst mussten sich diese Normalität immer wieder hart erkämpfen. Und doch haben sie nie aufgegeben. Ich habe sie kennengelernt als zwei eindrucksvolle Persönlichkeiten voller Charme und Energie, deren Lebensmut Vorbild sein kann. Ihre fast schon romanhafte Lebensgeschichte, die Barbara Bosshard nun mit viel Empathie aufgezeichnet hat, steht beispielhaft für die Repressionen, denen Homosexuelle im 20. Jahrhundert in der Schweiz (ähnlich wie in Deutschland) ausgesetzt waren.

Sie steht aber auch für den erfolgreichen Kampf um ein selbstbestimmtes, glückliches Leben. Ohne das Engagement von Menschen wie Röbi und Ernst wären wir heute längst nicht so weit.

Möge Barbara Bosshards berührende Biografie viele Leserinnen und Leser finden.

Klaus Wowereit, Regierender Bürgermeister von Berlin

Einleitung

Die Vorfreude ist groß, als er im Zürcher Stadttheater sitzt und darauf wartet, dass es dunkel wird und sich der Vorhang für die Tanzgruppe Les Ballets Africains zur Seite schiebt. Doch noch bevor die Truppe als Botschafterin für ein unabhängiges Guinea ihren Auftritt hat, ist es um ihn geschehen. Er fällt aus allen Wolken, als ein Zauberwesen – blond und schlank, wie es ihm drei Jahre zuvor die Zigeunerin im spanischen Granada prophezeit hatte – wie ein Engel an ihm vorbeischwebt. Allerdings, auch das sieht er, geht an dessen Seite ein Begleiter. Er denkt: chancenlos. Er unternimmt nichts und bleibt auch in der Pause neben seiner Begleiterin, einer Berufskollegin, im Polster sitzen.

Der Zufall will es aber, dass er dem Engel wenige Monate später wieder begegnet, und er hofft, dass dieses Mal sein Traum in Erfüllung geht – also doch nicht chancenlos ... oder doch ... Jedenfalls platzt die erste Abmachung im letzten Moment ... und er akzeptiert, dass es so ist, wie er nun glaubt, denken zu müssen, bis der Engel seinerseits ihn zu suchen beginnt ... Und bei diesem Zusammentreffen nun auch Amor anwesend ist.

Nach vier Jahren kauft sich das Liebespaar gemeinsame Eheringe. Es sind in Gold gefasste Edelsteine – ein dunkelroter Rubin und ein grüner Turmalin –, die auch in ihrer Fassung unterschiedlich sein müssen, damit sie das Paar nicht als Paar verraten.

Ihre Liebe verstecken sie über Jahrzehnte.

Sie getrauen sich erst nach vierzig Jahren, als Paar so in Erscheinung zu treten, dass auch die Öffentlichkeit zur Kenntnis nimmt, dass sie – er und der Engel – zusammengehören. An einem Demonstrationsumzug durch die Bundeshauptstadt schwenken sie sogar ein Transparent und schauen, dass das, was sie zu Hause eigenhändig daraufgepinselt haben, für alle lesbar ist: »Ein Paar seit 43 Jahren, rechtlos…« An ihrer linken Hand leuchten ihre Ringe, mit denen sie früher für Uneingeweihte ihr Zusammengehören kaschiert und ihre Liebe verborgen haben. Die Innenseite der Goldfassung lassen sie erst fünf Jahre später mit der für sie verbindenden Botschaft gravieren: »E + R, 1. Juli 2003«, was übersetzt so viel heißt wie: Nach 47 Jahren gemeinsamem Lebensweg können »E« und »R« heiraten.

Ernst Ostertag und Röbi Rapp sind das erste Paar im Kanton Zürich, das seine Lebensgemeinschaft legalisiert, weil Zürich nach einer Abstimmung als zweiter Schweizer Kanton nach Genf die Partnerschaft homosexueller Frauen- und Männerpaare anerkennt.

Knapp vier Jahre später treten Röbi und Ernst noch einmal vor den Standesbeamten, um ihre Partnerschaft ein zweites Mal juristisch zu bezeugen, da das Recht auf anerkannte homosexuelle Partnerschaft auf eidgenössischer Ebene eingeführt worden ist und das kantonale ersetzt. Damit geht für die beiden ein weiterer Traum in Erfüllung: Nun sind sie wirklich ein richtiges Paar – eines auch mit schweizerischen Rechten.

Zu diesem Feiertag tragen Röbi und Ernst auch noch richtige Eheringe, die im Gegensatz zu ihren allerersten schon beim Tragen offenbaren, dass sie zusammengehören. Auf der Innenseite steht auch diesmal wieder »E + R«, doch das Datum ist das Datum ihrer ersten Liebesnacht und des Beginns ihrer Partnerschaft, die schon ein halbes Jahrhundert überdauert hat: »3. November 1956«.

Für Röbi und Ernst steht dieses Datum für viel mehr als für den Beginn ihrer Liebe. Es symbolisiert den langen Weg, der hinter ihnen liegt. Und beim Überstreifen der Eheringe sind sie sich bewusst, dass dies auch ein Zeichen der Versöhnung mit der Vergangenheit ist, in der sie es sich sogar verboten haben, auch nur daran zu denken, dass auch für sie einmal eine Zeit kommen könnte, in der sie sich so etwas wünschen dürften. Auch diesbezüglich sind sie sich, wie fast immer in ihrem Leben, einig – »es ist einfach wunderbar«.

Dieses Versöhnliche hat mich bei Röbi und Ernst von Anfang an beeindruckt. Und auch ihre Heiterkeit.

Ich habe sie kurz nach ihrem erstem Gang aufs Standesamt mehrmals getroffen und sie über ihr Leben befragt, weil ich ihre Geschichte als Kinodokumentarfilm realisieren wollte. Dieser kam jedoch nicht zustande, da beim Bund, bei dem ich mein fertig ausgearbeitetes Konzept eingereicht hatte, damals im Gegensatz zur Stadt Zürich ein Reglement bestand, das keine Fördergelder an festangestellte Fernsehschaffende mit einem Arbeitsvolumen von mehr als fünfzig Prozent vorsah. Mein Dokumentarfilmvorhaben fand also keine Fortsetzung, der Kontakt mit Röbi und Ernst blieb aber bestehen.

Jedes Mal, wenn wir uns sehen, fällt mir auf, dass keine Bitterkeit ihrer Geschichte gegenüber zurückgeblieben ist – und das, obwohl die Gesellschaft über Jahrzehnte auf Menschen, die wie sie ihr Leben mit dem gleichen Geschlecht lebten, mit Repression und Stigmatisierung reagierte und damit dafür verantwortlich war, dass sich vor allem homosexuelle Männer nicht so entwickeln konnten, wie sie es getan hätten, wenn sie heterosexuell gewesen wären. So aber waren, bis zum Wandel der gesellschaftlichen Moral, Homosexuelle gezwungen, sich zu verstecken.

Als lesbisch lebende Journalistin, um eine Generation jünger als Röbi und Ernst, interessierte mich deren Biografie seit der ersten Begegnung. Denn ihr Leben repräsentiert letztlich ein Stück Schweizer Geschichte und handelt von einer Vergangenheit, die heterosexuell Lebenden verborgen geblieben ist, weil sie in dieser Gesellschaft wie selbstverständlich die Norm bestimmten und ihre Lebensweise nie infrage gestellt wurde. Deshalb können sie sich kaum vorstellen, wie es ist, wenn man als homosexuell lebender Mensch von ebendieser Gesellschaft allein aufgrund des Sexualverhaltens, das nicht dasselbe ist, ins Ghetto gedrängt wird.

Bis Ende der Neunzigerjahre war das Leben von Röbi und Ernst ein Leben im Schatten dieser Gesellschaft, in der auch ich als frauenliebende Frau meinen Weg finden musste. Diese Prägung war letztlich meine Motivation, ihrer Prägung nachzugehen und ihrem Leben nachzuspüren.

Bei meinen regelmäßigen Besuchen für die Recherchengespräche für dieses Buch, mit denen ich im Sommer 2011 beginne, werde ich von Röbi und Ernst stets liebevoll empfangen. Vor der Wohnung im ersten Stock, in der Röbi früher mit seiner Mame gelebt hat, erwartet meist er mich. Er küsst mich zur Begrüßung auf die Wangen, und schon im Gang, noch während ich meine Schuhe ausziehe, fragt er, ob ich den Kaffee jetzt oder später serviert haben möchte. Bei einer positiven Antwort folgt, noch bevor er in der Küche verschwindet, die Präzisierung, ob ich wie immer einen Espresso wünsche, »gell, den schwarzen?«.

Ernst sitzt in diesem Moment meistens noch am Stubentisch am geöffneten Laptop und ist beschäftigt mit der Aufarbeitung der schweizerischen Schwulenemanzipation, seinem übers Internet abrufbaren Lebenswerk mit dem Titel »Es geht um Liebe«[1]. Meist bleibt er noch eine geraume Zeit am Tisch sitzen. Nicht weil er nicht weiß, was sich gegenüber mir, dem Gast, gehört, sondern weil wir über die Jahre eine fast familiäre Beziehung zueinander entwickeln konnten, die es ihm möglich macht, ohne unhöflich zu sein, seine Gedanken abzuschließen.

Ich bin fasziniert von der Achtsamkeit, die Röbi und Ernst mir und auch sich selber entgegenbringen. Häufig denke ich, zum Glück sind beide schwul, sonst hätten sich ihre Lebenswege wahrscheinlich nie gekreuzt, obwohl beide in Zürich aufgewachsen sind, im gleichen Jahr auf die Welt kamen und schon ganz jung ähnliche Interessen hatten: Theater und klassische Musik.

Die Lebensbiografien von Röbi und Ernst könnten aber bis zu jenem Zeitpunkt, als sie einander begegneten, nicht unterschiedlicher sein.

Kindheit, Jugend und Homosexualität

Ernst, geboren am 21. Januar 1930, wächst zusammen mit seinem um zwei Jahre jüngeren Bruder und seiner zehn Jahre jüngeren Schwester in Zürich auf. Sein Vater ist Redaktor einer Fachzeitschrift und Privatdozent an der ETH. Und dessen Vater, Ernsts Großvater, ist Direktor des Technikums in Winterthur. Die Eltern von Ernsts Mutter sind Unternehmer im Getränkebereich, die unter anderem als Erste alkoholfreie Limonade herstellten und auf den Markt brachten. Zur Mutter der Mutter hat Ernst ein inniges Verhältnis. Er verehrt sie, nennt sie Großmama. Unter allen Großkindern schließt sie Ernst ganz besonders ins Herz. Für ihn, ihren Liebling, hält sie ein ständiges Gastbett bereit und verwöhnt ihn mit wertvollen Weihnachtsgeschenken. Einmal erhält er von ihr einen Füllfederhalter mit goldener Feder.

Röbi kommt ein knappes halbes Jahr später, am 27. Mai 1930, in Zürich zur Welt. Seine Schwester ist sieben Jahre älter. Die beiden wachsen in einem komplett anderen Umfeld auf als Ernst: Vater Rapp, der »schöne Robert«, ist Deutscher. Er kennt seine leibliche Mutter nicht, sie ließ ihn als Säugling in der Gaststube eines Hotels verwaist zurück. Allerdings hat er insofern Glück, als sein Vater – Röbis Großvater –, der zuvor die Verantwortung für die junge Familie nicht übernehmen wollte, dennoch für seinen Sohn sorgt. Er nimmt ihn zu sich und heiratet wenig später eine ausgewanderte Schweizerin – der kleine Knabe erhält dadurch eine Stiefmutter und mit den Jahren fünf Geschwister. Die neue Mutter plagt ihren Stiefsohn wie im Märchenbuch. Als ihr Mann, Röbis Großvater, stirbt, kommt sie, die in der Schweiz geboren ist, mit allen Kindern zurück in ihre Heimat. Um ihre leiblichen Kinder ist sie besorgt und unternimmt alles, damit sie den Schweizer Pass erhalten. Den ungeliebten Stiefsohn aber, Röbis Vater, schickt sie, als er noch keine zwanzig Jahre alt ist, wieder zurück nach Deutschland. Dort lernt er Goldschmied, wie schon sein Vater, und begegnet Röbis Mutter.

Mame, wie Röbi seine Mutter noch heute mit viel Liebe nennt, ist kein Kind des Glücks. Als junge Frau sorgt sie sich um ihre Mutter, und daneben stellt sie in Heimarbeit Schmuck her. Während des Ersten Weltkrieges ist damit aber kein Geld mehr zu verdienen. Sie beginnt, gezwungen durch die finanzielle Überlebensnot, Einzelteile für Granaten zusammenzubauen. Ein halbes Jahr vor Kriegsende erleidet ihre Mutter einen Schlaganfall – von nun an pflegt sie sie rund um die Uhr, und bei Bombenalarm flieht sie nicht wie andere in den Luftschutzkeller, sondern bleibt solidarisch an der Seite der nun gehbehinderten, halbseitig gelähmten und bettlägerigen Mutter, die sie nicht ihrem Schicksal überlassen will.

Nach Kriegsende und nach dem Tod ihrer Mutter lernt die junge Frau Röbis Vater, den »schönen Robert«, kennen. Die beiden heiraten, und als das erste Kind, Röbis Schwester, drei Jahre alt ist, kommt Röbis Vater Mitte der Zwanzigerjahre in die Schweiz zurück – dieses Mal mit seiner jungen Familie. Angesichts der wirtschaftlich hoffnungslosen Lage Deutschlands vermittelt seine Stiefmutter dem ungeliebten Sohn und auch dessen Frau eine Stelle. Der junge Familienvater arbeitet von nun an bei einem Goldschmied in Zürich, und Mame putzt und rackert sich – auch nach Röbis Geburt – für wenig Geld im Restaurant der Schwiegermutter ab. Trotzdem schenkt ihr diese über Jahre keine Zuneigung und Anerkennung.

Als Röbi noch keine sieben Jahre alt ist, stirbt sein Vater. Ihm wird zu Unrecht nachgesagt, dass er, der Ausbildner der Lehrlinge, im Betrieb Goldstaub gestohlen habe. Schon wenig später stellt sich heraus, dass die Lehrlinge das fehlende Edelmetall versteckt hatten. Was für die Heranwachsenden ein harmloser Streich ist, hat für den Vater fatale Folgen, denn das Bekenntnis der Lernenden erreicht ihn nicht mehr.

Röbis Vater kommt durch seine Arbeit leicht an Zyankali, weil es für den chemischen Prozess beim Vergolden eingesetzt wird. In seiner Verzweiflung, die er vor seiner Familie verheimlicht, packt er sich etwas vom Gift ein und nimmt es mit, als er eines Samstagmorgens aus dem Haus geht... An seinem Arbeitsort kommt er nie mehr an.

Schock und Trauer schweißen die zurückgebliebene Kleinfamilie zusammen – prägen sie ein Leben lang. Die sogenannte Schande, die mit dem freiwilligen Ausscheiden des Vaters aus dem Leben über die Familie gekommen ist, hat zur Folge, dass sich die drei in ihren engsten Kreis zurückziehen; hier finden sie Halt, weil man sich gegenseitig vertraut. Aber auch hier ist man wortlos gegenüber dem tragischen Ereignis.

Noch heute spricht Röbi lieber nicht darüber und verdrängt zu einem Teil, was dies für sein Leben bedeutet hat.

Röbi kenne ich inzwischen seit fast zehn Jahren. Wir führten, auch zusammen mit Ernst, schon manch vertrautes Gespräch. Aber erst jetzt, nach mehreren Wochen intensiver Interviewsitzungen, fokussiert auf das Buchprojekt über die biografische Zeitgeschichte der beiden, erfahre ich – fast per Zufall –, dass der Grund für Röbis Aufwachsen als Halbwaise ein anderer ist als der in der bis anhin von ihm vage erzählten Version einer Grippeerkrankung mit tragischem Ende.

Nun, da ich weiß, weshalb Röbi ohne seinen Vater aufgewachsen ist, frage ich ihn: »Hast du dich damals dafür geschämt, dass sich dein Vater umgebracht hat?«

Röbi: »Ja. Damals war es ein wenig so. Wie soll ich es dir sagen – wir haben uns geschämt, obwohl wir uns dafür nicht hätten schämen müssen. Wir wollten es den Leuten einfach nicht erzählen. Für Mame, meine Schwester Hedi und mich war es ein Schock, einfach unfassbar. Wir wussten nicht, wie weiter. Ich war zu klein, um alles zu realisieren. Als Kind hatte ich deshalb kein schlechtes Gewissen – wie hätte ich Vater auch davon abhalten können?!«

Röbi erinnert sich noch heute »ganz genau«, wie er, Mame und Hedi in der Abdankungshalle zusammen in der vordersten Bankreihe sitzen. Vor ihnen der Sarg und dahinter das Türlein, das sich öffnet ... Darin das Feuer, in das der im Sarg liegende Vater geschoben wird. Röbi sagt: »Weißt du, wir saßen zuvorderst, der Sarg verschwand hinter dem Türlein, und wir wussten, jetzt wird Vater verbrannt. Das sehe ich noch heute plastisch vor mir.«

Mit dem Tod des Vaters legt sich über die Familie eine tiefe Trauer, deren Schwere auch auf Röbi lastet, der damals vor allem die Spaziergänge vermisst, die sie als Familie an den Sonntagnachmittagen unternahmen.

Auch Ernst erwähnt in unseren Gesprächen nie etwas zum Tod von Röbis Vater, obwohl ich diese fast immer mit jedem der beiden einzeln führe. Weil ich das Männerpaar so gut kenne und weiß, dass Röbi fast immer verstummt, wenn Ernst zum Reden ansetzt, wählte ich bewusst das Einzelinterview. Während all der Monate, in denen ich Röbi und Ernst für meine Recherchen besuchte, zogen wir uns jeweils zu zweit ins Gästezimmer zurück und unterhielten uns bei geschlossener Tür.

Beide fanden diese Vorgehensweise gut; Ernst besonders, da er seine Schwäche nur allzu gut kennt. Als ich ihn einmal frage, ob sie einander jeweils nach meinem Weggehen erzählen würden, worüber wir gesprochen haben, verneint er dies vehement: »Nein, das machen wir nicht; dies wäre ja nicht in deinem Sinne, wenn wir alles, indem wir darüber reden, aufeinander abstimmen und uns so neutralisieren würden.« Stimmt, dies könnte sehr wohl geschehen – gerade bei Röbi, der sich, seitdem sie ein Paar sind, immer wieder an Ernst orientiert.

Sowohl mit Ernst als auch mit Röbi rede ich jeweils auch über das Leben des andern. Denn mich interessiert, neben ihrer Lebensgeschichte, welche Gedanken sich der eine über gewisse Situationen seines Partners macht. Und dies erfahre ich nur, wenn ich die beiden unabhängig voneinander befrage.

Deshalb kann ich nun mit Ernst, nachdem mir Röbi den Grund des frühen Todes seines Vaters anvertraut hat, die Selbsttötung thematisieren. Zuvor analysierte Ernst Röbis vaterloses Aufwachsen nur, wenn ich danach fragte. So ist Ernst. Er ist achtsam und respektiert Röbis Art. Er erzählt nichts, was seinen Partner verletzen könnte. Ernst redet also erst darüber, als ich von Röbi vom Freitod weiß und ihn deshalb direkt darauf ansprechen kann: »Hast du eine Erklärung, weshalb Röbi nie den Suizid seines Vaters erwähnte?«

Nach kurzem Überlegen sagt Ernst: »Ich brauche ausnahmsweise das Wort Selbstmord; Selbstmord macht man nicht.« Dabei betont er das »man« bewusst und fast mit einem Ausrufezeichen und fährt weiter: »Wer jedoch Selbstmord beging, übertrug seinen Angehörigen eine Schuld, eine Art Sünde. Dies war damals noch sehr tief im Bewusstsein der Menschen verankert. Und dies brachte es mit sich, dass die Tat versenkt wurde – heute würde man dazu sagen: verdrängt. Sie war zwar immer da, aber man sprach nicht darüber. Es war fast eine Familienschande. Vor allem Mame fragte sich immer: Warum? Warum? Warum? Sie kam nicht darüber hinweg. Einmal erzählte sie mir die Geschichte ihres Mannes. Ich wies sie darauf hin, dass es, so wie sie mir die Situation schildere, möglich sei, dass ihr Ehemann in einer Depression gewesen war und es deshalb nur noch einen Auslöser wie den Vorfall mit dem Goldstaub gebraucht hatte, um die Tat zu begehen. Er hatte sich vermutlich in eine Art Verzweiflung gesteigert, die keine andere Lösung zuließ, als das Leben zurückzugeben.«

Jedenfalls, das erzählen sowohl Röbi als auch Ernst unabhängig voneinander, litt die Mutter ihr Leben lang darunter. In den Wochen um den Todestag sei sie jeweils besonders still geworden und habe auf Nachfragen zur Antwort gegeben, dass es halt wieder einmal »diese Tage« seien.

Damit ist Röbi aufgewachsen – mit diesem Schweigen und Verdrängen, mit dem man vermeintlich die Mutter und sich selber schonen will. Zum einen Stigma kommt, noch lange vor dem Entdecken der anders gelebten Sexualität, ein zweites. Wie Vater und Mutter hat auch Röbi einen deutschen Pass, obwohl er hier geboren, aufgewachsen, integriert ist und akzentfrei Mundart spricht. Doch Deutsches ist 1937, als sich Röbis Vater umbringt, für die Schweiz bedrohlich, weil Hitlers Nazireich auf dem Weg zur Großmacht ist. Die vaterlose Familie Rapp wächst nun erst recht wie vielfach gewaschener Filz zusammen. Ohne einander wären sie verloren. Sie wissen und spüren, dass sie einander vertrauen dürfen. Sicherheit bietet ihnen – sowohl der Mutter wie auch den beiden Kindern – nur dieser innerste Zirkel. Röbi sagt: »Es war eine schwierige, aber auch wichtige Zeit.«

Die Mutter, die Alleinernährerin, spannt fürs Geldverdienen auch Tochter und Sohn ein. Röbi ist schon als Siebenjähriger, noch vor Beginn des Schulunterrichts, für den Bäcker unterwegs und liefert mit dessen Fahrrad und Anhänger der Kundschaft, was diese bestellt hat. Anschließend geht er zur Schule, im Tornister seine Hausaufgaben, für die ihm, wenn überhaupt, nur wenig Zeit geblieben ist und die er deshalb nur rudimentär machen kann.

Und Mame putzt und wäscht nach wie vor bei der Stiefschwiegermutter und in den Haushalten von deren zwei verheirateten Töchtern. Da diese Einnahmen bei weitem nicht reichen, hat sie am Schauspielhaus noch zusätzliche Arbeit als Garderobiere angenommen. Röbi erinnert sich noch gut an diese Zeit: »Sie arbeitete den ganzen Tag, kam dann nach Hause und sagte jeweils zu mir: ›Richte mir schnell ein Butterbrot, mach mir dies und jenes‹, damit sie abends um sieben Uhr im Schauspielhaus pünktlich mit ihrer Arbeit beginnen konnte. Gewaschen und gepflegt stand sie jeweils im schwarzen Kleid an der Garderobe.«

An einem Abend verdient sie aber nicht mehr, als Röbi den Eintritt auf der Kunsteisbahn Dolder kosten würde. Deshalb ist dieses Vergnügen rar, so wie andere auch. »Ich konnte auch nicht wie andere Kinder an die ›Chilbi‹«, erzählt er ohne Gram.

Röbis Mutter ist als Garderobiere beliebt. Auch der emigrierte deutsche Schriftsteller Thomas Mann und dessen Ehefrau Katja Mann schätzen ihre Aufmerksamkeit und übergeben ihre Mäntel lieber ihr als anderen. Die Wartezeiten füllt die Mutter, indem sie Pullover strickt, für die eigene Familie und für ein kleines Entgelt auch für Mitarbeiter des Schauspielhauses. Dabei lernt sie unter anderen dessen Direktor Oskar Wälterlin sowie die Regisseure Leopold Lindtberg und Kurt Hirschfeld persönlich kennen. Einmal fragt Lindtberg die Garderobenfrau, ob ihre Kinder für einen kleinen Zustupf als Statisten eingesetzt werden könnten.

Und so wird die Not der Familie mit einem Mal Röbis große Chance. Denn Röbi, der talentierter ist als die Schwester, wird nicht Statist, sondern Kinderschauspieler. Sein erster Auftritt ist 1938 in Goethes »Götz von Berlichingen«. Es ist die Geschichte eines Burgherrn und Freiheitshelden, der sich über die Stände hinwegsetzt und den Bauern hilft.

Noch heute besitzt Röbi das Programmheft. Er zeigt es mir mit

Stolz, der durchaus berechtigt ist. Die Hauptrollen sind besetzt von Heinrich Gretler und Lotte Lieven. In der Auflistung der bekannten Schauspieler wird auch Robert Rapp als »Karl, der Sohn« prominent aufgeführt.

Als Achtjähriger steht er bei der Premiere am 22. Oktober 1938 auf der Bühne. Die Spannung im Publikum ist spürbar – vor dem Hintergrund von Hitlers bedrohlich größer werdenden Macht klatscht es jedes Mal frenetisch und ruft »Bravo!«, wenn das Wort »Freiheit« aus dem Mund des Titelhelden zu hören ist, dessen Sohn Röbi spielt.

Mich schaudert, als ich die Situation vor mir sehe – Röbi, noch ein Kind, das durch den tragischen Tod des Vaters Teil dieser geschichtsträchtigen Situation auf kleinstem Raum wird: Der Knabe mit deutschem Pass sowie emigrierte Schauspielerinnen und Schauspieler, für die das Zürcher Theater während des Krieges als zensurfreie deutschsprachige Bühne Überlebensinsel ist, stehen vor einem Publikum, das sich mit seinem Applaus lautstark zum Inseldasein der Schweiz und zu deren Eigenständigkeit bekennt.

Als Kurt Hirschfeld und Oskar Wälterlin 1940 auch noch für ein Filmprojekt einen Knaben suchen, kreuzen sie erneut bei ihrer pulloverstrickenden Garderobiere auf und fragen sie nach ihrem Sohn. Da sie weiß, was Röbi die Theaterwelt bedeutet, darf er zu Probeaufnahmen ins Filmstudio. Er wirkt in allem, was er auf Anhieb interpretiert, so überzeugend, dass schnell klar wird, dass er für diese Hauptrolle im Schweizer Film »Das Menschlein Matthias« unter der Regie von Edmund Heuberger die ideale Besetzung ist. Einzig sein femininer Schritt muss durch Üben der Knabenfigur Matthias angepasst werden. Röbis Augen leuchten, wenn er darüber spricht: »Das war keine Frage: Die Rolle bekam ich – das war meine Welt.« Und er fügt zur Bestätigung hinzu: »Sie ist es bis heute geblieben.«

Nach den Probeaufnahmen folgen die eigentlichen Filmarbeiten für den Schweizer Film »Das Menschlein Matthias«, der Röbi definitiv zum Kinderstar macht. Er spielt als Matthias an der Seite von Leopold Biberti, Walburga Gmür und Sigfrit Steiner den unehelichen Knaben einer mittellosen Mutter, der unter der strengen Obhut seiner Tante aufwachsen muss, bis er es nicht mehr aushält und zu seiner Mutter flieht.

Der Zehnjährige ist in seiner Rolle, auch im inzwischen knabenhaften Gang, so authentisch, dass die Großmutter, die Stiefmutter seines verstorbenen Vaters, am Ende der Premierenvorführung in einen Heulkrampf ausbricht. Röbi sagt: »Als sie sah, wie ich im Film von der Tante geschlagen werde, hat sie es nicht ertragen. Es ging ihr zu nahe, weil sie meinen Vater auch ungerecht behandelt hatte, einfach auf eine andere Art. Aber er war immer der Sündenbock.«

Wenn Röbi über die Zeit von damals erzählt, weist er immer wieder darauf hin, dass er, damals noch ein Drittklässler, von den Schauspielern – auch von Therese Giehse oder Maria Becker – bereits wie ein Erwachsener behandelt worden sei. Sie hätten ihn ernst genommen: »Wir waren alle zusammen, inklusive der Frauen an der Garderobe, praktisch eine einzige große Familie.«

Wie wichtig Röbi die Akzeptanz der Schauspiel-Familie ist, wird mir erst recht bewusst, als er sich zum Büchergestell wendet und diesem ein eben erst erschienenes Buch über den damaligen langjährigen Direktor des Zürcher Schauspielhauses entnimmt. Der Biograf von »Oskar Wälterlin und sein Theater der Menschlichkeit«[2], der Wälterlin als »einen der bedeutendsten Protagonisten des deutschen Theaters« beschreibt, hat während des Entstehungsprozesses des Buches auch Röbi zu Wälterlins Zeit in Zürich befragt. Nun öffnet es Röbi an der mit einem Zettel markierten Stelle und sagt, hier stehe nun erstmals schwarz auf weiß, dass er, Robert Rapp, als »Schweizer Schauspieler« zum Ensemble gehört hatte. Diese Erwähnung, die vor allem Anerkennung bedeutet, macht Röbi stolz. Er erzählt mir in diesem Zusammenhang, dass diese Zeit für ihn zugleich auch eine Lehre fürs Leben gewesen sei. Er sagt: »Ich lernte Disziplin, Verantwortung übernehmen, eine gute Aussprache und mich in verschiedene Personen einzuleben.«

Nach den ersten Erfolgen auf der Bühne und im Film ist Röbi definitiv beseelt von der Schauspielerei, wo es für ihn keine Grenzen gibt. Er tanzt und singt, hat weitere Auftritte, auch im Stadttheater – dem heutigen Opernhaus. Bei dessen erstem künstlerischem Leiter, Willi Haeusslein, nimmt er Gesangsunterricht.

Auch zu Hause lebt er seine Leidenschaft und schenkt dabei Mame und Hedi – aber auch sich selber – immer wieder gemeinsame Momente des Glücklichseins, während deren sie wenigstens vorübergehend vergessen können, dass sie das Leben ohne Vater und Ernährer auszuhalten haben. Am liebsten interpretiert der stimmlich geschulte Röbi die Königin der Nacht. Er liebt es, sich für die große Sopranrolle aus Mozarts »Zauberflöte« entsprechend feminin zu bewegen und zu kleiden. Ihren Part kann er auswendig. »Die beiden Arien sang ich wunderbar, mit allen Koloraturen. Ich sang sie auch alleine für mich.«

Das Feminine, das Röbi schon im Kindesalter eigen ist, bringt ihn auf mädchenhafte Ideen. Er erzählt von seiner schwarzen Pelerine mit Kapuze und der damit ermöglichten Verwandlung: »Wenn ich sie als Regenschutz trug, sah ich darin wie ein Zwerglein aus. Ich wickelte sie aber meistens um die Hüfte. Das sah dann aus, als würde ich einen langen Rock tragen, ein langes Abendkleid. So ging ich auch zur Schule.«

Röbis Mutter findet daran nichts Verwerfliches. Sie unternimmt nichts, um ihrem heranwachsenden Sohn das weibliche Verhalten abzugewöhnen. Sie ist tolerant und akzeptiert ihn, so wie er sich wohlfühlt. Deshalb erstaunt es auch nicht, wenn Röbi, im Tonfall schon fast zärtlich, nur liebevoll von seiner Mutter spricht. Er sagt: »Mame sah es nicht so gerne, wenn ich wie ein Mädchen durch die Stadt ging. Aber sie hat es mir nie verboten.«

Ernsts Welt ist eine komplett andere. Er wächst in einer Familie auf, in der genügend Ressourcen vorhanden sind, um Ernsts Neugier zu fördern. Der Vater gibt seinem Kind mit den vielen Fragen bereits als Zweitklässler die »Neue Zürcher Zeitung« zum Lesen mit dem Nachsatz, dass nicht jede Zeitung über dasselbe gleich berichte, er solle vergleichen und sich eine eigene Meinung bilden. Trotz des differenzierten Eingehens auf die Sache erfährt Ernst allerdings schon früh, dass ihm die größte Sicherheit nur die eigene Welt bietet, weil er so anders ist und fühlt als andere.

Das permanent hinterfragende Kind, das im Gegensatz zum geistig wie auch handwerklich begabten Vater und zum um zwei Jahre jüngeren Bruder zwei linke Hände hat, wird von der Familienwelt nur teilweise verstanden. Die Eltern sind mit ihm, so wie er ist, spürt und denkt, überfordert – und zwar schon lange bevor er realisiert, dass seine aufkeimende Sexualität eine andere ist als die gesellschaftlich akzeptierte.

Familie Ostertag ist Mitglied der evangelikalen Oxfordgruppenbewegung, einer religiösen Bewegung, die davon ausgeht, dass der Mensch ein Sünder ist und die Voraussetzung für Vergebung das Sündenbekenntnis sein muss. Im Elternhaus wird diese moralische Vorstellung täglich praktiziert.

Aber Ernst empfindet dies als Enge. Schon als kleiner Knabe sucht er Weite, wenigstens eine bildhafte, träumerische, geistige. Auch weil er sich gegen seine körperliche Einengung, gegen seine erdrückenden Kopfschmerzen, die ihn fast täglich bedrängen, nicht wehren kann. Deshalb geht es ihm am besten, wenn er mit sich alleine sein kann – in der Stille, abgeschirmt vom grellen Licht, im eigenen Zimmer oder unter den Bäumen des nahe gelegenen Friedhofs. Alleine, im Schutz vor Grelle und Lärm, kommt er auf Erkenntnisse, die in der Erwachsenenwelt keinen Platz haben. Er wählt darum die Strategie, dass es genügt, wenn er der Einzige ist, der davon weiß.

Ernst erzählt ein Beispiel: »Am Familientisch wurden jeweils täglich gemeinsame Gebetsübungen praktiziert: Ein Stuhl blieb leer, dort saß ›Herr Jesus‹. Man gab sich die Hand. Man hatte einen Bleistift und einen Zettel vor sich, auf den jeder fünf Punkte aufschreiben musste, wogegen er oder sie verstoßen hatte. Die fünf Vergehen, zum Beispiel Unehrlichkeit, beichtete man vor allen, und zusammen legte man sie ad acta. ›Herr Jesus‹, der dabeisaß, vergab jedem Einzelnen. Ich konnte damals als Sechsjähriger noch nichts aufschreiben. Aber ich wusste sowieso nichts zu beichten. Für meine Eltern ging dies nicht. Sie sagten, ohne Beichte könne mir Herr Jesus nichts vergeben. Da hatte ich plötzlich die erlösende Idee: Wenn Herr Jesus unter uns war, konnte ich es ihm selber sagen und brauchte die andern nicht dazu. Wenn er hier auf diesem leeren Stuhl saß, dann sah er ja sowieso alles. Und ich beschloss, fünf ›Vergehen‹ zu beichten, die alle erfunden und erlogen waren. Ich zählte sie auf, und die Eltern waren zufrieden. Sie sagten: ›Du bist ein braver Bub.‹ Daraufhin wurde mir vergeben. Ich wusste aber, es waren alles Lügen. Ich wartete, dass etwas passierte. Denn wenn es Jesus gab, würde er mich jetzt bestrafen. Doch es geschah nichts. Ich rannte über die Straße – und kein Auto überfuhr mich. Ich kletterte auf den Baum im Garten – und ich fiel nicht runter. Es passierte einfach nichts. Da wusste ich: Diesen Jesus gibt es gar nicht.«

Geschichten, die dieser ähnlich sind, gibt es im Leben von Ernst viele. Es wundert mich deshalb auch nicht, dass Ernst bereits als Knabe an vielem zweifelt, sinnend nach seinen Antworten sucht, sich dahinter aber noch sehr viel mehr Fragen eröffnen. Dies geschieht auch auf dem Weg in die Schule – er lässt sich von allem ablenken und verpasst dadurch fast regelmäßig den Beginn der ersten Lektion. Die Lehrerin will ihn dafür nicht bestrafen und holt ihn deshalb zu Hause ab, in der Hoffnung, dass er, zusammen mit ihr, die Distanz zeitlich schafft. Doch ihr fürsorgliches Handeln ist zum Scheitern verurteilt. Denn Ernst, der wache Schüler, löchert nun unterwegs auch die Lehrerin mit all seinen Fragen, welche mit ihrer Beantwortung sogleich wieder neue Felder auftun. Und weil sie, die Pädagogin, auf alles eingeht, kommen letztlich beide zu spät. Nach kurzem bricht die Lehrerin das Experiment wieder ab.

Und Ernst? Einmal mehr ist er mit seinen Fragen alleine unterwegs. Mit seinen Stimmungen und Ängsten, die ihn bedrängen, muss er selbst fertigwerden. Sein frühreifes Verhalten gibt ihm etwas Erwachsenes, und dies verleitet wiederum seine Eltern, das ausgeprägt besonnene Verhalten ihres Kindes zu nutzen, womit sie es jedoch überfordern. Eine Art Teufelskreis, dessen sich das Kind nur erwehren kann, indem es sich in seine eigene Welt flüchtet, um das Erlebte zu verarbeiten. Einmal sagt Ernst: »Ich weiß nicht recht weshalb, aber Mutter erzählte mir immer Sachen, die man einem Beichtiger erzählt. Dadurch befreite sie sich. Ob sie es machte, um mich noch stärker an sich zu binden? Ich weiß es nicht.«

Auch der Vater, während des Zweiten Weltkrieges als Offizier anfänglich dem Informationsdienst zugeteilt, bürdet seinem Ältesten Lasten auf, an denen selbst Erwachsene schwer tragen würden. Im September 1939, zur Zeit der Generalmobilmachung, ist die Schweizerische Landesausstellung in Zürich zum nationalen Symbol für geistige Landesverteidigung geworden. Ernsts Vater wird eingezogen, und die Mutter ist zum dritten Mal schwanger. Im November, als die Schwester zur Welt kommt, hatte die deutsche Wehrmacht Polen verwüstet. Ernst weiß – sensibilisiert durchs Zeitungslesen, durch Vaters Spezialaufgabe und die Flüchtlinge, die für kurze Zeit zu Hause aufgenommen wurden und hinter verschlossener Stubentür Schauerliches erzählen –, was vor sich geht: »Die Städte wurden aus dem Frieden heraus bombardiert. Die Menschen verbrannten.«

Als sein Vater über Weihnachten heimkommt, erklärt er seinem zehnjährigen Sohn die politische Lage. Er sagt, dass es im Frühjahr grauenhaft werde. Ernst erzählt: »Er sagte mir: ›Wir wissen allerdings nicht, wo und wie es passiert. Wenn die Deutschen allerdings versuchen, die Schweiz einzunehmen – dann leben wir da, wo wir wohnen, in Zürich Höngg, gefährlich und sind sehr exponiert. Wenn die Deutschen über die Grenze dringen, wird die zweite Verteidigungslinie die Limmat sein. Unsere Armee wird die Reihe Häuser, in der sich auch unseres befindet, zusammenschießen müssen. So lautet der Befehl. Aber ich will nicht, dass meine Familie von den eigenen Leuten beschossen wird. Komm mit, ich zeige dir, was du machen musst, falls ich dir telefoniere.‹«

Der Vater zeigt daraufhin seinem Sohn nicht unweit des Hauses, wo die Familie wohnt, die Höngger Brücke über die Limmat, die von der Schweizer Armee bereits vermint worden ist, um im Ernstfall in die Luft gesprengt zu werden. Der Vater erklärt, dass Ernst zusammen mit Mutter, Bruder und Schwester die Brücke überqueren müsse, solange sie noch stehe. »Er sagte mir: ›Die Sachen, die ihr brauchen werdet, liegen bereits gepackt bereit, und Mutter hat Geld. Nach meinem Telefon wirst du eine gute Viertelstunde Zeit haben. Dann müsst ihr die Brücke geschafft haben. Es kann Flieger geben, die tief fliegen und angreifen. Sobald du sie hörst, müsst ihr in die Felder und euch ducken. Dann müsst ihr so schnell wie möglich den Wald erreichen und in dessen Schutz durchs Reppischtal Richtung Einsiedeln gehen. Ihr müsst euch rumfragen und schauen, ob ihr bei

Bauern übernachten könnt. Die Hauptstraßen werden von unserer Armee im Kampf gegen die Deutschen benötigt!‹«

Der Zehnjährige wartet daraufhin, dass der Vater ihn anruft. Doch dies geschieht nicht, auch nicht im Mai 1940, als die Deutschen im Blitzkrieg Holland überrennen und Rotterdam mit Brandbomben zerstören. Ernst sagt: »Ich dachte dauernd: Weshalb ruft mich Vater nicht an?«

Ich empfinde es als grauenvoll, was Ernst schon als zehnjähriges Kind aushalten musste. Eine absolute Überforderung – doch zur damaligen Zeit war es in vielen Familien üblich, dass Kinder anstelle des militärdienstleistenden Vaters Verantwortung übernehmen mussten. Ernsts Ausführungen zum Krieg, der damals die Schweiz bedrohte, und über diese Zeit werden denn auch immer ganz eindringlich, und es ist ihm wichtig, dass ich ihm dafür genügend Raum und Zeit lasse. Denn fürs biografische Aufarbeiten sollen sich mir Zusammenhänge erschließen, die etwas Ganzes ergeben – wenigstens annähernd, so wie einzelne, ineinandergesetzte Puzzleteile, die das fertige Bild erahnen lassen. Sein Leben – und jenes von Röbi – soll durch die Schilderungen nachvollziehbar werden, auch für Außenstehende.

Von Röbi weiß damals in der Schule niemand, dass er und seine Schwester Deutsche sind; die beiden Kinder halten dicht und verschweigen, dass der Krieg auch Einfluss auf ihr Leben nimmt: »Vertreter des Konsulats kamen und meinten, ich müsse der Hitlerjugend beitreten, die hier Ableger hatte. Die Gruppierung der ›Reichsdeutschen‹ war in Zürich recht groß und hatte viele schweizerische Mitläufer. Ihre Anlässe fanden im Kongresshaus statt. Aber wir hielten uns da raus. Gott sei Dank. Mame war wunderbar, sie sagte immer: ›Wir sind jetzt in der Schweiz. Wir gliedern uns hier ein. Wir gehören hierher, und ich will von Hitler nichts wissen.‹«

Die Familie erhält in ihrer Verweigerung Hilfe von Doktor Rosenbusch, dem jüdischen Arzt, der im gleichen Haus wohnt. Er wird so etwas wie der väterliche Fürsorger und versucht, die alleinerziehende Mutter im Bereich seiner Möglichkeiten zu stützen. Er schreibt für die Kinder Zeugnisse, die attestieren, dass sie an den Aktivitäten der Hitlerjugend und dem Bund junger Mädchen nicht teilnehmen könnten, weil sie nicht gesund seien. Und er schickt den vom vielen Arbeiten ausgelaugten Röbi zur Erholung ins Ferienlager.

Ich frage Ernst, ob für Röbis Familie, die als Deutsche in der Schweiz lebten, die Situation nicht unerträglich und noch bedrohlicher war, als sie es für ihn gewesen sei.

Ernst, in dessen Familie der Name Hitler nicht ausgesprochen werden durfte und in der erst 1945 ein Radio gekauft wurde, weil sein Vater »die Stimme dieses Subjekts« nicht in der Wohnung haben wollte, sagt: »Wenn es für Röbis Familie eine Bedrohung gab, dann war es die Bedrohung des fehlenden Vaters; es stand der ständige finanzielle Existenzkampf im Vordergrund und nicht die politische Situation. Röbi ist in diesem Sinne auch kein politischer Mensch, und deshalb war der Krieg für ihn nicht so relevant. Er fühlte sich ja auch als Schweizer. Als ich Röbis Mutter einmal danach fragte, sagte sie: ›Ich wollte von Hitler null und nichts mitkriegen. Das ging mich nichts an. Wir fühlten uns als Schweizer; wir lebten und verhielten uns auch wie Schweizer.‹ Sie sagte auch: ›Obwohl die Deutschen drohten, wenn sie in die Schweiz einmarschieren, seien solche Deutsche die Ersten, die man an die Wand stellen würde.‹« Und er fügt hinzu: »Trotzdem erschien das Röbi nicht bedrohlich. Wahrscheinlich war es bei mir ganz anders, weil bei uns zu Hause schon lange vor dem Krieg Flüchtlinge ein und aus gingen, denen meine Eltern aus religiösen Gründen halfen.«

1940, als mit Röbi die Filmaufnahmen für »Das Menschlein Matthias« gedreht werden, verbringt Ernst mehrere Monate in der Innerschweiz. Sein Vater, der weiß, dass der Krieg der Deutschen für die Schweiz gefährlich werden könnte, mietet eine Ferienwohnung oberhalb Sarnen und schickt seine Familie aufs Land. Hier besucht Ernst die katholische Dorfschule und hat eine Nonne zur Lehrerin, die ihn versteht, so wie er ist, und ihm mit ihren Erklärungen hilft, seine Schwäche in Mathematik zu überwinden.

Ernst geht erstmals in seinem Leben gerne zur Schule. Er ist fasziniert vom Klerikalen der katholischen Kirche und ihren Liturgien auf Lateinisch. Er lernt sie auswendig, möchte am liebsten Ministrant werden, baut im Wald einen Altar und spielt Messe mit herumliegenden Gegenständen wie Steinen, Zweigen, Moos und Schneckenhäusern. Eines Tages entdeckt er seine verehrte Lehrerin im Wald. Mit bis über die Knie angehobener Tracht streckt sie ihm den Hintern entgegen und pflückt in gebückter Haltung Heidelbeeren. Sie ist entsetzt, als ihr klar wird, was Ernst sieht. Dafür straft sie ihn in der nächsten Schulstunde. Er muss zu ihr ans Pult. Sie lässt das Lineal nach unten sausen … Er zieht seine Hand blitzartig zurück und wird daraufhin nochmals bestraft: dieses Mal mit Liebesentzug.

Während der Sommerferien kommt der Cousin zu Besuch aufs Land. Die Knaben spielen miteinander Indianer. Ernst ist zwölf, der Bruder neun und der Cousin fünfzehn. Dass dieser schon ein Jahr später sein Gefühlsleben massiv auf den Kopf stellen wird, ahnt Ernst damals noch nicht.

Im Herbst kehrt die Familie wieder ins eigene Haus in Zürich Höngg zurück. Der Zufall will es, dass Ernst einen neuen Banknachbarn bekommt, einen Deutschen. Weil sie sich mögen, entwickelt sich daraus eine Art Freundschaft. Durch diese Begegnung erfährt Ernst, was es in der bedrohten Schweiz auch noch gibt: In der Wohnung des Klassenkameraden hängen Bilder von Hitler und Hakenkreuzfahnen. Und an sonntäglichen Gruppenausflügen, zu denen er ihn begleiten darf, entdeckt Ernst Verschwörerisches: die Begrüßung mit gestrecktem Arm, den Hitlergruß. Er meldet seine Beobachtungen dem englischen Konsulat. Ernst wählt den Ort an der Zürcher Bahnhofstraße, der ihm bei seinen Streifzügen durch die Stadt aufgefallen ist, weil ihm seine Gotte so viele Geschichten über ihre Reisen durch England erzählt hat und ihm das Land dabei nahegekommen ist. Als regelmäßiger Zeitungsleser ist er sich zudem sicher, dass, wenn jemand diesen Krieg zu gewinnen vermochte, dies nur das britische Empire unter Churchill sein konnte.

Die Engländer im Konsulat sind an Ernsts Schilderungen allerdings nicht besonders interessiert. Sie wollen aber wissen, welche Schweizer beim Picknick der Deutschen anzutreffen sind. Glücklich, eine Aufgabe zu haben, versucht er, Namen zu liefern, und erhält dafür geheftete Informationen über die neusten Entwicklungen in der Politik und über den Kriegsverlauf. Seine Eltern ahnen von all dem nichts, fragen sich nur immer wieder, woher ihr Kind seine Kenntnisse haben mochte. Und dieses hat sich für den Fall, dass sie fragen, schon längst eine Antwort zurechtgelegt, als sie es dann wirklich tun. Es sagt ihnen ohne zu zögern, das würde man sich in der Schule erzählen. Vater und Mutter stellen seine Antwort nicht infrage, jedenfalls nicht vor ihm.

Im Spätherbst 1942, als Ernst zwölfjährig ist, sieht er in einem der Hefte, die ihm das englische Konsulat jeweils in einem neutralen Couvert heimschickt, erstmals Bilder aus einem Konzentrationslager, von einem Todeslager mit Gaskammern und Bergen von Leichen. »Das war grauenvoll.« Ernst beginnt zu weinen und macht eine lange Pause, bis er weitererzählen kann, auch über seine erneuten Zweifel an »diesem Gott«. Er sagt: »Ich konnte mit niemandem über das dargestellte Grauen reden. Das ging ans Lebendige. In mir war etwas zerbrochen, das nie mehr zusammenwachsen sollte. Ich überlegte mir: Wir gehen in die Kirche mit Pfarrer, Gebet und Gott, und gleichzeitig passiert solch Ungeheuerliches. Also kann es diesen Gott gar nicht geben. Sonst müsste er angesichts dessen, dass Hunderttausende ermordet werden, einschreiten. Dies war um einiges schwieriger zu ertragen als die Erfahrung mit meinen homosexuellen Gefühlen.«

Dass seine Liebesgefühle andere sind, weiß Ernst erst, seit er seinem Cousin erneut begegnet ist: Dieser ist in seinem Erscheinen total verändert – er hat den Stimmbruch und trägt über der Oberlippe einen Flaum. Bei Ernst regt sich ein Gefühl, das er bis dahin nicht kannte: »Ich habe mich total in ihn verliebt. Er hatte etwas Göttliches.« Und nun unternimmt Ernst alles, damit er mit ihm während seines mehrtägigen Besuchs das Schlafzimmer teilen kann, was ihm auch gelingt. Da sagt der Cousin zu Ernst, er solle mal schauen – er zeige ihm, wie er aussehe… nämlich wie ein richtiger Mann: »Er hob sein Hemd und ließ die Hose runter und meinte: ›Was ich habe, hast du noch nicht, aber deiner wird auch bald einmal so.‹« Der Cousin fordert ihn auf, es zusammen im Wald auszuprobieren: »…bei ihm spritzte es. Er sagte: ›Das ist ein wunderschönes Gefühl. Du hast es noch nicht, aber es wird auch noch so werden.‹ Am nächsten Tag machten wir es bei mir. Es spritzte nicht. Aber das Gefühl war überwältigend.«

Ernst sehnt sich nach weiteren Begegnungen. Sein Inneres, total aufgewühlt, lenkt er in die Musik – mit noch nie da gewesenem Eifer übt und improvisiert er am Klavier.

Ein Jahr später ist der Cousin wieder Gast. Und alles ist anders. Er teilt Ernst mit, dass er nun eine Freundin habe. Das Spiel von damals sei vorbei: »Da stand ich nun, brannte vor Liebe und Schmerz und wusste: Das kannst du niemandem erzählen. Das versteht kein Mensch.«

Weil der Schmerz so groß ist, realisiert Ernst, was mit ihm geschah – nämlich etwas, das nur für ihn gilt, nicht aber für den Cousin. Er spürt, dass er im Gegensatz zu ihm anders fühlt und sich nach anderem sehnt. Er sucht in Lexiken aus Vaters Bibliothek nach einer Erklärung und findet in den Nachschlagewerken für Medizin und Pathologie das Wort Homosexualität und die Definition dazu. Als er liest, was darunter zu verstehen ist, weiß er, dass dies nicht stimmen kann, weil das, was er spürt, keine Krankheit ist – auch wenn es so genannt wird. Er ist sich sicher, dass die, die für die Begriffsdefinition verantwortlich sind, »einen Schmarren« schreiben, und er sagt: »Von da an wusste ich, vermutlich gibt es nur wenige gleich fühlende Männer, und ich bleibe wohl ein Leben lang alleine.«

Was Ernst im Innersten fühlt – schon als Kind wie jetzt als Pubertierender –, teilt er mit niemandem. Er traut nur sich selber und ist deshalb immer wieder auf sich alleine gestellt. Er erlebt dadurch dauernd gesellschaftliche Enge, weil er glaubt und immer wieder auch die Erfahrung macht, mit niemandem darüber reden zu können, was er fühlt oder denkt, da seine Art zu denken nicht konform ist oder nicht verstanden wird. Schon in seiner Kindheit gibt es niemanden, der ihn wirklich in all seinen Facetten begreift – auch mit seinen gedanklichen Spielereien, mit denen er schon als kleiner Knirps das Gegenüber fordert, herausfordert, endet er immer wieder in der Sackgasse. Auch in der familiären Umgebung fühlt er sich fremd. Er sagt: »Ich spürte, die haben andere Ideen. Ich dachte, wenn ich zu viele Fragezeichen setze, lassen sie mir nicht mehr meine Ruhe. Die Erwachsenen sind zudem beschlagener als ich; sie können sich durchsetzen. Das muss ich nicht haben, das verunsichert mich. Dann sage ich lieber nichts und lebe in meiner eigenen Welt.«

Und so wird auch Ernst, wie Röbi, zum perfekten Schauspieler. Allerdings wechselt er für seine Rollen nur in seiner Fantasie das Kostüm.

Damit er keine Probleme kriegt, passt er sich an, sagt Ja – auch wenn er anders fühlt und denkt. Darüber will er einmal mit seiner Lieblingsgroßmutter reden, weil er Großmama als Einziger vertraut. Er erzählt ihr, dass er in seinem Innersten ein Affe und gar kein Mensch sei. Die andern würden es nur nicht wissen oder spüren! Die Großmutter ist total entsetzt. Ernst realisiert: Nicht einmal sie versteht mich. Und folgert daraus: Also kann ich niemandem etwas von mir erzählen.

Ernst redet auch über seine sexuellen Gefühle nicht. In der Familie, wo am Familientisch die täglichen Sünden offengelegt werden, ist Sexualität um der Lust willen eine Sünde. Und Homosexualität ein krankhaftes, widernatürliches Verhalten, dem man entwachsen sollte – eine Haltung, die nicht nur damals gang und gäbe war.

In der Schule ist Ernst meist mit Mädchen unterwegs, sodass einige Erwachsene sagen, an ihm sei ein Mädchen verloren gegangen. Er ist darauf bedacht, dass seine Liebesgefühle gegenüber Knaben niemals bemerkt werden. Eher lässt er sich als »frigid« abstempeln, wenn er auf dem Pausenplatz beim Witzereißen nicht mitmacht. Er muss auch erfinderisch sein: In den Schullagern legt er seinen Schlafsack immer an die Wand, damit er die Kollegen im Rücken hat. Er duscht nur dann, wenns befohlen wird, und unternimmt alles, damit er diesbezüglich zu den Letzten gehört. Dabei schaut er auf den Boden.

Er will nicht, dass ihn seine Vorliebe für das eigene Geschlecht kompromittieren und verraten könnte, weil er seit den ersten Erfahrungen mit dem Cousin weiß, dass ihm Knaben so gefallen wie den andern Buben die Mädchen. »Ich war mir bewusst, dass es wieder losgehen würde, wenn ich mich erneut verliebe.« Denn, so hat er es schon einmal erfahren: Für die andern wäre es nur ein Spiel, und am Ende würde er wieder vor Schmerzen brennen. Das wollte er kein zweites Mal erleben.

Für Röbi ist seine Homosexualität keine Entdeckung. Er wundert sich sogar, dass ich ihn danach frage, und antwortet: »Ich habe nichts anderes gekannt, und deshalb war und ist daran auch nichts Spezielles. Es ist einfach etwas Selbstverständliches für mich und mein Empfinden. Es gab und gibt nichts anderes. Ich kann es nicht einmal mit etwas anderem vergleichen.«

Ich kann nicht glauben, was er sagt, da mir die Schilderungen von Ernst noch so präsent sind. Deshalb und auch weil ich von mir selbst das Gefühl der Angst vor Ausgrenzung kenne, das hochkam, als ich Mitte zwanzig meine Homosexualität entdeckte, hake ich nach: »Als du mit elf Jahren realisiert hast, dass du homosexuell bist und auf Männer stehst, bist du darüber nicht erschrocken oder traurig gewesen, depressiv geworden?«

Röbi kann nicht nachvollziehen, worauf ich hinziele, und antwortet: »Angst? Depressiv? Überhaupt nicht. Im Gegenteil: Ich fand es einfach extrem schön. Ich konnte mir gar nichts anderes vorstellen.«

Ich frage weiter: »Aber wie hast du es gemerkt?«

Röbi: »Das merkte ich in der Pubertät, dass ich auf Jünglinge und aufs gleiche Geschlecht fixiert bin.«

Er wundert sich, dass ich noch immer nicht zufrieden bin. Weil ich weiß, dass er auch zu Mädchen eine gute Beziehung hatte, versuche ich es noch einmal und frage ihn, ob denn dabei Sexualität nie eine Rolle gespielt habe.

»Verstehst du«, gibt mir Röbi zur Antwort, »ich fühlte und empfand eigentlich immer wie ein weibliches Wesen. Beim Theaterspielen haben mich später nur die Frauenrollen interessiert. Frauen konnte ich viel besser darstellen. Männer glückten mir nicht. Im Theater faszinierten mich nur die Sängerinnen und die Schauspielerinnen. Ich wäre immer gerne in deren Rollen geschlüpft. Deshalb band ich damals ja auch meine schwarze Pelerine instinktiv um die Taille, damit ich einen Rock hatte. Selbst im täglichen Leben drückte und drückt bei mir in Gedanken die weibliche Komponente stärker durch als die männliche.«

Ich überlege mir, ob in diesem Fall seine Seele nicht im falschen Körper sitzt: »Möchtest du nicht lieber gleich eine richtige Frau sein?«

Röbi, überzeugt im Ton: »Nein, das nicht. Ich bin kein Transvestit, und eine Geschlechtsumwandlung wollte ich nie. In meinem Körper war mir immer wohl; auch heute noch. Ich bin keine Frau – ich bin ich.«

Trotzdem, und das ist für Röbi kein Widerspruch, schaut er sich gerne Frauenkleider hinter den Schaufenstern an. Wenn er alleine ist, fährt er durchaus auch mal an die Bahnhofstraße und verweilt ungestört vor den Auslagen. Er schwärmt: »Da gibt es einzelne exklusive Geschäfte mit Frauenkleidern und Abendroben. Das finde ich spannend, und dann träume ich davon, was zu mir passen würde. In welchem Kleid ich toll aussähe. Das sind so Illusionen, Wunschvorstellungen, die ich einfach habe.«

Und er weiß auch, dass er sich als Frau vorteilhafter kleiden würde, als es nach seinem Empfinden heutzutage viele Frauen tun. Beim Reden über die »miserable« Kleidung, die »toten«, matten Farben, die Hosen und Leggings, die Frauen tragen, ereifert er sich, wie er es sonst kaum tut. Seine Stimme wird erst wieder milde und zart, wenn er sich die Frau vorstellt, wie er sie gerne sieht – nämlich »elegant à la Marlene Dietrich: sexy, lasziv und schön. Mit schön meine ich sehr harmonisch.«

Ich weiß, dass auch ich nach Röbis Geschmack miserabel gekleidet bin. An meiner Kleiderstange hängt erst seit kurzem ein einziges Kleid, und getragen habe ich es noch kaum – in Hosen ist mir einfach wohler. Doch mich akzeptiert Röbi anscheinend so, wie ich bin – auch in Bezug auf die Kleidung. Deshalb kommt er gar nicht auf die Idee, dass auch ich mich bei seinen Ausführungen angesprochen fühlen könnte, als er fortfährt: »Wenn ich im Tram sitze, sehe ich oft Frauen, bei denen ich denke, mit demselben Geld könnten sie sich so viel vorteilhafter kleiden.«

Ja, Röbi toleriert bei mir offensichtlich mehr als bei andern, denn er entschuldigt sich während seines Exkurses auch kein einziges Mal für das eben Gesagte, was für ihn, wenn er kritisiert, eher ungewohnt ist. Um das Thema zu wechseln und es dennoch nicht abschließen zu müssen, will ich nun von ihm wissen, welches Geschlecht er in seinen Träumen verkörpere.

Er sagt: »Da bin ich beides – manchmal Mann, manchmal Frau. Aber in meinen Fantasien fühle ich mich auch heute noch mehr als Frau.« Abschließend fügt Röbi den für ihn wichtigen Satz hinzu, damit ich ihn auch richtig verstehe: »Ich war aber immer gerne das, was ich bin: ein Mann. Heute, wo ich älter bin, hat sich dieses Gefühl gegenüber früheren Zeiten noch mehr gefestigt.«

Ich glaube ihm. Auch dass er sich, wenn er nicht eine Frau schauspielert, in Anzug und Krawatte wohler fühlt als in Frauenkleidern – nicht nur wegen des moralischen Drucks von außen. Selbst für unsere Gespräche kleidet er sich gewählt gepflegt: frisch gebügeltes Hemd, dezent in der Farbe, assortiert zu Hose und Socken, die Armlänge meist zweimal nach innen gefaltet, weil lange Ärmel »zum Arbeiten unmöglich sind«. Oft überdeckt er seine helle Haut mit einem feinen Make-up und trägt Lidschatten auf. Die Haare sind immer tadellos frisiert, auch dann, wenn er Leibchen und kurze Hose trägt. Im freizeitlichen Look treffe ich ihn aber nur an, wenn Ernst mit mir zum Interview verabredet ist, währenddessen Röbi wäscht oder putzt.

Auch Ernst kleidet sich für unsere Gespräche immer bewusst und ebenfalls assortiert. Sogar das gebügelte Stofftaschentuch passt zu Hose und Hemd, das durchaus auch gemustert sein kann und kräftig in den Farben. Hat Ernst keinen Termin mit mir, sitzt er in grauer Trainerhose und weißem T-Shirt am Computer und arbeitet.

Im Laufe unserer vereinbarten Gespräche ist Röbi ein einziges Mal nicht zu Hause, weil er einen Arzttermin hat. Bevor wir beginnen, bitte ich deshalb Ernst um einen Kaffee. Doch er ist mit meinem Wunsch überfordert. Er findet weder die Kapseln, noch weiß er, wie die Maschine in Betrieb zu setzen ist, und lässt mich deshalb in der Küche gewähren. Alles ist praktisch für die alltägliche Benutzung eingerichtet und geordnet, und so finde ich mich sofort zurecht. Entschuldigend meint Ernst: »Weißt du, wenn ich für mich Kaffee mache, dann genügt mir Pulverkaffee mit heißem Wasser aus dem Hahnen.«

Wir lachen beide. So ist Ernst eben.

Doch aus dieser Episode darf nicht der einfache Schluss gezogen werden, dass die beiden, trotz homosexueller Partnerschaft, eine klassische Mann-Frau-Rollenverteilung leben. Auch nicht aus der Erzählung von Röbi, dass er beim Einkaufen kritisch sei wie eine Frau, die meist eher auf Preise und Qualität achte als ein Mann. Er würde darauf schauen, ob ein Produkt gerade als Aktion verkauft werde und ob sie es überhaupt benötigten. Ernst dagegen, verrät Röbi, gehe erstens nicht gerne »posten«, und zweitens würde er oft einfach irgendetwas aus dem Regal nehmen, manchmal sogar das Verkehrte, also nicht das, was er eigentlich hätte holen sollen.

Bei Schilderungen wie dieser fällt es mir immer wieder schwer, ihre Gewohnheiten nicht in rollengenormte Schubladen einzuordnen, so wie ich es anfänglich ständig getan habe und wobei ich mich bis zum Schluss immer mal wieder ertappe. Zum Beispiel auch, als mir Röbi erzählt, wie bei ihnen Konfitüremachen vor sich geht. Er stelle für Ernst alles so bereit, dass er die Konfitüre genauso gut selber machen könnte – er wasche vorgängig die Gläser, ebenfalls die Früchte, die auch er zerkleinere, hinterher wasche er alles ab, inklusive der Kochtöpfe, und er räume auf. Als ich Ernst danach frage, sagt er spontan: »Fürs Konfitüremachen bin ich zuständig; das mache ich seit je!«

In solchen Situationen lache ich innerlich. Denn es bestätigt mir einerseits, dass aufgrund der getrennt geführten Gespräche solche Schmuckstücke von Erzählungen über Gleiches, das individuell anders wahrgenommen wird, nicht verloren gehen, und andererseits, dass es so ist, wie Ernst versichert hat, dass sie sich nach den Gesprächen nicht absprechen.

Als ich im Einzelgespräch sowohl Ernst als auch Röbi auf die zwei verschiedenen Versionen anspreche, wie sie mir das Konfitüremachen beschrieben hätten, schmunzelt Röbi, weil er Ernst kennt, und Ernst lacht verschmitzt wie ein kleiner Junge, der bei etwas ertappt worden ist. Und damit hat es sich.

Sitze ich mit beiden zusammen, schweigt Röbi meistens, und Ernst erzählt geistreich – wie ein Lexikon mit Querverweisen, Fußnoten und präzisen Daten. Röbi sagt mir einmal, als ich mit ihm über Ernsts unglaublich ziselierte Sprache und über sein Datengedächtnis rede: »Ernst erinnert sich sogar, wann und wo er welches Hemd gekauft hat.«

Zu dritt sitzen wir jeweils vor oder nach unseren Gesprächen in der Stube – Ernst und ich haben bereits unsere Stammplätze. Ohne Absprache platzieren wir uns in den beiden roten Plüschsesseln, und Röbi setzt sich auf das gleichfarbene Sofa der Sitzgruppengarnitur, die schon zu Mames Zeit in der Vierzimmerwohnung stand. Er fragt nicht einmal mehr, wo ich sitzen möchte, weil er auch diesbezüglich meine Gewohnheit kennt und akzeptiert.

Bei diesen Gesprächen im familiären Rahmen zügelt Ernst oft bewusst seinen Redeschwall, damit Röbi ihn nicht nur bestätigt und sagt: »Ja, so ist es.« Oder: »Ernst findet einfach immer die richtigen Worte.« Denn diese Gefahr besteht dauernd. Ich richte deshalb oft meinen Blick bewusst auf Röbi, damit er den Redepart nicht einfach Ernst überlässt und in sich versinkt.

Über das Kriegsende rede ich wie immer mit Röbi und Ernst einzeln, zurückgezogen im Gästezimmer. Als ich mein Tonband einstelle, sticht Ernst der silberne, antike Kerzenständer in meinem Rücken ins Auge. Noch bevor ich meine erste Frage stelle, sagt er unerwartet: »Den muss ich auch wieder polieren, er glänzt nicht mehr.« Eine Woche später, bei unserem nächsten Gesprächstermin, will er von mir als Erstes wissen, ob mir das neue Erstrahlen des Silbers aufgefallen sei – ist es aber nicht, wenn ich ehrlich bin. Dies stört Ernst nicht weiter, schließlich hat er das Silber für sich poliert und nicht für mich. Die ansonsten unbedeutende Begebenheit zeigt einmal mehr, wie unglaublich exakt Ernst in allen Belangen ist.

Ernst erinnert sich, als ich ihn auf den Mai 1945 anspreche, als die Friedensglocken läuteten, an den richtig schönen Frühling und an einen wahnsinnigen Druck, der bis dahin auf ihm lastete. Er zieht beim Erzählen das Wort »wahnsinnig« in die Länge und lässt am Ende seine Stimme fallen, um aufzuzeigen, wie schwer der Druck auf seiner Seele gelastet hatte. Er sagt: »Ich merkte, dass ich frei atmen konnte. Die Grenzen waren offen und wir nicht mehr eingeschlossen als Insel Schweiz. Solange ich mich zurückerinnern konnte, besetzten mich Ängste, die vom Geschehen in der Welt bestimmt wurden. Und die waren weg; wie ein Heißluftballon, aus dem alle Sandsäcke herausgeschmissen werden: ›ffffft!‹ – Ja, das war gewaltig. Da war ich fünfzehn.«

Röbi, der als Kinderschauspieler erfolgreich war und sich nirgends so frei fühlt wie auf der Bühne, steht, als der Krieg zu Ende geht, vor der Berufswahl. Er träumt von einem Leben als Schauspieler und den großen Frauenrollen, die Goethe, Schiller und Shakespeare in ihren Stücken geschaffen haben: »Als ich Maria Becker als Iphigenie sah, ging mir das so tief, dass ich mir vorstellte, selber in dieser Rolle zu sein, den ganzen Text auswendig lernte und auch rezitieren konnte.« Aber Mame wünscht, dass Röbi einen andern Weg einschlägt.

Es ist das erste Mal, dass die Mutter sich von Röbi etwas anderes erhofft, als er es sich wünscht. Der Sohn begehrt nicht auf, das hat er noch nie getan. Er ist, wie er selber sagt, »mit Mame verschmolzen«. Sie rät ihm aus Fürsorge von einem Leben als Schauspieler ab – letztlich ist es aber vor allem existenzielle Not. Röbis Mutter ist auf seine finanzielle Unterstützung angewiesen, und eine Ausbildung an einer Schauspielschule würde außerhalb des Familienbudgets liegen. Die Ersparnisse würden dafür nie und nimmer reichen.

Röbi hört auf sie. Er akzeptiert und beginnt eine Lehre als Coiffeur: »Beim Frisieren der Frauen konnte ich ja meine Fantasie ebenfalls einbringen.« Heute ist er sogar überzeugt, dass Mame ihm mit ihrer Bitte den richtigen Weg gewiesen hat. »Sie hat immer geschaut, dass ich auf dem Boden bleibe und nicht ins Fantasieren abgleite«, sagt er und meint rückblickend auch: »In der damaligen Zeit wäre ich als Schauspieler nicht erfolgreich geworden. Ich war sehr androgyn, und als erwachsener Darsteller lag ich immer dazwischen – als Frau wäre ich toll gewesen und als Mann einfach nicht. Damals war es noch unvorstellbar, dass ein Mann eine Frauenrolle spielt. Heute ist dies anders.«

Als Röbi 1945 seine Berufslehre beginnt, verliebt er sich kurz darauf und lässt sich auf eine mehrjährige Beziehung ein: Emil, sein Freund, ist 22 Jahre älter. Er führt im Zürcher Niederdorf ein Comestibles-Geschäft und hat die Enge seiner Heimat, Appenzell-Ausserrhoden, wegen seiner sexuellen Neigung verlassen. Er wird Röbis Liebhaber und zugleich eine Art Vaterersatz. Auch Mame verwöhnt er – nicht nur finanziell. Er kocht und bewirtet sie regelmäßig, bevor sie am Sonntagabend an der Garderobe des Schauspielhauses steht. Und sie holt sich bei ihm öfters einen Rat.

Emil und Röbi lieben sich: »Von ihm«, sagt Röbi, »habe ich viel gelernt.« Mame weiß, dass die Freundschaft der beiden Männer auch eine sexuelle Beziehung ist und Röbi nach Strafgesetzbuch noch immer minderjährig. Trotzdem toleriert sie diese Liebe. Sie akzeptiert sie auch, weil sie realisiert, dass es etwas Seriöses ist. Röbi: »Später war sie nicht immer über die Männer erfreut, die ich manchmal nach Hause brachte. Oft flog ich auch von einer Blume zur andern.«

Bei Emil ist es anders.

Die sexuelle Liebesbeziehung der beiden Männer hält sieben Jahre, nicht weil Röbi einfach zum Nächsten fliegt, sondern weil Emil an die Zukunft seines jungen Freundes denkt, obwohl er mit Röbis Familie zusammengewachsen ist. »Er sagte mir immer wieder: ›Du brauchst einen jüngeren Mann. Ich bin später zu alt für dich‹«, erzählt Röbi.

Als er sich tatsächlich in einen neuen Mann verliebt, bleibt die freundschaftliche Verbindung zu Emil bestehen. Röbis Schwester führt, als sie nach ihrer Heirat nicht mehr arbeitet, während Emils Ferienabwesenheiten sogar dessen Geschäft.

Ernst beginnt zwei Jahre später mit seiner Ausbildung – 1947.

Es ist das Jahr, in dem der Grundstein für die schweizerischen Sozialwerke gelegt wird, da die Schweizer Bevölkerung mit einem großen Mehr der AHV-Vorlage zustimmt. Und die Swissair, gegründet 1931 – ein Jahr nach Röbis und Ernsts Geburt –, fliegt erstmals über den Atlantik nach New York.

Ernst wird, was seine Ausbildung anbelangt, wie Röbi fremdbestimmt. Ernsts Vater schickt seinen Sohn ins Evangelische Lehrerseminar, er ist davon überzeugt, dass der Lehrerberuf die richtige Wahl für Ernsts Leben ist. Ernst macht, was der Vater sagt, weil er selber nicht weiß, was er einmal werden will. Vielleicht auch, weil er mit seinem Leben zwischen Homosexualität und seinem Bemühen, diese zu verstecken, mehr Schwierigkeiten hat, als er es sich selber eingestehen mag oder kann. Rückblickend meint Ernst: »In der Pubertät befand ich mich manchmal in einem Loch – all diese Zwänge, die dieses Leben mit sich brachte: Erstens bist du schwul und kannst es niemandem erzählen. Zweitens ist Krieg, und du weißt nicht, was passiert. Es herrscht eine totale Unsicherheit. Alles ist feindlich, alles ist schwierig. Ich rettete mich, indem ich mir sagte: Das Leben ist immer eine Gefahr. Und trotzdem fragte ich mich: Ist das nicht irgendwann einmal zu viel? Es gab in der Pubertät Phasen, während deren ich lieber gestorben wäre. Ich schrieb in meinen Gedichten, dass ich das Leben zurückgeben würde, weil die Voraussetzungen zu schwierig seien, um weiterzugehen. Ich befand mich phasenweise in einem tiefen Loch.«

Mir fällt auf, dass Ernst während des Erzählens immer leiser geworden ist. Eine Feststellung, die ich nicht zum ersten Mal mache. Wenn Erinnerungen an Empfindungen besonderer Ergriffenheit unkontrolliert tief aus seinem Innersten aufsteigen können und er sich möglicherweise fast so fühlt wie damals, als sie ihn beherrschten, dann wird Ernst beim Formulieren immer leiser. Manchmal werden diese Gefühle von Tränen begleitet, von einem Weinen, das erahnen lässt, wie schwer das Erlebte war.

Dass Ernst selber mit dieser Art von Gefühlen eher Mühe hat, zeigt sich mir viel später, als ich ihm wie versprochen das Manuskript überlasse, um es auf inhaltliche Korrektheit zu überprüfen im Zusammenhang mit Fakten, Daten und Zitaten. Dabei korrigiert er regelmäßig das Wort »weinen« – will es im Zusammenhang mit sich nicht akzeptieren. Er ersetzt es jedes Mal durch »inneres Weinen«, »ihm kommen die Tränen« oder »Augenwasser«. Und ich ignoriere seine Vorschläge, im Gegensatz zu andern, weil mich berührte, was ich sah.

Eine erste verlässliche Freundschaft findet Ernst im Laufe seiner Seminarzeit – »nichts Sexuelles«, betont er. Der Schulfreund wird, bis zu dessen Tod, ein wirklicher Freund fürs Leben.

Der Freund ist im Gegensatz zu Ernst in einer Arbeiterfamilie aufgewachsen und findet rasch den Zugang zu Ernsts Familie. Von ihr wird er wie ein verlorener Sohn aufgenommen. »Bei meinen Eltern blühte er auf. Er sog das Intellektuelle, das ihm absolut entsprach, auf. Ich merkte schnell: Das gefällt sowohl ihm als auch meinem Vater.«

Mit dem Freund, der einer Methodistenkirche angeschlossen ist, teilt Ernst, was er bis zu diesem Zeitpunkt nur mit sich selber ausmachte: Er gibt viele seiner Gedanken preis. Die beiden diskutieren über Religion und französische Intellektuelle wie Jean Cocteau, schwuler Schriftsteller, Maler und Regisseur, über Jean-Paul Sartre, Philosoph und Publizist, oder über Albert Camus, in Algerien aufgewachsener Schriftsteller und ebenfalls Philosoph. Thema ist auch Mahatma Gandhi, der sich mit friedlichen Mitteln für die Unabhängigkeit seines Landes und damit gegen das britische Empire einsetzt, das mitgeholfen hat, den Eroberungskrieg des Naziregimes zu stoppen. Indien wird Anfang Juni 1947, zu Beginn von Ernsts Lehrerausbildung, ein eigenständiger Staat. Über Gandhi liest er deshalb viel und hält als Seminarist einen Vortrag vor seiner Schulklasse.

Im Verlauf angeregter Diskussionen wird Ernst von seinem Freund gewarnt: »Er sagte zu mir: ›Du bist ein Freidenker. Das ist gefährlich an unserem Seminar; du musst vorsichtig sein und dich anpassen.‹ Und ich dachte: Ja, das mache ich schon längstens. Du weißt gar nicht, wie sehr ich das tue.« Denn Ernsts Geheimnis, das er mit niemandem teilt, sein Allerinnerstes, bleibt auch seinem Freund verschlossen. Über seine homosexuellen Gefühle redet er nie mit ihm. Ernst erzählt ihm auch nichts von seinem Cousin, obwohl er nach dessen überraschendem Tod in ein tiefes Loch fällt. Statt mitzuteilen und damit Leid zu teilen, verstummt er und rettet sich ein weiteres Mal aus seiner Krise, indem er seine Emotionen im Klavierspiel ausdrückt. Obwohl ihm bewusst ist: Wenn ich in einer Welt lebe, die andere nichts angehen darf, macht das Leben keinen Sinn.

Röbi dagegen findet durch seinen damaligen Freund Emil eine Umgebung, die ihm bald einmal zu einer zweiten Heimat wird. Emil führt ihn in einen Zirkel ein, wo nur homosexuelle Männer verkehren und der sich »Der Kreis« nennt. Wer hier mitmacht, kennt nur die Gesichter; keine vollständigen Namen, keine Telefonnummern, keine Adressen, keine Berufe – rein gar nichts. Die richtigen Namen und Personalien kennen nur zwei Menschen: »Rolf« und »Charles Welti« – auch ihre Namen sind Pseudonyme.

Innerhalb des Kreises ist fast alles ein Geheimnis, und die Zutrittsbedingung ist entsprechend streng geregelt: Man muss volljährig sein – damals noch zwanzigjährig – und Abonnent der gleichnamigen, dreisprachigen Zeitschrift, die monatlich erscheint und vor allem kulturelle, literarische und politische Artikel aus dem homosexuellen Bereich zum Inhalt hat.

Röbi ist aber erst achtzehn und wird nur dank einer Sonderbewilligung aufgenommen – nicht zuletzt auch, weil Röbi aus seiner Zeit am Theater den Schauspieler »Rolf« kennt. Sein Alter stellt niemand infrage, und niemand macht sich diesbezüglich Gedanken, da die beiden führenden Köpfe jeweils die Verantwortung für ihre Entscheide tragen.

Aus heutiger Sicht, ohne Kenntnisse über homosexuelles Leben in der Gesellschaft von damals, könnte man versucht sein zu denken: Was soll diese Vorsicht – anonymisierte Namen, verschwiegene Identität? Das ist doch paranoid, krankhaft! Ist es leider nicht. Dazu einige Fakten aus der damaligen Gegenwart, die das Klima homosexuellen Lebens prägten:

Alles Andersartige wurde während des Dritten Reiches, das bis Anfang Mai 1945 an der Macht war, skrupellos vernichtet – Juden, Sinti, Roma, Politische … und Homosexuelle. Über 100 000 Männer wurden auf sogenannten rosa Listen erfasst, weil sie gegen den von den Nazis verschärften Paragrafen 175 des deutschen Strafgesetzbuches verstießen, der allerdings schon zuvor sexuelle Handlungen zwischen Personen männlichen Geschlechts unter Strafe gestellt hatte. In Hitlers Reich genügten aber nur schon »begehrliche Blicke« für eine Strafverfolgung. Eine unbestimmte Zahl Homosexueller landete in psychiatrischen Kliniken, wurde auf gerichtliche Anordnung kastriert oder deportiert. Heute wird davon ausgegangen, dass gegen 15 000 schwule Männer mit dem rosa Winkel gebrandmarkt, in Konzentrations- oder Arbeitslagern eingesperrt und umgebracht wurden.[3] Viele flüchteten, solange sie es konnten, in die Schweiz, die für sie trotz Stigmatisierung zur Insel wird.

Homosexuelle Handlungen unter Erwachsenen waren in der Schweiz bis zum 1. Januar 1942, als das erste gesamtschweizerische Strafgesetzbuch in Kraft trat, ebenfalls strafbar. Männliche Prostitution blieb auch nachher strafbar, weibliche war hingegen als strafbare Handlung aus dem neuen Gesetz gestrichen, das bereits drei Jahre zuvor in einer Volksabstimmung angenommen worden war. Zudem wurde das Schutzalter für Männer, aus Angst vor homosexueller Verführung, bei zwanzig Jahren belassen und nur für Frauen auf achtzehn Jahre gesenkt. Offensichtlich taxierten sowohl die vorberatende parlamentarische Kommission als auch die darüber referierenden National- und Ständeräte heterosexuelle Verführungen als moralisch weniger verwerflich. Dieser Gesetzespassus wird erst fünfzig Jahre später revidiert, und Männer werden somit erst 1992 den Frauen gleichgestellt.[4]

Zwischen 1934 und 1961 wurden im Kanton Schaffhausen mindestens fünf Homosexuelle kastriert. Aufgrund von Recherchen in den Archiven konnte nachgewiesen werden, dass die behördlich verordneten Zwangsoperationen vor allem in den Vierziger- und Fünfzigerjahren vorgenommen wurden.[5]

Auch in anderen Kantonen, die in jüngerer Zeit ihre Vergangenheit aufarbeiten ließen, kam ans Licht, dass an öffentlichen Spitälern amtlich bewilligte Kastrationen vorgenommen wurden, auch an Homosexuellen. Ein Zitat aus damaliger Zeit: »Bei der konstitutionellen Homosexualität besteht das Bedürfnis gar nicht, von dieser Triebanomalie wegzukommen.«[6]

Das Heft »Der Kreis« ist deshalb für viele ein Forum ihrer seelischen Not: 1948, im Jahr, als Röbi Abonnent wurde, kündigte darin ein verzweifelter Mann sein Ende an. Er schrieb in seinem anonym verfassten Bericht: »[…] es bleibt mir nur die Wahl zwischen Tod oder lebenslänglichem Theater […]«[7].

Ebenfalls 1948 stellt der achtzehnjährige Röbi Rapp bei den Behörden ein Gesuch auf Einbürgerung. Und: Es wird abgelehnt – wegen »Unreife«. Der Hintergrund ist ein anderer: Als die »Schweizermacher« in Röbis Umfeld schnüffeln, erfahren sie von seinem Lehrmeister, dass sein Stift mit Homosexuellen verkehrt, da unter den zahlenden Kunden, die sich von Röbi die Haare schneiden lassen, auch schwule Schauspieler und Opernsänger sind. Für den in der Schweiz geborenen Röbi bedeutet dies, dass er weiterhin alle zehn Jahre den Antrag auf eine Verlängerung seiner Aufenthaltsbewilligung stellen muss.

Solche Erfahrungen prägen das Verhalten homosexuell lebender Menschen. Unser Sensorium ist gegenüber allem Diskriminierenden geschärft. Auch heute noch. Obwohl die jetzige Zeit eine andere ist. Aber auch über ein halbes Jahrhundert später zeigt die Summe der Vorkommnisse, dass homosexuelles Leben noch immer nicht als gleichberechtigte und selbstverständliche Lebensform akzeptiert ist. In der »Thurgauer Zeitung« lese ich Mitte Mai 2012 unter dem Titel »Ein peinliches Missverständnis«, dass das Frauenfelder Tourismusbüro den Werbeflyer für das 15. schwul-lesbische Filmfestival »Pink Apple« nicht auflegen wollte. Erklärt wurde der Festivalorganisation, der Bahnhof sei dafür nicht der richtige Werbeort – die Kundschaft, darunter auch Kinder, würde sich ob dieser Flyer vielleicht nicht wohlfühlen. Später hieß es, nach erneutem Nachfragen, die ganze Geschichte gründe auf einem großen Missverständnis und »in keiner Weise auf einer homophoben Haltung«[8].

Nur einen Tag später ist auf »NZZonline« im Zusammenhang mit der republikanischen Kongressabgeordneten und der Tea-Party-Bewegung nahestehenden Michele Bachmann, die ihren Antrag auf ein Schweizer Bürgerrecht zurückziehen will, zu lesen, dass ihr Ehemann Marcus (Bürger von Wigoltingen, Kanton Thurgau) in den USA eine psychologische Praxis für »christliche Beratung« mit rund vierzig Angestellten betreibe. Zu seinem Angebot gehören auch Therapien gegen Homosexualität.[9]

Trotz solcher Vorkommnisse ist heute in demokratischen Ländern vieles viel offener – darüber bin ich mir im Klaren. Ich lebe in einem Umfeld von Akzeptanz und Gleichwertigkeit. Dafür bin ich dankbar. Doch damals, kurz nach dem Krieg, gab es für Homosexuelle ein öffentliches und ein verborgenes Leben.

Ernst erfährt als 22-Jähriger, nach Abschluss der Berufsausbildung, durch einen jüdischen Studenten, mit dem er sich in der Rekrutenschule befreundet, wo sich Schwule in Zürich treffen. Sein Kamerad ist wie Ernst Freidenker und Anhänger des Existenzialismus. Beim Duschen wird Ernst von dessen Bemerkung überrascht, dass er mit seinem »Luxuskörper« beim Pissoir am Bürkliplatz viel Geld verdienen könnte. Denn dort würden sich die Schwulen treffen.

Als Ernst hört, was sein Kamerad unter der Dusche sagt, dreht er sich weg und läuft rot an. »Aber beim nächsten Ausgang«, erzählt Ernst, »stand ich in der Nähe des Pissoirs und schaute zu. Die Männer gingen wie Hunde miteinander in die Büsche. Das war nichts für mich. Ich wollte jemanden kennen lernen, mit dem ich reden konnte.«

Zürichs Bürkliplatz ist wohl nicht zufällig der Ort, wo Männer Männer treffen. Am See steht in unmittelbarer Nähe des Pissoirs seit Anfang der Fünfzigerjahre die Statue von Ganymed und Zeus in der Gestalt eines Adlers. Der Schweizer Bildhauer Hermann Hubacher hatte die Skulptur auf Anregung des Kunsthistorikers Heinrich Wölfflin geschaffen, der in Zürichs öffentlichem Raum Männerbildnisse vermisste. Die griechische Mythologie besagt, dass Zeus von der Schönheit Ganymeds so angetan war, dass er sich in einen Adler verwandelte, um den Jüngling in den Olymp zu entführen und zu seinem Geliebten zu machen. Ganymed ist deshalb auch Symbol gleichgeschlechtlicher Männerliebe.

Ernst lebt seine Sexualität nicht in der Nähe des bronzenen Jünglings aus, sondern in England. Mit seinem ersten verdienten Geld fährt er nach Stratford-upon-Avon, an den Geburtsort von William Shakespeare, dessen Werke er bereits als Zehnjähriger zu lesen versuchte. Schon einmal, während seiner Ausbildung zum Junglehrer, war er per Autostopp durch England und Schottland gereist, weil er ein absoluter Fan Großbritanniens ist. Deshalb kaufte er sich schon als Sechzehnjähriger eine Armeejacke der Royal Air Force – und trug sie auch mit entsprechendem Stolz.

In England, weit weg von zu Hause, explodiert, was innerlich schon lange brodelt. Er erzählt: »Das waren keine kleinen sexuellen Betätigungen. Das war richtig stark. Weil ich aber von christlichen Vorstellungen trotz allem geprägt war und mich nicht einfach davon lösen konnte, reagierte mein Inneres mit Darmproblemen. Ich konnte während Tagen nicht mehr auf die Toilette. Ich hatte schmerzhafte Krämpfe. Die Verstopfung ließ sich nur mit regelmäßigem Konsum von Laxativen beheben.«

In diesem Moment der Erzählung öffnet Röbi die Tür, nur einen Spalt weit, um nicht zu stören, und flüstert uns zu: »Ich gehe jetzt einkaufen.« Ernst nimmts zur Kenntnis und sagt, um einiges lauter im Tonfall: »Jawohl!» – und verabschiedet ihn mit: »Ciao, ciao, Müsli.« Der Kosename gehört beiden. Ich mache diesbezüglich eine Bemerkung, und Ernst erzählt, dass sie manchmal vor lauter »Müslis« variieren würden: »Dann heißt es auch mal ›Müsli Muus‹.« Ihre Vornamen kommen ihnen aber immer noch ebenso geläufig über die Lippen wie das Kosewort.

Nachdem Röbi auch noch die Wohnungstür leise ins Schloss gezogen hat, fährt Ernst dort fort, wo er stehen geblieben ist. Mir fällt dabei wie schon so oft auf, wie Ernst vom einen zum andern wechselt, ohne dabei den Faden zu verlieren. Diesen droht er viel häufiger innerhalb seiner Schilderungen zu verlieren, weil der nächste thematische Bogen ebenso dazugehört wie der bereits ausgeführte.

Ernst knüpft also nahtlos dort an, bevor er mir etwas über ihre Kosenamen erzählt hat, und sagt: »Die Schmerzen, die mich wegen meiner Verdauungsprobleme plagten, waren jeweils so stark, dass ich mich in Krämpfen am Boden wälzte. Im normalen Fluss des Lebens während ich in der Schule unterrichtete, ging es einigermaßen. Doch sobald ich weg war – für ein Wochenende, für Ferien oder im Militärdienst –, litt ich entsetzlich. Da halfen nur noch starke Abführmittel. Gut war einzig, dass ich im Militär Sanitäter war und dadurch Zugang zu diesen Medikamenten hatte.«

Am Ende der Dienstzeit räumt Ernst jeweils einige Laxativ-Schachteln aus den Schränken der Militärapotheke und hat bis zum nächsten Einrücken wieder genügend Vorrat. Er sagt: »Die Verstopfung ging einfach nicht weg. Ich hatte keine Erklärung dafür und ging auch zum Arzt. Was man untersuchen konnte, wurde untersucht. Man fand nichts. Der Arzt meinte, dass es mit dem Älterwerden von alleine aufhören werde, so wie bei chronischen Kopfschmerzen auch.«

Verstopfung und Krämpfe verschwinden Jahre später. Doch der Grund für die Besserung ist ein anderer als das Älterwerden.

1954 zieht Ernst in eine Wohngemeinschaft, in einen Drei-Männer-Haushalt. Auslöser für diesen Wechsel waren für den 24-Jährigen auch die Unstimmigkeiten zu Hause: »Es gab oft Reibereien – ich als Pazifist in der Sanität und mein Vater als Offizier, der während des Krieges auch für den Nachrichtendienst gearbeitet hatte. Das war nicht einfach für den Vater. Das musste er erst verdauen. Als ich ausgezogen war, wurde unser Verhältnis sehr viel besser, weil wir einander in geistigen Bereichen sehr nahestanden.«

Kurz nach dem Umzug kommt Ernst in der Nähe der Ganymed-Statue mit einem Mann ins Gespräch. Sie sitzen auf einer Bank, reden und verstehen sich – auch intellektuell: »Mit diesem Mann ergab sich eine Freundschaft.« Es stellt sich schnell heraus, dass er ein Abonnent der Zeitschrift »Der Kreis« ist und weiß, wo sich das Büro der gleichnamigen Organisation befindet, obwohl die Adresse ja nicht im Heft stand. Ernst geht dorthin – an die Mühlebachstraße im Zürcher Seefeld – und redet mit »Rolf«. »Er fragte mich auch, was ich beruflich mache, und meinte dann, ich solle erst wieder zu ihnen kommen, wenn ich als Lehrer gewählt sei. Er fand es zu gefährlich. Sollte jemand von meinen Aktivitäten erfahren, hätte die Wahl als Lehrer verhindert werden können.«

»Rolf« lag mit seinem Einwand völlig richtig, wie sich später herausstellen sollte.

Der Kreis, Partnerschaft und Repression

1955 ist Ernst neu gewählter Lehrer in Zürich Oerlikon und darf als 25-Jähriger mit »Rolfs« Einwilligung endlich dem Kreis beitreten; von Röbi weiß er zu dieser Zeit noch nichts.

Wer in der Organisation »Lesezirkel der Kreis« aufgenommen wird, ist nicht Mitglied, sondern Abonnent, weil es »Rolf«, der führende Kopf, nicht anders will. »Er wollte kein Gremium, das gewählt wird und bestimmt«, erklärt Ernst, »er wollte selber bestimmen. ›Rolf‹ sagte jeweils, er habe eine gewisse Verantwortung und stehe dafür auch bei den Behörden als Einziger mit seinem richtigen Namen, Karl Meier, ein.«

Denn »Rolf«, ein anerkannter Schauspieler und Ensemblemitglied des Cabaret Cornichon, leistet es sich als einer der wenigen, sich als Homosexueller zu exponieren. Alle andern Mitglieder des Kreises schützt er und achtet darauf, dass die Adressen der Abonnenten nur ihm und »Charles Welti«, dem andern bestimmenden Kopf innerhalb der Organisation, bekannt sind. »Die Kartei mit den richtigen Namen der Abonnenten gab es nur in zweifacher Ausführung«, erzählt Röbi: »Sie wurden in ›Rolfs‹ Büro aufgehoben, versteckt neben dem Ofen, damit man sie jederzeit hätte verbrennen können.«

Die Geschichte gibt »Rolf« recht: In mehreren Städten, auch in Zürich, fichiert die Polizei Homosexuelle und führt insgeheim schon seit langem sogenannte Homo-Register: Der Kreis steht, solange es ihn gibt, unter polizeilicher Observation, auch über »Rolf« gibt es eine Akte.

Wer im Kreis verkehrt und sich für die Theater- und Filmwelt interessiert, weiß, dass der schwule »Rolf« außerhalb der Inselwelt eine bekannte Nummer ist und in der Welt, die Homosexuelle ausgrenzt, Karl Meier heißt. Zu Hause im Thurgau, wo er aufgewachsen ist, ahnt jedoch niemand, dass ihr Karl Meier ein Doppelleben führt. In der Ostschweiz, seiner Heimat, wird er als großer Schauspieler und als angesehener Leiter der Sommerfestspiele Kradolf verehrt, dem der Schritt aus ärmlichen Verhältnissen – vom Adoptivkind eines Stickers aus dem Thurgau – auf die Bretter, die die Welt bedeuten, geglückt ist. »Rolf« selber deckt in seiner familiären Umgebung sein zweites Gesicht, sein schwules Leben, nie auf. Denn nicht zuletzt war es die ländliche Enge, die ihn schon als jungen Mann in die Stadt flüchten ließ.

In einer Zeit, wo Schwulsein in den Augen der heterosexuellen Gesellschaft Ekel und Sünde ist und Menschen mit dieser Veranlagung ausgegrenzt werden, ist der Kreis ein willkommenes und nötiges Ghetto, innerhalb dessen Mauern homosexuelle Männer so sein können, wie sie wirklich sind – allerdings mit gewissen Einschränkungen. Wenn man mit der Polizei nichts zu tun haben will, muss alles, was vom Gesetz her verboten ist, konsequent ausgeschlossen werden, damit man ihr keinen Anlass bietet, Razzien durchzuführen. Deshalb werden von vornherein auch Menschen ausgeschlossen, die sich den verschworenen Zirkel als Heimat gewünscht hätten – nämlich alle Minderjährigen, also alle unter zwanzigjährigen Männer, die nicht wie Röbi eine Sonderbewilligung haben, und alle Stricher.

Letztlich ist ein Ort, an dem man als Homosexueller sein kann, wie man ist, wichtig, um auch neue Bekanntschaften zu schließen, da von vornherein klar ist, dass hier gleich tickende Männer zu finden sind. »Im Kreis«, sagt Ernst, »war es tabu, einander über Persönliches zu befragen. Wenn jemand aus eigenen Stücken über sich erzählte, war das etwas anderes. Aber fragen, nein. Man fragte auch nie: ›Wie heisst du?‹ ›Wo wohnst du?‹ ›Was machst du?‹ Einzig über Hobbys konnte man sich mal eine Frage leisten.«

Um dieser Tatsache den entsprechenden Stellenwert zu geben, sagt Ernst noch einmal ganz vehement: »Nie! Das machte man einfach nicht. Wenn du jemanden näher kennen lerntest und bei jemandem zu Hause warst, es musste nicht unbedingt für Sex sein, oder mit jemandem ins Kino gingst und dieser, mit einem gewissen Vertrauen von selber Name und Adresse nannte, dann war es meist ein anderer Name und ein anderer Wohnort, als man im Kreis gehört hatte. Daran war nichts Besonderes.«

Ernst und Röbi gehören zu den wenigen, die auch innerhalb des Kreises mit ihren richtigen Vornamen verkehren. Ernst sagt: »Ich spielte in meinem Alltag so viele Rollen, weil ich auch meine Homosexualität verbergen musste, dass ich nicht Gefahr laufen wollte, nicht mehr zu wissen, für welche Rolle ich welchen Namen wählte. Darum nannte ich mich immer Ernst.« Einzig unter seine Kurzgeschichten und Gedichte in der Zeitschrift »Der Kreis« setzte er Pseudonyme.

Die Männer, die im Schatten der Gesellschaft ein zweites Leben leben, treffen sich jeweils mittwochs und samstags in der Zürcher Innenstadt, im ersten Stock des heutigen Theaters am Neumarkt, das damals noch das Restaurant Eintracht war. Man ist unter sich und atmet befreit, im Schutz des Verstecks. Röbi geht es nicht anders, obwohl er innerhalb der eigenen Familie sein Leben nicht verbergen muss. Dennoch sagt er: »In diesen wenigen Stunden mussten wir keine Maske tragen, nichts vertuschen. Wir waren alle ›Gleichgesinnte‹. Jeder konnte innerhalb dieser Strukturen natürlich leben, so wie es ihm entsprach. Wir konnten tanzen und interessante Gespräche führen.«

Der Kreis verhilft zu viel Lebensqualität. Legendär sind die Festivitäten mit internationaler Ausstrahlung. In den Fünfzigerjahren nehmen an den rauschenden Ballnächten bis zu 800 Männer teil. Auch Homosexuelle aus den USA reisen dafür nach Zürich, da der Kreis nach dem Krieg eine der wenigen Inseln für Schwule ist, die es weltweit noch gibt.

Die Maskenbälle und Herbstfeste sind das Highlight des gesellschaftlichen Zusammenseins. Vor allem die Herbstfeste bieten Röbi die große Bühne, die er, der Kinderschauspieler, durchs Erwachsenwerden verloren hat. Hier findet er das Forum, das er sich immer wünschte, und »Rolf«, der Schauspieler und Regisseur, fördert dabei seinen talentierten Protegé Röbi. Er leitet ihn an und inszeniert mit ihm, der von sich sagt, dass er sowohl das Seriöse wie auch das Anrüchige in sich verberge, Theater-, Kabarett- und Varieté-Aufführungen.

Für sein Bühnen-Talent, seinen Charme, seinen androgynen Körper – sein Feminines, auch in der Stimme, wird er geliebt. Paul Burkhard, der Komponist von »O mein Papa« oder »D'Zäller Wiehnacht« und langjähriger, musikalischer Leiter des Radioorchesters Beromünster, ist von Röbi angetan – »aber Sex hatten wir nie«, sagt Röbi: »Er übte mit mir bei sich zu Hause einige seiner Chansons ein – immer unter der Obhut seiner Schwester, damit ja nichts passiere.«

Auch Artur Beul, Schweizer Musikerlegende und Komponist von rund 2000 Liedern, darunter so bekannte wie »Stägeli uf, Stägeli ab« oder »Übre Gotthard flüged Bräme«, ist von Röbi angetan. Er sucht aktiv dessen Nähe und arrangiert für ihn Lieder, mit denen dieser wiederum im Kreis auf der Bühne steht. Die beiden sind kurzzeitig ein Paar.

Damit er mit Artur zusammen sein kann, »schwänzt« Röbi, der noch in der Ausbildung steckt, die Gewerbeschule. Als er aber realisiert, dass er nicht der einzige Mann in dessen Bett ist, trennt er sich von ihm. Auch Beul führt ein Doppelleben – er ist verheiratet mit

Lale Andersen, der »Lili Marleen«-Interpretin. Sie ist pro forma seine Ehefrau. Röbi sagt: »Damals war ich fasziniert, dass ein berühmter Musiker für mich Lieder schreibt. Das war toll.«

Röbi lebt auf der Bühne des Kreises seine frauliche Seite und schöpft dabei aus dem Vollen – er trägt, lange bevor Ernst »Kreis«-Abonnent ist, Federn, Schminke und falsche Wimpern. Er kopiert Marlene Dietrich, sein Vorbild, singt mit seiner als Kind geschulten, zarten Stimme und interpretiert Texte – auch das Lied von Friedrich Hollaender mit dem wunderschönen, vieldeutigen Titel »Wenn ich mir was wünschen dürfte«[10].

Ich frage mich, als Röbi über die Männergesellschaft außerhalb des normierten Lebens ins Schwärmen gerät, wo die lesbischen Frauen geblieben sind, da sie in den Gesprächen über den Kreis kaum erwähnt werden. Und das, obwohl die beiden Vorgängerorganisationen des Kreises von Frauen initiiert worden waren und sich dort sowohl Frauen als auch Männer ab 1932 regelmäßig im Schweizerischen Freundschaftsverband Amicitia getroffen haben.[11]

Ernst erzählt, dass der Frauenanteil ab Mitte der Dreißigerjahre immer mehr zurückgegangen sei, auch nach einer Neulancierung unter dem Namen Schweizerische Liga für Menschenrechte. Schon damals sei »Rolf« dabei gewesen und habe neuen Schwung in die Bewegung gebracht. Anna Vock, eine Aktivistin der ersten Stunde, die offen zeigte, dass sie lesbisch ist, sei eine der wenigen Frauen gewesen, die auch der Männerrunde und dem Kreis nach dessen Gründung 1943 ihre Treue hielten. Sowohl Röbi als auch Ernst sind Anna Vock, die von allen »Mammina« genannt wird, im Kreis begegnet.

Ernst erklärt mir, weshalb die Vorgängerorganisationen des Kreises, wo auch »Mammina« und deren politische Mitstreiterin Laura »Fredy« Thoma nebst anderen Frauen dabei waren, keine Überlebenschance hatten: »Die Männerliebe war in den Dreißigerjahren vor der Revision des Strafgesetzbuches verboten. Für Frauen gab es diese Einschränkung nicht. Frauen wurden von der männerdominierten Gesellschaft gar nicht wahrgenommen – Lesben erst recht nicht. Durch ihre Unsichtbarkeit war ihre Not auch nicht so groß wie unsere, und sie brauchten nicht zwingend einen Raum. Dadurch hing das Vereinsleben immer an ein paar wenigen. Es waren nicht viel mehr als fünf bis zehn Frauen, die sich jeweils trafen. Zudem gab es Frauen, die fanden, wenn Männer dabei seien, wollten sie nicht mehr kommen. Daraufhin gab es einen Abend nur für Frauen und einen gemischten. Nachdem das neue Strafgesetz 1938 in einer Volksabstimmung angenommen wurde, gab es nichts mehr, wofür man sich gemeinsam einsetzen konnte, weshalb auch etliche der Frauen austraten. ›Rolf‹ hingegen hatte eine größer angelegte Strategie. Er wollte mehr als die Frauen, denen ein Treff mit Musik und Tanz genügte. Er wollte nicht nur einen Treffpunkt zum Festen, sondern vor allem eine literarische Zeitschrift auf hohem Niveau und einen geistig-kulturellen Ort. ›Mammina‹ blieb dem Kreis treu bis zu ihrem Tod 1962. Sie war die einzige Frau, die offiziell als Abonnentin auftrat. Wahrscheinlich gab es aber auch ›verborgene‹ Abonnentinnen, die nie an Veranstaltungen teilnahmen.«

Röbi und Ernst mögen sich noch gut an »Mammina« erinnern, auch wenn sie im Kreis meist im Hintergrund blieb. Röbi erzählt, dass sie bei Festen jeweils an der Garderobe war – »zusammen mit ihrer Freundin, mit ›Ruedi‹. Ja, wir nannten die Freundin ›Ruedi‹. Sie hat immer genau kontrolliert und wo nötig unzimperlich durchgegriffen.«

Ernst sagt: «Ich wusste damals von ›Rolf‹, wer ›Mammina‹ ist, und achtete sie deshalb hoch. Aber andere junge Männer, die nichts wussten, fluchten über die zwei, vor allem über ›Ruedi‹. Sie nannten sie ›Holzfäller-Ruedi‹...«

Röbi ergänzt Ernsts Ausführungen in einem der wenigen Gespräche, die ich mit beiden führe: »Ja, die beiden blieben immer draußen und hüteten die Garderobe, wenn wir drinnen unsere Auftritte hatten.«

Für »drinnen« inszeniert »Rolf« auch Theaterstücke, für die er die weibliche Hauptrolle regelmäßig mit Röbi besetzt, der dann in langen Roben auftritt, die er selber näht. Sie wallen elegant entlang seines schlanken Körpers. Dazu trägt er Damenhüte, Klunker an den Ohren und um den Hals glitzernde Ketten. Seine Füße stecken in schmalen Damenpumps. Wer ihn nicht kennt, meint, auf der Bühne bewege sich tatsächlich eine Frau – so auch am Herbstfest 1956: In der »Eintracht« ist die Stimmung wie immer ausgelassen und heiter, das Publikum unbeschwert, da die Männer unter sich sind und sich sicher und aufgehoben fühlen. Anna Vock hütet zusammen mit ihrer Freundin, dem »Holzfäller-Ruedi«, die Garderobe, und die beiden markieren schon durch ihre Präsenz, dass die Regeln des Kreises einzuhalten sind.

Im Saal freuen sich die langjährigen Abonnenten auf Röbi – ihr Star und Liebling –, der als Frau gekleidet auftreten wird. Röbi ist sich bewusst, dass er mit wenigen Bewegungen im Ausdruck umso stärker und überzeugender wirkt. Er sagt: »Ich erhielt dadurch eine erotische Ausstrahlung, die mir als Mann fehlte.« Um diese Tatsache zu unterstreichen, fügt er ein weiteres Beispiel an: »Als ich einmal als Mann verkleidet an einen Maskenball ging, meinten alle, ich sei eine Frau, die auf Mann macht…«

Auch Ernst, der seit knapp zwei Jahren zum Kreis gehört, sich aber nun zum ersten Mal getraut, an einem dieser legendären Feste, die er erst vom Hörensagen kennt, teilzunehmen, sitzt gebannt im Publikum. Er sieht die Frau, von deren Auftritten sich alle verzaubern lassen, erstmals auf der Bühne. Und auch er findet die Darstellerin umwerfend, ja großartig. Er ist sich so sicher, dass sie ist, was er sieht, nämlich eine Frau, dass er darauf wettet. Er, der Lehrer, ist ein guter, aufmerksamer Beobachter und blitzgescheiter Analytiker mit sicherem Instinkt. Diese Kombination hat ihn bis jetzt fast nie im Stich gelassen. Angetrieben von den Männern, die ihn umringen, endet sein Einsatz deshalb erst bei hundert Franken, was einem Sechstel seines Monatslohnes entspricht…

Nach der Vorstellung kommt es zur Begegnung mit der Frau, die sich ohne Kostümierung als jenes Zauberwesen entpuppt, dem er im Stadttheater – dem heutigen Opernhaus –, als er dem Auftritt von Les Ballets Africains entgegenfieberte, schon einmal begegnet ist. Als der Engel erneut vor ihm steht, verschlägt es ihm, was nur ganz selten vorkommt, die Sprache; er lässt die Gelegenheit an sich vorbeiziehen, und sein Traummann – androgyn und blond – entschwindet ihm bereits zum zweiten Mal…

Am folgenden Tag – ein Sonntag – treffen sich die »Kreis«-Abonnenten nochmals zu einer Art Kehraus und tanzen bis Mitternacht. Bei dieser Gelegenheit lädt ein Bekannter von Röbi, von Beruf Konditor, für den nächsten Sonntag einige wenige zu sich nach Hause zu einem »Zwetschgenkuchen-Kränzli« ein. »Zwetschge« ist unter Homosexuellen ein Synonym für effeminierte »Schwule« – und der Anlass deshalb ein eindeutiger: ein Zusammensein unter Gleichgesinnten.

Röbi erzählt: »Ich wusste nicht, wer alles dabei sein würde. Und dann wurde es ein richtig netter Nachmittag, denn Ernst gehörte auch zum kleinen Kreis der Geladenen. Er brillierte. Er erzählte spannend und präsentierte sich bestens. Mir hat das sehr imponiert. Wirklich. Ich dachte: Der gefällt mir. Ernst saß aber weit weg von mir, sodass wir gar nicht miteinander reden konnten.« Um richtig zu betonen, wie es damals war, wechselt Röbi ins Bühnendeutsch und sagt lachend: »Und sie konnten zueinander nicht finden...« Daraufhin erzählt er wieder im Dialekt weiter: »Ich habe bei Ernst auch einen tiefen Eindruck hinterlassen; das hat er mir später einmal gesagt. Er lud uns an diesem Nachmittag auch alle für den folgenden Sonntag zu sich nach Hause zu Tee und Kuchen ein.«

Als Treffpunkt schlägt Ernst das Lokal des Kreises vor. Von da aus würde man anschließend gemeinsam zu ihm gehen. Wo das ist, verrät er nicht und hält sich damit an die unausgesprochene Regel der Kreis-Angehörigen, nichts von sich preiszugeben. Deshalb weiß Röbi zu diesem Zeitpunkt weder, wie Ernst wirklich heißt, noch kennt er Adresse oder Telefonnummer – einfach nichts.

Röbi freut sich die ganze Woche auf den Sonntag – und kann dann trotzdem nicht gehen. Am Tag zuvor kommt ein unerwarteter Telefonanruf eines Onkels aus Süddeutschland, der seinen Besuch für Sonntag ankündigt. Er sei mit der Tochter auf einer Carfahrt, sie hätten in Zürich fünf Stunden Aufenthalt und würden ihre Verwandten gerne sehen...

Mame muss an dem Tag, als Ernst zu Tee und Kuchen lädt, wie fast immer an Sonntagen am Morgen, am Nachmittag und am Abend im Schauspielhaus arbeiten. Deshalb haben Röbi und seine Schwester keine andere Wahl, als die Rolle der Mutter zu übernehmen und für sie als Gastgeber einzuspringen.

Als Röbi erzählt, hängt die Verzweiflung von damals wieder über seiner Seele und seine Not wird spürbar: »Das weiß ich noch, wie wenn es heute wäre. Ich konnte nicht weg, ich musste mich um meine Verwandten kümmern und war überhaupt nicht bei der Sache. Es war so schlimm. Ich konnte Ernst nicht absagen und mich für mein Fernbleiben nicht entschuldigen. Ich konnte einfach nichts tun.«

Als ich auch Ernst auf den verpatzten Sonntag anspreche, sagt er:

»Ich dachte, ich sei für Röbi sicher nicht interessant und hätte wenig Chancen.«

Denn Ernst ist nicht entgangen, wie alle im Kreis für Röbi schwärmen. Dass er der Star fast aller ist, dessen ist sich Ernst an jenem Sonntag erneut bewusst, weil nur ein Star eine solche Abmachung einfach ignorieren kann.

Und Röbi, 26-jährig, verbringt eine Woche, die er nicht noch einmal erleben möchte. Am darauf folgenden Samstag besucht er den »Barfüßer«, ein Lokal in der Zürcher Innenstadt, das als Treffpunkt homosexueller Männer und Frauen bekannt ist. Röbi sieht seinen Bekannten, der zum «Zwetschgenkuchen-Kränzli« eingeladen hat, erzählt ihm, weshalb er der Einladung von Ernst unentschuldigt ferngeblieben war, und will von ihm wissen, wie er Ernst ausfindig machen könne. Der Bekannte zeigt auf die gegenüberliegende Seite. Dort entdeckt Röbi in jener Ecke des Lokals, wo sich vor allem Lesben aufhalten, den gesuchten Ernst.

Noch heute sieht Röbi die Situation plastisch vor sich. Er erzählt: »Es war der Tag, als die Russen Budapest einnahmen und den Aufstand des ungarischen Volkes gewalttätig beendeten. Ernst war betrübt und wollte seine Ruhe. Deshalb hielt er sich bei den Damen auf. Er trug schwarz, als Zeichen der Trauer. Ich ging zu ihm, um mich bei ihm zu entschuldigen. Danach verbrachten wir den ganzen Abend zusammen und fanden bald heraus, dass wir denselben Heimweg hatten ...«

Ernst bestätigt: »Ich war wegen der tragischen Ereignisse niedergeschlagen. Da kam Röbi ... Wir unterhielten uns gut, und ich merkte und hoffte, da könnte etwas wirklich Wunderbares entstehen.«

Röbi sagt: »Unterwegs Richtung Seefeld fragte mich Ernst: ›Kommst du noch zu mir?‹ Ich ging mit in seine Wohnung.«

Sie lieben sich das erste Mal. Aber morgens um zwei Uhr beendet

Röbi das Zusammensein. Er sagt, er müsse nach Hause, weil Mame nicht schlafen könne, wenn sie nicht wisse, wo er ist: »Ich musste deshalb unbedingt nach Hause. Das machte Ernst Eindruck, dass ich wegen Mame nach Hause ging.«

Bevor Röbi Ernsts Bett verlässt, lädt er ihn zum Frühstück bei sich zu Hause ein. Röbi verspricht, sich telefonisch zu melden, was er auch tut, gleich am Morgen nach dieser ersten Liebesnacht vom 3. auf den 4. November 1956.

»Das war wirklich eine Schlüsselszene«, erzählt Röbi. »Ich wollte Ernst kennen lernen, und dieser dachte: Das ist so ein Flittchen, das von einem Blümchen zum andern fliegt – ein Schauspieler, einer der sich verkleidet; sicher nichts Seriöses, deshalb ist er auch nicht zu meiner Einladung gekommen.« Verschmitzt, wie wenn er mich davon überzeugen müsste, dass es ist, wie es heute ist, fügt Röbi noch den Satz hinzu: »Jetzt siehst du, was aus jener Nacht alles geworden ist.«

Ernst befrage ich ebenfalls zur ersten Nacht mit Röbi. Ich will wissen, wie es war, als es ohne seinen Traummann Tag wurde. Er sagt: »Ich war mir nicht ganz sicher, ob es stimmte, was Röbi versprochen hatte. Ich dachte mir: Oh, das war nun wahrscheinlich wieder einer jener One-Night-Stands... Als dann am Morgen das Telefon läutete und Röbi mich zu sich nach Hause einlud, um seine Mutter kennen zu lernen, wusste ich: Das ist doch was anderes.«

Ich frage nach: »Aber als er nach Hause ging, dachtest du sicherlich: Das ist einfach eine faule Ausrede!?«

»Ja, natürlich«, antwortet Ernst: »Ich bin immer so. Weißt du, ich wollte jene Qualen, die ich damals mit meinem Cousin durchgemacht hatte, kein zweites Mal erleben. Deshalb war ich immer skeptisch, auch bei Röbi. Ich hielt mich bewusst zurück und wollte nicht zu viel an Gefühlen hineingeben. Aber schon in der ersten Nacht sagte Röbi etwas Unerwartetes – er sei jemand, der sehr viel Liebe brauche. Ich spürte sofort, dass er etwas Besonderes, Zerbrechliches ist – ein Mann, den man achten und beschützen muss. Da ergab sich eine Aufgabe, die mich lockte.«

Ernst stockt, schweigt, macht eine kurze Pause. Er lacht und fügt hinzu: »Und das ist heute noch so. Und als Röbi damals am Morgen telefonierte und ich zu ihm nach Hause ging und seine Mutter kennen lernte, da wusste ich: Das ist anders als alles Bisherige.«

Röbis Mutter schließt Ernst vom ersten Augenblick an ins Herz und findet, sie habe mit dem neuen Mann an Röbis Seite einen zweiten Sohn gewonnen. Sie redet Röbi sogar ins Gewissen und mahnt ihn, sorgsam mit Ernst umzugehen, damit er ihn nicht verliere. Röbi erzählt: »Sie sagte zu mir: ›Bleib anständig, schau zu diesem Mann. Er ist ein wertvoller und lieber Mensch. Du bist gefragt; du musst dir Mühe geben.‹«

Mame hat für Ernst ein »Gspüri« und Ernst auch eines für Mame, weil er von sich zu Hause ganz anderes gewohnt ist. Röbi betont mir gegenüber: »Du weißt ja, wir waren eine ganz einfache Familie. Wir wohnten damals in einer kleinen, bescheidenen Wohnung. Wir hatten das Bad in der Küche. Wir mussten mit wenig auskommen. Mame musste dafür arbeiten und ich ebenfalls. Es war nicht so wie bei Ernsts Familie, wo dem Dienstmädchen geläutet und gesagt wurde: ›Bringen Sie dies, machen Sie jenes.‹ Ja, bei uns war es bescheiden, dafür aber herzlich.«

Diesen respektvollen Umgang, wie ihn Ernst erfahren darf, dieses Unvoreingenommene schon bei der ersten Begegnung, dass nichts anderes als der Mensch im Zentrum steht, wünschten sich viele Kinder, wenn sie denjenigen Menschen nach Hause bringen, den sie lieben … Auch Heterosexuelle träumen von dieser selbstverständlichen Offenheit. Aber vor allem homosexuelle Männer und Frauen sind meistens mit dem Gegenteil konfrontiert. Allerdings ist es oft auch die Angst, von der eigenen Familie geächtet zu werden, die viele begleitet und sie oft im Schweigen verharren lässt statt zum Reden bringt. Ich verhielt mich damals nicht anders. Lieber verschwieg ich mein Lesbischsein und stellte meine erste Frau, in die ich frisch verliebt war, als Freundin vor, statt Gefahr zu laufen, hinterher nicht mehr akzeptiert zu werden.

Röbi befrage ich zur ersten Liebesnacht, weil ich weiß, dass ich mit ihm über alles reden kann. Etwas umständlich frage ich, weil es mir im Gegensatz zu ihm fast etwas peinlich ist: »Magst du dich erinnern, wie es war, das erste Mal – ihr zusammen? Ich meine körperlich?«

Röbi sagt ohne großes Zögern: »Ja, mit Ernst fühlte ich mich sehr wohl. Ich kann nicht sagen, dass es wahnsinniger Sex war. Aber es war etwas anderes, etwas, das tiefer ging, und zwar gerade von Beginn weg. Wir fühlten uns zueinander hingezogen. Es stimmte alles, auch die körperliche Nähe. Wirklich – und für Ernst sicherlich auch. Ja, das war für beide ein Meilenstein.«

Noch etwas anderes interessiert mich: »Hat Ernst in seinem Leben etwas verändert, nachdem er dich kennen gelernt hat?«

Auch jetzt überlegt Röbi nicht lange: »Wahrscheinlich schon; wobei Ernst eigentlich immer das machte, was er wollte. Wenn er das Gefühl hatte, dass er es machen müsse, dann machte er es auch. Heute nimmt er mehr Rücksicht. Weißt du, zu Beginn war er doch sehr dominant. Ja – und mir kam dies entgegen.«

»Warst du wirklich froh, jemanden zu haben, der dir sagt, wo es langgeht?«, bohre ich weiter und füge provozierend hinzu: »War es mit deiner Mutter nicht ähnlich? Bestimmte nicht auch sie für dich?«

»Ja, sicher«, sagt Röbi. »Mame war jemand sehr Bestimmter. Aber sie war durchs viele Arbeiten angespannt, wir mussten einfach zusammenhalten.«

Ernst findet auch im Kreis eine Aufgabe und Akzeptanz, die ihn erfüllt – er wird Mithelfer beim dreisprachigen Heft »Der Kreis – Le Cercle – The Circle«, das innerhalb des Zirkels das wichtigste Bindeglied ist. Die Zeitschrift behandelt Themen, die aus homosexueller Sicht wichtig sind – unter anderem Berichte und Kommentare zu politischen und gesellschaftlichen Vorgängen, literarische Texte und Buchrezensionen, Buchauszüge und persönliche Schicksalsgeschichten. Und es werden Geschichten schwuler Autoren veröffentlicht, wenn ihre Werke sonst nirgendwo erscheinen können. Auf einem beigelegten, losen Blatt werden Kontaktanzeigen publiziert, aber auch diese sind nur mit einer Nummer versehen. Ein wichtiger Bestandteil jeder Ausgabe sind jeweils die Fotos und Illustrationen – das Dargestellte immer sehr männlich und erotisch.

Ernst ist nicht bloß Konsument der Vergnügen und Leser des Hefts – er will »mitten drin« sein: »Ich brauchte das. Ich wollte mithelfen. Der Kreis wurde so zu meiner Heimat. Denn meine Tätigkeit dort, die ich machen konnte, ohne dass andere etwas davon wussten, gab mir eine gewisse Sicherheit im Auftreten. Wenn negative Bemerkungen über Homosexuelle fielen, dann konnte ich denken: Ach ihr Armen, wenn ihr wüsstet …«

Der Kreis muss jede Ausgabe seiner Zeitschrift, meist 36 Seiten, von der Zürcher Sittenpolizei daraufhin begutachten lassen, ob der Inhalt nicht gegen die Pornografie-Gesetze verstößt. Deshalb dürfen auf den Fotografien keine Geschlechtsteile zu sehen sein. Vollakte müssen retuschiert werden, und nackte Körper dürfen nur von hinten oder von der Seite abgebildet sein.

Für jede Ausgabe arbeitet man lieber mit der Behörde zusammen, als das Risiko einzugehen, dass die Zeitschrift kurz vor Erscheinen konfisziert wird. Man hält sich an dieses Vorgehen, laut Röbi nicht zuletzt auch, weil »Rolf« immer die Obrigkeit im Nacken spürt.

Ende der Fünfzigerjahre hat »Der Kreis« 2000 Abonnenten, ein Drittel davon lebt im Ausland. Für sie bleibt die Zeitschrift über Jahre ein wichtiger Anker, da die Nazizeit und der Krieg in Europa alle Strukturen, die Homosexuelle verband, zerschlagen hatten.

Einmal wird Ernst im englischen Dover gefilzt, als er für Freunde mehrere Exemplare der Zeitschrift, die auf der Insel verboten ist, mitnimmt. Dabei wird auch seine Agenda konfisziert, in der die Adressen seiner Freunde stehen – zu dieser Zeit war es noch bei allen – auch bei Heteros – üblich, die Anschriften von Leuten ihres sozialen und gesellschaftlichen Netzes zu notieren und zumindest auf Reisen mit sich zu führen.

Die Grenzpolizei entdeckt innerhalb der von Ernst mitgeführten Zeitschriften allerdings nichts Pornografisches, so wenig wie zuvor schon die Zürcher Sittenpolizei. Ernst erhält alles zurück, allerdings erst, nachdem die Polizei die englischen Adressen aus der Agenda kopiert hat. Von diesem Moment an weiß er, dass er künftig seine Adressen für andere unlesbar notieren muss: »Von da an hielt ich sie in Hieroglyphen fest. Ich war mir bewusst, dass sie hätten entziffert werden können, aber es wäre nicht so einfach gewesen. Ich schrieb mir auch nie mehr die vollen Anschriften auf, sondern nur noch ein paar Details zur Erinnerung.«

So notiert er beispielsweise Nummern in verkehrter Reihenfolge, sodass er sie von hinten nach vorne lesen muss. Dieses System behält Ernst noch während Jahren bei, bis Röbi protestiert und meint, wenn Ernst sterben würde, könnte er mit seinen Adressen rein gar nichts anfangen.

Ernst notiert Adressen und Telefonnummern erst wieder ab 2000 so, wie es sich andere gewohnt sind. Er sagt: »Ich weiß, es wäre schon länger nicht mehr notwendig gewesen, aber für mich war es in späteren Jahren auch ein Gedächtnistraining.«

Die Not und ihre Tragik fordern Ernst immer wieder heraus, appellieren an seine Kreativität. Dessen ist er sich bewusst: »Der Dorn im Fleisch stachelte mich immer wieder an, im Versteckten etwas zu machen. Das Leben im Verborgenen war mitunter auch ein interessanteres Leben, weil die Menschen, mit denen ich täglich verkehrte, nicht wussten, was sonst noch so alles läuft. Ich kam mir vor wie Rumpelstilzchen. Diese Seite zu leben, war spannend. Wenn alles weggefallen wäre, hätte irgendwie das Salz im Leben gefehlt.«

Privat findet Ernst, seit er Röbi kennt, endlich eine echte Heimat. Redet er über seine neue Familie, über Mame und Hedi, die Schwester von Röbi, fehlen ihm manchmal fast die Worte, und er beschränkt sich deshalb erst einmal aufs Minimum, indem er nur den einen Satz formuliert, den er fast immer sagt, wenn ihn etwas stark berührt: »Es war einfach nur wunderbar.«

Doch bei diesen fünf Worten darf er es nicht bewenden lassen – sonst wäre Ernst nicht Ernst. Und in diesem Fall würde er mit diesem einen Satz sowohl Röbis Familie als auch seinen eigenen Ansprüchen auf Differenzierung nie und nimmer gerecht. Deshalb fügt er hinzu: »So etwas hatte ich noch nie erlebt, das fand ich großartig. Vom ersten Besuch an merkte ich, dass hier eine anders geartete Sexualität gar keine Rolle spielte. Sie war kein Thema – so wenig wie in meiner Familie auch. Aber bei Röbi war das Schweigen darüber nicht negativ behaftet. Dass wir zwei Männer einander liebten, war einfach normal. Das fand ich unglaublich. Ich merkte schnell, dass Röbis Mutter zwar intellektuell wenig geschult war. Aber sie war ein Mensch mit großer Herzensbildung und einer ebenso großen Weite im Geist. Naturgegebene Tatsachen und Situationen wurden nicht infrage gestellt. Bei mir zu Hause habe ich so etwas nie erlebt.«

Röbi will, kurz nachdem er sich in Ernst verliebt hat, dass sein langjähriger Freund Emil, der ihn schon seit einiger Zeit darin bestärkt, einen Jüngeren zu suchen, seinen neusten Schwarm kennen lernt. Emil bekräftigt Röbi in seiner Wahl und findet, Ernst sei der Richtige. Emil bleibt nach wie vor ein Freund der Familie, zu der Ernst nun ebenfalls gehört.

Auch Ernst will seinen neuen Freund jemandem vorstellen, einem seiner englischen Studentenfreunde nämlich, der an Weihnachten zu Besuch kommt. Mit ihm hatte er eine Liebesbeziehung, »eine intensive«, wie er betont. Ernst erzählt dem Freund von Röbi und möchte, dass er ihn kennen lernt, da er Menschen gut beurteilen kann. Ernst zitiert dessen Kommentar zu Röbi in Englisch: »›Listen, this boy is a piece of solid gold and I'd be very sorry should you ever loose him.‹ Für mich war es die Bestätigung meiner Gefühle und dessen, was ich anstrebte – eine solide Beziehung mit Röbi, dem Menschen, den ich nicht verlieren wollte.«

Ich hake nach und frage etwas verwundert: »Für dich war es erst nach diesem Urteil, dass Röbi ein Goldstück sei, klar, dass du und Röbi zusammengehören?«

Ernst: »Ja, schon, aber nicht so deutlich, wie du es jetzt formulierst. Ich sagte nicht: Gut, dann ist es jetzt so. Es war eher eine Bestätigung dessen, was ich fühlte. Und dieses Gefühl festigte sich mit der Zeit immer mehr. Auch durch unsere gemeinsamen Reisen. Dort waren wir nur zu zweit, ohne gewohntes Umfeld. Wir hatten uns allein.«

Ernst und Röbi müssen sich beim Reisen gegenseitig an die Gewohnheiten des andern anpassen. Ernst, der über sich sagt: «Wenn ich einen Schlafsack und eine Ecke habe, wo es nicht hinregnet, dann fühle ich mich überall wohl«, muss lernen, dass Röbi andere Ansprüche hat. Ernst: »Ich war gewohnt, im Straßengraben zu schlafen und

Autostopp zu machen. Dafür war Röbi untauglich. In Griechenland waren wir im Sommer 1957, auf unserer ersten gemeinsamen Reise, mit öffentlichen Verkehrsmitteln unterwegs und schliefen auf Gummimatratzen. So waren weder ich noch Röbi bisher gereist. Aber es ging außerordentlich gut.«

Röbi erinnert sich, als ich ihn danach frage, vor allem daran, dass ihnen Ernsts Freunde in Athen ein Hotel vermittelt hatten, das sich als Stundenhotel entpuppte. Doch sie hätten es in seiner Art so sympathisch empfunden, dass sie dort auch später wieder abgestiegen seien. Vom Besitzer erhält das jung verliebte Paar, das er nicht als Paar wahrnimmt, einen Gutschein für Getränke in einer Bar. »Wie Landeier gingen wir dorthin«, erzählt Röbi und lacht, als er die Situation wieder vor sich sieht: »Jeder von uns hatte plötzlich eine ›Dame‹ auf dem Schoß. Ich sehe noch heute, wie hässlich aufgetakelt sie waren und um uns herumscharwenzelten – dabei standen die schönsten Matrosen neben uns an der Bar … Jedenfalls verließen wir das Lokal fluchtartig.«

Ernst zeigt Röbi auch sein »magisches« Spanien, das er erstmals 1953 bereiste und seitdem von Land und Sprache, die er gelernt hat, begeistert ist. Im Reisegepäck ist auch ein Gedichtband von Federico García Lorca – ein Autor, zu dem Röbi übers Theater eine Beziehung hat. Hoch über Granada lesen sich Ernst und Röbi gegenseitig die Gedichte vor und sehen dabei über die Alhambra, die Stadt, die Ebene. Ernst schwärmt: »Das waren so wundervolle Stunden, die wir da zusammen verbrachten.«

In Granada sucht Ernst mit Röbi nach der alten Zigeunerin, die ihm einst aus der Hand gelesen und vorhergesagt hatte, dass er wiederkommen und jemanden mit blauen Augen und blonden Haaren mitbringen werde. »Damit gab sie meine Hand wieder frei«, erzählt Ernst. »Ich dachte: Ja, das ist einfach, einem Hellhaarigen wird sie sagen, er werde mit jemand Dunkelhaarigem wiederkommen.«

Die beiden Männer finden die Zigeunerin nach zwei oder drei Tagen tatsächlich. Ernst geht auf sie zu. Doch sie erkennt ihn nicht. Ernst erzählt ihr, was sie ihm damals prophezeit hatte. »Sie nahm meine Hand, danach diejenige von Röbi und meinte bloß: ›Ja, ich habe es doch gesagt: Seid glücklich miteinander.‹« Ernst stockt beim Erzählen und weint.

Ich bin überrascht, weil diese Emotionalität so unangekündigt aus ihm herausbricht und ich sie nicht einordnen kann. Ich bleibe still, bevor ich ihn frage, weshalb er so überwältigt ist.

Ernst: »Weil ich schon als kleiner Knabe immer den Zigeunern nachgelaufen bin – schon in den Dreißigerjahren.«

Ich lasse es nicht dabei beruhen und frage weiter: »Aber was ist es, das dich so stark berührt?«

»Diese Akzeptanz«, erklärt Ernst. »Die Akzeptanz durch jemand, der einer verfemten Menschengruppe angehört. Eine so große Herzensgüte findest du nur bei Außenseitern und Menschen, die von gängigen Traditionen abweichen und dadurch von der Masse ausgeschlossen werden. Dass das so ist, erschüttert mich immer wieder, auch heute, und ich frage mich in diesem Zusammenhang, weshalb Menschen, die in traditionelle Strukturen gebunden sind, diese Gabe nicht haben.«

Die Zigeunerin, die das Schicksal der Ausgestoßenen und Verfolgten trägt, gehört zu den wenigen Menschen, die die beiden einfach so akzeptieren, und gibt ihnen den Segen, den andere verweigern … Dieses Verhalten, mit dem nichts infrage gestellt wird, berührt auch mich und wird mir von nun an noch oft wieder in den Sinn kommen – nicht nur im Zusammenhang mit Röbi und Ernst.

Ernst erfährt diese Güte in seiner Familie nie. Seine Eltern akzeptieren seine Lebensweise bis zu ihrem Tod nicht. Der Vater stirbt 1979 und die Mutter 1998. Vor allem sie macht es ihm schwer: »Ich hätte einen Hund mit nach Hause bringen können, meine Mutter wäre eifersüchtig gewesen. Es war eine krankhafte Eifersucht. Wenn sie das Gefühl hatte, dass mein Vater oder mein Bruder eine etwas herzlichere Beziehung zu einem Dienstmädchen hatten, dann wurde die Angestellte entlassen. Diese Reaktion fand ich immer ungerecht.«

Obwohl Röbi durch Ernsts Schilderungen von den Schwierigkeiten Kenntnis hat, möchte er, der von Mame und Hedi nichts anderes kennt als Akzeptanz, schon kurz nach Beginn der Liebesbeziehung die Familie seines neuen Partners kennen lernen: »Ich bin halt ein ausgesprochener Familienmensch.«

Ernst ist sich bewusst, dass er Röbi den Wunsch nicht verwehren darf. Er weiß aber auch, dass diese Begegnung in einer herben Enttäuschung enden wird, und warnt seinen Geliebten davor. Er sagt ihm: »Du kannst in zehn Jahren wieder mit dieser Frage kommen. Jetzt macht es keinen Sinn, sonst läufst du ins Messer.«

Doch Röbi setzt sich durch. »Und hinterher«, erinnert sich Ernst, »hat er prompt gelitten. Dagegen konnte ich nichts tun. Wir sprachen darüber, und er versuchte, es irgendwie wegzustecken. Er wählte von sich aus die Strategie, dass sich meine Eltern irgendwann an ihn gewöhnen würden. Bei meinem Vater traf das auch zu – er gewöhnte sich recht schnell an Röbi und hatte danach ein ordentliches Verhältnis zu ihm.«

Zur ersten Einladung bei Familie Ostertag bringt Röbi einen Strauß Rosen mit, packt ihn schon vor der Haustür aus und schenkt ihn Ernsts Mutter. Diese deponiert die Blumen in der Küche. Als sie sich kurz darauf von einer ebenfalls anwesenden Freundin verabschiedet, holt sie Röbis Rosen und schenkt sie weiter mit der Bemerkung, dass der Strauß bei ihr wohl besser aufgehoben sei. Röbi ist geschockt. »Ernst sagte mir oft«, erzählt Röbi, »dass mir sowohl seine Mutter wie auch seine Schwester am liebsten Gift gegeben hätten.«

Röbi wird, als er von diesem bösartigen Handeln erzählt, nachdenklich und sagt dann: »Ich hatte schon immer Minderwertigkeitsgefühle. Diese wurden bei der Familie Ostertag genährt – nicht durch Ernsts Vater, irgendwie hat er mich akzeptiert. Mit ihm konnte ich reden.«

Als ich mit Ernst über diese tiefe Verletzung rede, sagt er: »Ich hätte wen auch immer heimbringen können, meine Mutter hätte genauso reagiert. Sie hätte immer eine psychologisch begründete Erklärung abgegeben, weshalb diese Person nicht zu mir passe.«

Erstaunt frage ich: »Und eine Frau hätte auch nicht zu dir gepasst?«

»Nein, auch bei Freundinnen hatte sie immer etwas zu kritisieren. Ich war für sie eine Art Ersatz ihres Mannes. Sie benutzte mich für jene Bereiche, die mein Vater nicht abdecken konnte oder zu denen er den Zugang nicht fand. Das realisierte ich schnell und spielte das Spiel nur deshalb mit, weil ich wusste, dass es ihr guttat. Aber innerlich ging ich auf Distanz. Dennoch brach ich die Verbindung zu ihr nie ab. Schließlich war sie meine Mutter, und ich wollte ihr nicht wehtun.«

Ich will von Ernst wissen, ob er nicht lieber ein Leben gelebt hätte, in dem er so selbstverständlich wie Heterosexuelle hätte sagen können: »Das ist mein Partner!«

Mir ist die Frage wichtig, weil ich diese Situation aus eigener Erfahrung kenne. Ende der Siebzigerjahre überlegte ich, wenn ich meine Lebenspartnerin vorstellte, jeweils sehr genau, ob ich den effektiven Beziehungsgrad offenlegen wollte oder nicht. Meine Wortwahl changierte zwischen dem unverfänglichen »Kollegin« und dem schon zweideutigeren »Freundin«, zwischen »Partnerin«, die auch meine Berufspartnerin hätte sein können, und dem eindeutigen »Lebenspartnerin«. Ich wägte ab, weil ich mich vor Verletzungen und Konsequenzen aufgrund meines gewählten Lebens schützen wollte.

Für Röbi und Ernst gab es im normalen Leben, in dem sich Hetero- und Homosexuelle täglich begegnen, die Formulierung »das ist mein Lebenspartner« über Jahrzehnte nicht. Ernst sagt: »Das war schlicht und einfach nicht möglich. Auf der Straße verhielten wir uns bewusst unauffällig. Wenn ich dabei einem Kollegen begegnete und dieser wollte mit mir reden, dann bin ich stehen geblieben und Röbi ging weiter. Der Kollege stellte mir seine Frau oder Freundin vor. Röbi wartete in sicherer Distanz auf mich. Mit dieser Situation konnte ich umgehen, weil wir ja den Kreis hatten. Das war unsere Heimat. Dort lebten wir intensiv – Röbi in der Theatergruppe und ich in der Redaktion. Außerhalb führten wir ein anderes Leben. Im Leben unter Heterosexuellen waren wir einfach Bekannte oder Freunde. Für die Allgemeinheit waren Schwule nicht beziehungsfähig; wir waren in deren Denken entweder ›Kinderschänder‹ oder ›Kranke‹.«

Um nicht aufzufallen, verbringt das Liebespaar deshalb die gemeinsame Zeit kaum einmal zusammen in einem Café. Und auf der Straße halten sie immer genügend Abstand. Sie geben sich nie die Hand. Ein Kuss – undenkbar.

Dies ist heute glücklicherweise anders. Wenn ich mit meiner Lebenspartnerin in der Stadt oder auf dem Land Hand in Hand unterwegs bin und wir uns dabei umarmend küssen, fühlen wir uns frei. Röbi und Ernst durften als junges Liebespaar von solch einem Zusammensein nicht einmal träumen.

Nicht zuletzt deshalb bleibt der Kreis als abgeschlossener Ort eine Oase, wo man unter Männern das ungeteilte, ganze, unbeschwerte Leben führt, wie es außerhalb des Zirkels beziehungsweise innerhalb der heterosexuellen Gesellschaft nicht gelebt werden darf. Dabei ist es kein anderes als dasjenige von Heterosexuellen. Auch im Kreise Homosexueller wird geredet, gelacht, getrunken, geküsst, gestritten, gelitten ... und getanzt – etwa zu aktuellen Schlagern von Vico Torriani oder zu Caterina Valentes »Dich werd ich nie vergessen«.

Im Kreis wird schlicht und einfach ein normales Leben gelebt – auch ein soziales. Man betreut sich gegenseitig, man ist fürsorglich. Da immer wieder Probleme auftauchen, wird mit Fachexperten wie Juristen, Ärzten und Seelsorgern zusammengearbeitet, wenn jemand in Bedrängnis gerät.

Speziell an Weihnachten ist der Kreis ein besonders wichtiger Ort der Zuflucht. Wenn bei den sogenannt Normalen zum »Fest der Liebe« das Familienleben zelebriert wird, ist für Geächtete die Ausgrenzung besonders schmerzhaft spürbar. »Rolf«, der von Röbi als ein »tief religiöser, sehr seriöser, anständiger und fast etwas zu braver Mensch« beschrieben wird, inszeniert an Weihnachten für die Kreis-Familie immer ein Krippenspiel. Röbi spielt meistens die Maria oder einen Hirtenknaben. »Rolf« hält ihm oft die guten Rollen zu. Röbi sagt: »Er wollte, dass ich spiele. Er war einfühlsam, forderte jeden und verlangte auch von mir viel. Das war gut.«

Mich erstaunt, dass im Kreis, trotz mehrheitlich schlechten Erfahrungen mit der christlichen Moral, Weihnachten wie in jeder normalen Familie begangen wird. Ich frage Röbi: »Hattet ihr dabei keine unguten Gefühle – schließlich duldete auch die Kirche keine Homosexualität?«

Röbi schüttelt den Kopf: »Nein. An Weihnachten kam oft ein katholischer oder ein protestantischer Pfarrer, einer, der für uns Verständnis hatte und solche wie uns akzeptierte. In deren Anwesenheit mussten wir uns hinter keiner Maske verstecken.«

Ich will wissen, ob damals Homosexuelle in den zwei Welten, in der versteckten und der sogenannt normalen, dem Druck gesellschaftlicher Normvorgaben standhielten oder zerrissen im Suizid die Erlösung suchten: »Gab es in eurem Umfeld viele Suizidgefährdete?«

»Ja«, antwortet Röbi, »ja, es gab welche. Es waren vor allem Männer in unserem Alter oder dann ganz junge, die mit der Situation nicht zurechtkamen. Unter ihnen gab es viele Gefährdete – und auch solche, die es taten. Männer innerhalb des Kreises oder diejenigen, die einen verlässlichen Freundeskreis hatten, waren weniger einsam. Im Kreis hatten die Menschen Halt. Sie fanden bei ›Rolf‹ immer Unterstützung – seelische und fachliche. Wir alle waren bestrebt, eine Familie füreinander zu sein. Deshalb hatten wir auch die Weihnachtsfeiern. Und wir ehrten immer die Verstorbenen. Dies half uns allen. Wir konnten uns auf wunderbare Weise gegenseitig stützen.«

Allerdings erleben auch Röbi und Ernst in ihrem Freundeskreis einen tragischen Fall. Ein liberaler Theologe – er war schon Röbis Sonntagsschullehrer gewesen – verkehrt als Abonnent häufig im Kreis. Er ist bisexuell, verheiratet und hat vier Kinder. Er gehörte damals beim »Zwetschgenkuchen-Kränzli« ebenfalls zur ausgewählten kleinen Runde. Ernst und Röbi besuchen als Paar oft seine Gottesdienste, schätzen seine aufgeschlossenen Predigten. An Sonntagabenden sind die beiden Männer häufig Gast an seinem Familientisch. Röbis Schwester ließ sich seinerzeit von ihm trauen, »weil sie«, wie Röbi betont, »ein richtiger Fan von ihm war«.

Als des Theologen versteckte Seite durch Erpressungsversuche öffentlich zu werden droht, informiert er Frau und Kirche. Die Frau hält zu ihm. Doch der damals zuständige Kirchenratspräsident legt ihm nahe, sich vorzeitig pensionieren zu lassen. Der von Kirche und angesehener Existenz Ausgeschlossene fällt trotz familiärem Zusammenhalt psychisch in einen Abgrund. Er wird unheilbar krank – und stirbt schließlich nach etlichen Jahren des Leidens. Röbi und Ernst ziehen die Konsequenzen. Sie treten aus der Kirche aus.

Schon zuvor allerdings hatten sie im Buddhismus ihre spirituelle Heimat gefunden. Der Buddhismus – eine der großen Weltreligionen und Philosophien – kennt keinen Gottesbegriff. Die Lehre beruht auf den Lebenserfahrungen Siddharta Gautamas, der 500 Jahre vor unserer Zeitrechnung die Erleuchtung erlangte, was bedeutet: an nichts mehr anzuhaften, was bindet – das völlige Losgelöstsein von allem. Durch Gedankenarbeit und Meditation kann jeder Einzelne diesem Ziel näher kommen und es letztlich verwirklichen. Im Unterschied zum Christentum ist der Buddhismus weniger Religion denn eine Lebensphilosophie, die durch Praktizieren erfahren wird. Glauben und Gnade sind keine Bestandteile der buddhistischen Lehre. Auch der Buddhismus basiert auf Wertvorstellungen: nicht töten, nicht stehlen, nicht lügen. Aber darüber steht die Achtsamkeit gegenüber allem, was lebt, und die Einsicht in ein Zusammenhängen und Verbundensein aller Erscheinungen. Ausgrenzen und stigmatisieren ist deshalb aus der Lehre Buddhas nicht ableitbar und auch nicht moralisch zu begründen.

Ernst ist mit Buddhas Lehre ein erstes Mal während des Lehrerseminars in Berührung gekommen – vor allem, als er sich vertieft mit Mahatma Gandhis pazifistischem Lebensweg auseinandersetzte. Und bei allem, was Ernst entdeckt, will er es genau wissen, muss er die Wurzeln erforschen. Bereits vor etlichen Jahren hat er denn auch zwei Fachbücher dazu geschrieben.[12]

1957, das Jahr, in dem der Kreis sein 25-jähriges Bestehen feiert, beteiligen sich Röbi und Ernst, nun als junges Liebespaar, an den festlichen Vorbereitungen. Dass äußere Umstände die Harmonie der verschworenen homosexuellen Gemeinschaft stören könnten, ahnt Anfang des Jahres niemand.

Doch bereits im Frühling passiert Schreckliches: An Pfingsten wird der fünfzigjährige Schweizer Komponist und Musikkritiker Robert Oboussier ermordet. Wenige Monate später, am Weihnachtsabend, kommt es zum zweiten Mord. Umgebracht wird der 56-jährige Swissair-Angestellte Ernst Rusterholz.

Auch wenn es in deutschen Konzertsälen Oboussier zu Ehren eine Schweigeminute gibt und im Nachruf des »Tages-Anzeigers« der angesehene Musiker als »ein vornehmer, weichherziger und großzügiger Mensch« geschildert wird, lebte er – so wie Rusterholz – ein unauffälliges Leben, das fast niemandem bekannt war.

Die beiden Männer führten ein Doppelleben – das des normalen, integrierten Bürgers und dasjenige eines Menschen, der seine Sexualität mit dem gleichen Geschlecht lebt. Beide versteckten diese andere Seite, und sie bezahlten junge Männer, die sich prostituierten.

Bei den kriminalpolizeilichen Ermittlungen wird öffentlich bekannt, dass beide Männer – sowohl Oboussier als auch Rusterholz – von Strichern umgebracht worden sind. Dies führt dazu, dass ihre Homosexualität auch in den Medien thematisiert wird. Für gewisse Wortführer der Gesellschaft ist klar, dass die Opfer die eigentlichen Täter sind, trotz eindeutiger Faktenlage: Robert Oboussier wurde ein Messer von hinten zwischen die Schulterblätter gerammt. Ernst Rusterholz ist nach einer gewalttätigen Auseinandersetzung mit einem Wecker der Kehlkopf zertrümmert worden.[13]

Der achtzehnjährige Mörder des Musikers Oboussier wird zu zehn Jahren Haft verurteilt. In der Zeitung »Vorwärts«, dem Organ der links stehenden Partei der Arbeit, wird das Urteil mit den Worten kommentiert: »Schon oft haben Geschworene Mörder freigesprochen, wenn ihre Tat einem Streit folgte, der für alle Beteiligten ein erhöhtes Risiko darstellte. Es entspricht dem Volksempfinden, dass derjenige, der sich in Gefahr begibt, umkommt. Was unternimmt der Regierungsrat gegen warme Herren?«[14]

Im Fall von Ernst Rusterholz kann ein »Kreis«-Abonnent der Polizei den entscheidenden Hinweis geben. Dieser Kronzeuge wird während der Prozessverhandlungen von anwesenden Presseleuten massiv verunglimpft. Und niemand greift ein. Das Fazit des Angepöbelten ist eindeutig: Er rät allen, im Falle eines nächsten Mordes lieber zu schweigen. Seine bösen Erfahrungen soll kein Zweiter durchmachen müssen.[15]

Zum Mord an Ernst Rusterholz und Robert Oboussier gibt es in der »Zürcher Woche« die Zuschrift einer besorgten Mutter, die sich in ihrem Leserinnenbrief zu beiden Morden äußert und unter anderem schreibt: »Müsste der seelisch gefährdete, pädagogisch verpfuschte, amtlich gestempelte junge Walter Siegfried [der Mörder von Oboussier] nun im Zuchthaus schmachten [...], wenn nicht ein feiner älterer Herr [...] den um 40 Jahre jüngeren zum Übernachten in sein vornehmes Quartier eingeladen und in seine Lasterhöhle gelockt hätte? Und der junge Rinaldi [der Mörder von Rusterholz]? [...] Er wehrte sich nicht nur gegen die Bestie im Menschen, die ihn überfiel, vor der Bestie wollte er sich retten, ihrer wollte er sich erwehren, sie treffen und vernichten, nicht den Menschen, die Person selbst.«[16]

Der Mörder von Rusterholz kommt mit einem milden Urteil davon: zehn Monate bedingt, weil die Geschworenen dem Täter fahrlässige Tötung zubilligen. Eine schweizerische illustrierte Zeitschrift setzt über die Berichterstattung den Titel: »Sieg der Menschlichkeit«[17].

Als Ernst von dieser Zeit erzählt, holt er zuerst aus, um zu schildern, was diese beiden Morde bedeuteten, auch für ihn, der damals frisch verliebt war. Er erzählt: »Ja, wir lebten dieses Parallelleben – die privaten Dinge gingen die andern nichts an. Heteros funktionierten in ihrer Welt, und wir funktionierten in beiden Welten – in ihrer und in unserer. Doch dann passierten diese beiden Morde! Wir hatten damals noch keine Ahnung von Repression und dass es einmal so etwas geben könnte. Wir dachten: Ja, das ist jetzt doch vorbei, das gehört definitiv in die Zeit der Nazis. Ich erinnere mich an den

Besuch eines Lesbenpaares. Es war kurz nach dem zweiten Mord. Da sagt die eine: ›Das wird schwierig für uns alle werden – es wird vor allem euch Männer schwer treffen. Es kann zu repressiven Massnahmen kommen. Ihr werdet erleben, dass in den nächsten Jahren nichts mehr so sein wird wie bisher.‹ Sie hatte recht. Aber wir glaubten es nicht. Ich weiß noch, wie ich dachte: Die Schwarzmalerin ist eine ältere Jüdin und hat viel erlebt. Sie sieht alles etwas düster. Dennoch: Ihre Aussage blieb haften.«

Röbi und Ernst waren allerdings schon vor der Warnung der jüdischen Lesbe und vor den beiden Morden äußerst vorsichtig. So blieb Ernsts Arbeitsort für Röbi von Anfang an eine Tabuzone. Denn Ernst, der gewählte Lehrer, wollte nicht ins Gerede kommen und verbot deshalb seinem Partner, ihn je von der Schule abzuholen. Röbi hielt sich daran, bis zum Zeitpunkt, als sich die vermeintlich unverfängliche Gelegenheit bot und in Zürich Schwamendingen 1958, kurz vor Sommeranfang, das neue Schulhaus Auhof eingeweiht wurde – ein moderner Bau aus rotem Backstein des mehrfach ausgezeichneten Zürcher Architekten Ernst Gisel.

Beim Eröffnungsfest ist Ernst als Hausvorstand und Mitorganisator einer der offiziellen Vertreter. Zu den Feierlichkeiten gehören Reden, Kabarett-Vorführungen und musikalische Einlagen. Da fällt es nicht auf, denkt er, wenn unter Hunderten von Menschen auch Röbi anwesend ist. Und was liegt näher, als dass Ernst als Mitverantwortlicher seinen Partner in seiner Nähe wünscht. Röbi erzählt: »Ernst sagte zu mir: ›Jetzt ist es ein öffentliches Fest, da kannst auch du kommen.‹«

Ich frage Röbi: »Wie muss ich mir das vorstellen? Hieltest du dich unauffällig in der Nähe von Ernst auf?«

Röbi wehrt ab: »Nein, im Gegenteil, ich war im Hintergrund. Immer auf Distanz. Aber vielleicht doch noch zu nahe. Vielleicht gab es welche, die dachten, dass ich Ernst kennen könnte.«

Damals, im Sommer 1958, wäre jedes heterosexuelle Paar gemeinsam aufgetreten. Dass Röbi und Ernst dies nicht taten und auch nicht tun konnten, erschüttert mich vor allem, wenn ich andern davon erzähle. Dass sich Röbi klandestin wie ein Dieb im Hintergrund aufhalten muss, damit er von ja niemandem entdeckt wird, um seinen Partner, den Schulhausvorsteher, nicht durch dessen Homosexualität zu kompromittieren ... Was für ein Leben für ein frisch verliebtes Männerpaar Ende der Fünfzigerjahre in einem wirtschaftlich boomenden, demokratischen Land, das vom Krieg verschont geblieben ist.

Ich will von Röbi wissen, woran man hätte erkennen können, dass sie, erst seit sieben Monaten ein Paar, zusammengehören.

Bei Röbi sind noch heute Schuldgefühle spürbar, wenn er sagt: »Das weiß ich eigentlich auch nicht.«

Bis anhin war das Männerpaar in allem immer übervorsichtig. Es durften öffentlich keine Zusammenhänge sichtbar werden. Die beiden verboten sich sogar das Träumen vom Leben zu zweit, denn gemeinsames Wohnen war von Anfang an ausgeschlossen. Auch diesbezüglich hatten sie damals nie eine freie Wahl. Es ist jedoch nicht auszuschließen, dass Röbis Präsenz beim Eröffnungsfest der Ursprung der darauf folgenden Repression ist.

Vier Tage nach der Schulhauseinweihung läutet morgens um fünf Uhr die Polizei an Ernsts Tür. Als er öffnet, erinnert er sich schlagartig an die Aussage der jüdischen Lesbe, die vorausahnte, was auf Homosexuelle zukommen würde.

Ernst sagt: »Als die Staatsmacht in meiner Wohnung stand, hielt ich es zuerst für einen bösen Traum. Die Beamten der Sittenpolizei teilten mir mit, sie müssten eine Hausdurchsuchung machen, weil ich mit minderjährigen Strichjungen verkehren würde; es lägen anonyme Briefe vor, die mich dessen bezichtigten. Da fiel eine Welt zusammen. Ich wusste, dass es nicht stimmte. Als sie begannen, meine

Briefe zu lesen, hatte ich mich so weit gefasst, dass ich sie nach einem schriftlichen Durchsuchungsbefehl fragen konnte. Den hatten sie natürlich nicht. Daraufhin pfiff der eine, offenbar der Chef, den andern zurück. Sie gingen und sagten, ich hätte nach Schulschluss auf dem Polizeiposten zu erscheinen.«

Röbi erzählt, wie er diesen Tag erlebte: »Ich war bei Mame, als Ernst wie jeden Morgen telefonierte. Er erzählte mir, was vorgefallen war, dass sie keinen Hausdurchsuchungsbefehl hatten. Er müsse nach der Schule zur Polizeiwache.«

Anschließend gehen beide arbeiten und wissen nicht, was Ernst erwartet, sie verdrängen – auch die Angst, warten…

Am späten Nachmittag sitzt Ernst dem Chef der Sittenpolizei gegenüber. Er erzählt: »Er gab sich so jovial. Ich dachte noch: Wir sind doch beide Staatsangestellte und Beamte, das wird problemlos. Es lag ja auch nichts vor; es gab keinen Verstoß gegen das Gesetz. Er schrieb das Protokoll, ich las es durch und unterschrieb. Gut, darin war schon vermerkt, dass ich homosexuell und ›Kreis‹-Abonnent sei. Zum Schluss stellte er mir dann noch die Fangfrage: ›Vorher sagten Sie, Sie würden in einer Partnerschaft leben und hätten einen festen Freund: Würde dieser kommen, wenn Sie ihn anrufen und ihn bitten, Sie hier abzuholen?‹ Und ich ›Tubel‹ rief sofort Röbi an … weil ich beweisen wollte, dass es so ist.«

Röbi: »Zwischen fünf und sechs Uhr abends erhielt ich von Ernst einen Anruf ins Geschäft. Er fragte, ob ich auf der Wache vorbeikommen und mich als seinen Partner bestätigen könne. Das machte ich spontan. Er war verunsichert, ich hörte es seiner Stimme an; jedenfalls hat es mich alarmiert. Es war schon fast Feierabend, ich bin sofort aufgebrochen und ging zur Polizei. Ich sah Ernst und wusste sofort: Er ist in Not. Ich muss ihm helfen.«

»Der Polizeichef versuchte«, sagt Ernst, »mir mit seiner Frage zu vermitteln, dass bei jemandem, der in Partnerschaft lebe, weniger davon auszugehen sei, dass er im Strichermilieu verkehre. Die Polizei war nach diesen Morden am Durchleuchten und Suchen – und ich dachte, wenn Röbi erscheint, dann ist dieser Verdacht ausgeräumt. Von Röbi nahm er unter anderem mündlich die Personalien auf und sagte zu ihm: ›Dazu bin ich verpflichtet. Aber sehen Sie, ich schreibe nichts auf, Sie müssen sie mir einfach nur angeben.‹ Dass aber irgendwo ein Tonband lief – daran dachte ich nicht.«

Ich bin erstaunt und sage zu Ernst: »Aber sonst warst du doch immer auf der Hut und misstrauisch gegenüber allem, das dein homosexuelles Leben hätte aufdecken können.«

»Ja«, sagt Ernst, »aber hier habe ich offensichtlich gar nichts gedacht. Ich war viel zu blauäugig. Ich dachte, denen glaube ich; da war doch diese Schulhauseinweihung, und der polizeiliche Übergriff mit der Hausdurchsuchung war nur wenige Tage später. Das war aber nur ein Vorwand, wie ich erst hinterher merkte. Die sogenannt anonymen Briefe erwiesen sich als richtiggehender Fischzug, mit dem sie einfach irgendeinen herauszuziehen wollten, von dem sie vermuteten, dass er schwul sei: Dieses Mal war ich es. Bevor Röbi kam, lasen sie mir eine Namensliste vor – darunter waren Schwule und solche, von denen ich es nicht annahm. Einige kannte ich. Bei andern war ich erstaunt. Nun reagierte ich glücklicherweise wieder richtig, verneinte mit nonchalanter Miene. Zwischendurch sagte ich: ›Sie wissen ja, im Kreis haben alle Decknamen, deshalb weiß ich nicht, um wen es sich handelt.‹ Ich war mir bewusst, wenn ich nur einmal mit der Wimper zucke, dann gehen sie diesem Namen nach, auch wenn nichts vorliegt. Dann machen sie es wie bei mir und sagen, es würde anonyme Briefe geben. Einige Zeit später telefonierte ich und wollte von der Polizei wissen, ob sie die anonymen Briefeschreiber gefunden hätten. Der Beamte reagierte auf meine Frage sehr ungehalten und sagte, das gehe mich nichts an. Die Polizei hat das Recht pervertiert; sie hat nicht den Briefeschreiber gesucht, sondern Homosexuelle für ihr Schwulenregister – was unrechtmäßig war.«

Die Information, dass Ernst schwul ist, verschwindet nicht wie versprochen in der Schublade der Sittenpolizei, sondern wird weitergegeben. Jedenfalls hört Ernst schon bald einmal über einen Kollegen, dass der Präsident seines Schulbezirkes gesagt habe, wenn er von Ernsts Homosexualität gewusst hätte, dann wäre er als Lehrer nicht gewählt worden. Ernst konfrontiert ihn daraufhin mit seiner Aussage, um der Gerüchteküche ein Ende zu setzen: »Der Schulpräsident lief rot an. Ich sagte ihm: ›Mir ist klar, wenn irgendein Lehrer zu reden beginnt, dann können Sie mich nicht halten. Aber Sie wissen, gegen einen gewählten Lehrer können Sie nicht vorgehen. Das Gesetz lässt es nicht zu und schützt zugleich auch Sie.‹ Und ich sagte auch: ›Die Gefahr ist nicht größer oder kleiner als bei jedem anderen Lehrer.‹ Wir hatten ein langes und gutes Gespräch. Daraufhin unterstützte er mich in allem. Wenn ich für irgendeinen Schulhausanlass eine Sonderbewilligung benötigte, erhielt ich sie sofort.«

»Weil er ein schlechtes Gewissen hatte?«, frage ich.

»Nein, er war Eisenbahner und Vertreter der Sozialdemokratischen Partei. Meine Gradlinigkeit machte ihm Eindruck. Der Schritt auf ihn zu, den ich gemacht hatte und somit Gerüchte nicht zuließ, war für ihn das Zeichen, dass er mir vertrauen konnte.«

Als Ernst davon erzählt, denke ich an die umsichtige Intervention von »Rolf«, als er ihm den Zutritt zum Kreis verweigerte, als er noch Lehrer mit losen Vikariatseinsätzen war – weil er ihn vor beruflichen Konsequenzen schützen wollte...

Die Einvernahme bei der Polizei lehrt Ernst, dass ein Rechtsstaat auch einen Unschuldigen brandmarken kann. Er zieht daraus seine Lehren: Er trennt Beruf und Schule noch strikter. Er frequentiert das Lehrerzimmer, wo Persönliches Raum erhält, noch weniger und rührt sich seinen Kaffee nur noch mit heißem Wasser aus dem Hahnen an, was ein schnelles Austrinken ermöglicht. Dadurch kann er seinen Kolleginnen und Kollegen noch gezielter aus dem Weg gehen.

Die Beherrschung des Rollenspiels, das ihn die Gesellschaft dadurch lehrte, dass sie alles ausgrenzt, was nicht der von ihr definierten Norm entspricht, kommt ihm ein weiteres Mal zugute. Bei seinen Fahrten mit der Straßenbahn Nummer neun wechselt Ernst auf der Höhe des Milchbucks noch konsequenter als zuvor sein Ich: Er setzt sich, je nach Fahrtrichtung, entweder den Hut des biederen Lehrers auf oder denjenigen des Privatmannes.

Als ich 2003 im Zusammenhang mit meinem nie realisierten Film über Röbi und Ernst bei Ernsts Lehrerkollegen nachfrage, welchen Eindruck sie von ihm gehabt hätten, sagt einer, Ernst sei immer eine »einsame Figur« gewesen, ein Einzelgänger, der immer am Lesen gewesen sei und eine halbe Bibliothek verschlungen habe. Wohl weil damals Homosexualität ein Tabu gewesen sei, habe er einmal gehört, Ernst sei geschieden. So habe man sich sein Alleinsein zurechtgelegt.

Ein anderer Kollege, der öfters mit Ernst zusammen Zeit verbracht und ihn verschiedentlich auch zum Mittagessen eingeladen hatte, erzählt, dass Ernst auf ihn mit seiner weltanschaulichen Eigenständigkeit großen Eindruck gemacht habe. Er sei immer gut gekleidet gewesen, auch parfümiert – das habe er zwar eigenartig für einen Mann gefunden, aber dennoch keine Schlüsse daraus gezogen. Die Vorstellung, dass er homosexuell sein könnte, habe sich erst mit den Jahren eingeschlichen, und kaum sei dieser Gedanke aufgetaucht, sei er bereits wieder vergessen gewesen – vielleicht auch darum, weil Ernst immer von etwas Geheimnisvollem umgeben gewesen sei und nie wirklich jemanden an sich herangelassen habe.

Im Privaten leben Röbi und Ernst nach der polizeilichen Einvernahme weiter wie bis anhin: Fast jeden Abend sitzen die beiden Frischverliebten bei Mame zum Essen am Tisch. Die Mutter, praktisch, wie es sie das arbeitsame Leben gelehrt hat, überlegt nicht lange und denkt, wenn sie schon koche, könne sie dies ebenso gut für ihre beiden Söhne tun.

Jeweils am Mittwoch hat das Liebespaar einen Mame-freien Abend. Sie treffen sich im Kreis und oft auch in der Einzimmerwohnung bei Ernst, der, wie er sagt, »platzmäßig immer in beengtem Rahmen« gelebt hat. Röbi erzählt übers regulierte Zusammensein: »Am Mittwoch pflegten wir auch unsere intime Beziehung. Es war nicht so richtig spontan, aber das tat unserer Partnerschaft keinen Abbruch. Wir sagten jeweils: »So, jetzt ist wieder Mittwoch.« Oder: »Es ist wieder unser Pflichtabend.« Und: »Das Pflichtschießen steht an.« Wir lachten dabei immer. Samstags und sonntags konnte ich meistens bei Ernst übernachten. Da war es jeweils spontaner.«

Ernst redet auch vom »Pflichtschießen«, als ich ihn danach frage – die Anlehnung an das militärische Soll kreierte ein schwuler Lehrerkollege mit dem Rang eines Hauptmannes. Damit ich mir dabei nichts Falsches denke, fügt Ernst hinzu: »Trotzdem war es immer schön. Wir machten ein Fest daraus. Wir waren endlich alleine – es war keine Mutter in der Nähe, auch wenn wir nichts gegen sie hatten. Aber wir brauchten das Alleinsein. Und dann war klar, dass wir auch zusammen schliefen. Irgendwann in der Nacht ging Röbi dann wieder nach Hause – so wie beim ersten Mal.«

Röbis Mame weiß, was die beiden 28-jährigen Männer beschäftigt. Mit ihr reden sie auch über die Repression. Ernsts Familie hat dagegen keine Ahnung. Sie nimmt zwar zur Kenntnis, dass es Röbi gibt, da die beiden trotz missratener erster Begegnung den Kontakt nicht abbrechen. Eltern und Geschwister ignorieren aber konsequent die

Liebe zwischen den zwei Männern und damit alles, was damit verbunden ist – Freuden, Sorgen und manchmal auch existenzielle Ängste. Ernst sagt: »Röbi und ich verkehrten nach wie vor bei mir zu Hause. Aber wenn ich das Gespräch in diese Richtung lenken wollte, klemmte man ab und wechselte das Thema.«

Und Röbi erzählt, einmal mehr, wie schwierig es für ihn war, mit der Eifersucht von Mutter Ostertag konfrontiert zu sein. Als ich frage, weshalb er sich diese Begegnung nicht erspart habe, sagt er: »Weil ich das Umfeld anderer Menschen mit einbeziehen möchte, auch wenn mich Ernst diesbezüglich bremste und seine Mutter mich nicht akzeptierte.«

Ich bin immer wieder berührt, wenn Röbi und Ernst über ihr Leben innerhalb der Familie reden. Diese Diskrepanz zwischen der Kälte, wie sie Röbi in Ernsts Familie entgegenweht, und der uneingeschränkten, selbstverständlichen Wärme, wie sie Ernst in Röbis Familie erlebt, könnte gegensätzlicher nicht sein.

Ernst sagt: »Der Zusammenhalt in Röbis Familie war so überlebenswichtig, dass alles andere keinen Platz hatte. Der gesellschaftliche Druck oder Ähnliches, das lief außen vor. Man konnte sich innerhalb dieser familiären Gemeinschaft keinen Bruch leisten. Als ich Röbi kennen lernte, war die Schwester schon verheiratet und hatte zwei Kinder. Auch im Umfeld des Schwagers war unsere Beziehung überhaupt nie eine Frage. Man sprach zwar nicht über Sexualität, aber man akzeptierte mich und uns beide, wie wir waren. Das war für mich etwas ganz Neues und einfach nur wunderbar.«

Ernst erzählt zur Illustration ein Erlebnis aus seinem Umfeld, das aus den ersten Jahren ihrer Liebe datiert. Röbi und Ernst waren zusammen mit Christine, Ernsts Schwester, und einer gemeinsamen Freundin auf Reisen. Man fuhr zu viert über den Ofenpass. Kaum zurück im Alltag, erhält Ernst während seines Schulalltages einen

Telefonanruf von seiner Schwester. Sie teilt ihm mit, dass sie wisse, was zwischen ihm und Röbi laufe, und beendet das Gespräch mit der Botschaft, dass sie dies in keiner Weise goutiere. Ernst kann damit leben. Er erzählt, dass er daraufhin der Schwester geantwortet hat: »Wenn es dir nicht passt, breche ich den Familienkontakt ganz einfach ab.«

Was Ernst an dieser Geschichte noch immer emotionalisiert, ist die Tatsache, dass ihn die Schwester mit ihrem Anruf während einer Pause überraschte, als die im Lehrerzimmer anwesenden Kollegen von dieser Auseinandersetzung durchaus etwas hätten mitbekommen können. Abschließend sagt Ernst: »Und heute weiß sie von all dem nichts mehr. Dabei blieb es. Wir haben nie mehr darüber gesprochen.«

Auch Ernst hatte die Details dieser Begebenheit über die Jahre vergessen und ist erst wieder darauf gestoßen, als er im Zusammenhang mit unseren Gesprächen in seinen Tagebüchern durch die Vergangenheit blätterte: »Ich schrieb die ganze Geschichte auf und auch, dass Schwester und Mutter zusammenhielten und gegen mich, sozusagen als gefallenen Bruder und Sohn, auf sehr belastende Weise loslegten. Deshalb wollte ich nun ein halbes Jahr nichts mehr von mir hören lassen. Ich notierte mehrmals, an verschiedenen Daten, dass sie mein Leben mit Röbi als Hemmung für meine Entwicklung bezeichneten und dass ich mich deshalb zurückziehen werde.«

Beim Sammeln von Ernsts Lebensfakten öffnen sich vor mir laufend Abgründe. Nicht nur Ernst kaschiert seine Homosexualität innerhalb der Gesellschaft, auch die Familie lebt im innersten Zirkel mit diesem Geheimnis und schließt so Sohn und Bruder, was die Sexualität anbelangt, aus. Innerhalb der gesellschaftlichen und der familiären Strukturen kann die Familie mit dem, was ist, nicht umgehen und schwächt durch ihr Lavieren sich selber. Sie wählt durch dieses Hin und Her zwischen Wissen, Schweigen, Verschweigen, Verdrängen,

Tabuisieren und Psychologisieren ein Leben, mit dem sie sich ausschließt – ein Leben mit viel Schatten. Unweigerlich kommt mir in den Sinn, was Ernst einmal in einem andern Zusammenhang sagte: »Wer andere ausschließt, schließt damit auch immer einen Teil von sich selber aus.«

Als ich damals für mein Dokumentarfilmprojekt mit Ernsts Bruder das Gespräch suchte, um dem familiären Verhalten nachzugehen, verweigerte er dieses und sagte, kurz bevor er den Hörer auflegte, er habe kein Problem mit Ernsts Homosexualität, und er fügte hinzu, es müsse wohl am gesellschaftlichen Wohlstand liegen, dass man das Leben aller Minderheiten aufarbeite. Wer zuckerkrank und blind sei, habe es im Leben auch nicht einfach.

Auch mit Ernsts um zehn Jahre jüngeren Schwester telefonierte ich. Sie lud mich wohlwollend zu einem Gespräch ein, als ich ihr sagte, dass ich Ernsts Umfeld recherchiere. Als ich sie traf, erzählte sie mir, dass Ernsts Homosexualität eigentlich unübersehbar war. »Aber«, sagte sie, »dennoch hatte ich das Gefühl, auf Ernst treffe es nicht zu.« Als ich sie darauf ansprach, dass Ernst doch während Jahrzehnten von Röbi begleitet worden sei, auch an Treffen der Familie Ostertag, meinte sie: »Ernst hatte seine Homosexualität so gut getarnt, dass sie nie ein Thema war. Mit der Zeit gehörte Röbi zum Inventar. Wir redeten nie darüber. Ernst verstand es, zu verschweigen und zu schweigen. Schon als Kind und Jugendlicher führte er ein Doppelleben, ich glaubte wenigstens, dies zu spüren. Auch darüber redeten wir nie.«

Und eine Cousine von Ernst erklärte mir: »Vielleicht ist Ernst so ein prächtiger Baum geworden, weil er in allem immer so beschnitten wurde.«

Der Schatten, der über der Familie Ostertag liegt, wird sich erst zur Seite schieben, als Ernst und Röbi heiraten … Doch bis es so weit ist, dauert es noch einige Jahrzehnte.

Wenn ich mit Ernst über Röbis Familie rede, kommt ihm die Wendung »bei uns zu Hause« so geläufig über die Lippen, wie es nur möglich ist, wenn man sich wirklich akzeptiert und aufgehoben fühlt. Wenn Ernst von Röbis Mutter erzählt, spricht er ebenso liebevoll wie Röbi über sie, und er nennt sie ebenfalls Mame.

Ich frage deshalb Röbi: »Wie war es für dich? Wie nanntest du Ernsts Eltern? Wie hieß Mutter Ostertag?«

Röbi überlegt kurz: »Als ich Ernsts Mutter mit den Jahren Du sagen durfte, sagte ich Mama, Mams oder Mamoschka, aber nie Mame. Ernsts Vater nannte ich wie die ganze Familie Paps.«

»Und wie sagten sie dir, wenn sie von dir sprachen?«, frage ich weiter.

»Wenn ich es nicht hörte, war ich für sie ›de Rapp‹, aber sonst nannten sie mich schon bei meinem Vornamen und sagten Röbi zu mir.«

Damals, 1958, verfeinert Ernst nach der Einvernahme bei der Polizei auch sein strategisches Denken im beruflichen Umfeld. Er hält sich konsequent an sein restriktives Rezept, das er bereits im Kreis lernte: Je mehr er über Berufliches redet, desto kleiner wird der Raum für Privates. Dies bedingt, dass er sich spezialisiert und fachlich in eine Richtung entwickelt, die für andere unattraktiv ist, weil er damit Konkurrenzdenken umgehen kann und als Fachexperte weniger angreifbar wird. Als Lehrer normaler Klassen hat er schon früh die Lücke gesehen, die ihm die entsprechende Chance bietet, und er wird Sonderschullehrer.

Schwamendingen, seit Anfang der Fünfzigerjahre ein neuer, boomender Stadtteil, bietet bezahlbaren Wohnraum und ist deshalb attraktiv für Familien mit tiefen Berufseinkommen. Die Familien verlassen ihre ärmlichen Kantone – das Wallis, die Innerschweiz, Graubünden und die ländlichen Regionen des Kantons St. Gallen.

Vor allem unter den Neuzuzügern gibt es viele Kinder mit Lerndefiziten. Durch die Zuwanderung beginnen die Klassen aus allen Nähten zu platzen. Meist sitzen fünfzig Schülerinnen und Schüler in einer Klasse – was einerseits die Lehrer, andererseits die Kinder überfordert, vor allem aber für Kinder mit Defiziten eine besonders schwierige Situation schafft.

Ernst, der schon während des Lehrerseminars die Reformpädagogik Rudolf Steiners zu studieren begann, bildet sich in Heilpädagogik weiter, die damals als Lehrfach erst in den Anfängen steckt. Er studiert diverse Ansätze sowie praktische Vorgehensweisen und wird als Sonderschullehrer ein ausgewiesener Experte. Er übernimmt Verantwortung im nationalen Berufsverband und beteiligt sich an der Entwicklung von Lehrmitteln für Lernbehinderte.

In der Schule engagiert er sich für die lernschwachen Kinder, die aufgrund ihrer Defizite auch auf dem Pausenplatz ausgegrenzt werden. Ernst, ebenfalls ein gesellschaftlich Ausgegrenzter, weiß, wie wichtig Raum ist, in dem man sich entfalten kann. Er verlegt deshalb die Pausenzeit für seine Klasse, setzt sich bei anstehenden Problemen mit den Kindern in einem Kreis auf den Boden, damit alle auf Augenhöhe miteinander reden können, und erklärt ihnen anhand von Beispielen, dass alle Menschen in der einen oder anderen Form behindert seien.

Ernst ist bestrebt, so wie er es bei Rudolf Steiner lernte, den Menschen hinter seiner Schwäche als Ganzes zu sehen und ihn mitsamt seiner Behinderung über diese hinaus zu entwickeln, damit er seine eigene, ihm gemäße Freiheit erlangen kann. »Wenn mich die Kinder jeweils fragten, ob denn auch ich behindert sei, sagte ich: ›Eben, es gibt niemand, der nicht irgendeine Form von Behinderung hat.‹ Und ich fuhr fort, dass zum Beispiel junge und auch alte Japaner immer im sogenannten Schneidersitz am Boden sitzen würden, mit übereinandergekreuzten Beinen also. ›Fragt einmal eure Großmutter, ob sie sich so mit euch auf den Boden setze‹, forderte ich sie dann auf und erklärte ihnen, dass bei uns viele Erwachsene verlernt hätten, in dieser Körperhaltung zu sitzen. Das sei auch eine Form von Behinderung. Daraufhin lachten die Kinder. Erklärungen dieser Art halfen ihnen, mit ihren eigenen Unzulänglichkeiten konstruktiv und aktiv umzugehen.«

Ernst weiß, wovon er spricht. Er sagt: »Weil ich schwul bin, konnte ich mich nicht genauso frei entwickeln wie ein Heterosexueller, dessen Sexualität nie infrage gestellt wird.«

An der freien Entwicklung gehindert zu werden, wird deshalb für die davon betroffenen Menschen ebenfalls eine Behinderung. Darum sage ich zu Ernst, weil ich als Frau und als Lesbe auch diese Erfahrung gemacht habe: »Eigentlich hatten deine Schülerinnen und Schüler Glück, dass du als Homosexueller ebenfalls ›handicapiert‹ bist.«

»Ja«, antwortet er, »als Minderheit haben wir ein Auge für andere benachteiligte Menschen – darin sind wir Homosexuellen gut; nicht alle, das weiß ich inzwischen auch. Aber viele von uns setzen sich für handicapierte Menschen ein. Es geht nicht, dass wir uns für unsere eigene Akzeptanz einsetzen und nichts gegen die Diskriminierung anderer unternehmen.«

Röbi hat es auf seinem Lebensweg etwas einfacher als Ernst. Er braucht in seinem Berufsalltag als Coiffeur nicht wie Ernst Überlebensstrategien anzuwenden, um über die Runden zu kommen. Röbi ist sich dessen bewusst: »Ich musste mich nicht so wahnsinnig verstecken.« Dass er wegen der Aussage seines Lehrmeisters den Schweizer Pass nicht erhalten hat, erwähnt er dabei nicht noch einmal.

1959 wechselt er als Fachlehrer an eine Coiffeurschule. Auch hier geht es »nicht so geheimnisvoll zu und her«, denn der Leiter, Johnny Fahrni, ist Abonnent des »Kreises« und gehört ebenfalls »zur Familie«, wie Schwule und Lesben sagen, wenn über Gleichempfindende gesprochen wird.

Der Druck der Öffentlichkeit gegenüber Homosexuellen nimmt zu – unterstützt durch die Hatz von Presse und Polizei. Drei Jahre nach den Morden an Oboussier und Rusterholz heizt die Tagespresse 1960 mit einer Hasskampagne das Klima gegenüber Homosexuellen an – allen voran die Zeitung »Die Tat«, Sprachrohr der Mittepartei Landesring der Unabhängigen (LdU). Sie verunglimpft sie und schürt das Klima gegen ein Zürich »als Metropole Homosexueller«[18], das nicht zuletzt wegen der Aktivitäten des Kreises von vielen männerorientierten Männern gerne aufgesucht wird. Gehetzt wird auch gegen die Stadt, die es zulasse, dass in einer ihrer Lokalitäten, dem Restaurant Eintracht, Stricher vermittelt würden. Röbi entsetzt sich noch heute darüber: »Es wurden lauter Unwahrheiten gegen uns und den Kreis verbreitet.«

Die Stadt legt daraufhin dem Wirt nahe, den Saal nicht mehr an den Kreis zu vermieten. Der Pächter droht seinerseits, ganz auszusteigen. Wenn er die »Kreis«-Abonnenten als Kunden verliere, sei auch seine Existenz gefährdet, da er mit deren Zusammenkünften und Veranstaltungen sein Geld mache. Die Stadt spielt auf Taktik und verzögert die Erneuerung des Vertrages. Der Wirt übernimmt daraufhin ein Restaurant in Schaffhausen.

Damit ist der Kreis ohne Klublokal – ein herber Verlust für alle. Auch für Röbi, der damit die Bühne für seine Auftritte – auch als Frau – verliert. Hauptgrund für die Schließung ist ein Tanzverbot, das die Stadt Zürich für Männer erlässt. Das ungestörte Zusammensein homosexueller Männer wird einmal mehr durch öffentliches Ausgrenzen verunmöglicht.

Als es diesen Ort nicht mehr gibt, versucht man, die Idee aufrechtzuerhalten, indem man sich in verschiedenen Bars trifft, in denen aber seriöse Unterhaltung sowie ungestörtes Zusammensein unmöglich sind. Zudem mietet der Kreis im aargauischen Spreitenbach eine Lagerhalle für die legendären Feste und versucht, indem für jeden Anlass aufwendig dekoriert wird, zu bewahren, was einmal war. Jedoch erfolglos. Ohne direkten, öffentlichen Verkehrsanschluss an die Stadt ist das Bemühen zum Scheitern verurteilt.

Ein letztes Mal wird das Weihnachtsspiel aufgeführt, und im darauf folgenden Herbst geht in Spreitenbach das letzte Fest über die Bühne. Den Kreis, das »Gefängnis«, hinter dessen Mauern man sich sicher fühlte, gibt es nicht mehr, und auch der Zusammenhalt geht verloren, obwohl die Zeitschrift »Der Kreis« bis 1967 überlebt. Und somit erreichten einmal mehr jene Leute, die fundamentalistische Ansichten vertreten, mit Hetzerei ihr Ziel.

Ich frage Röbi: »Hast du dich jemals wieder so frei gefühlt wie damals bei den Treffen im Kreis?«

»Nur zu Hause oder zusammen mit Ernst«, meint er. »Wir trafen uns daraufhin wieder vermehrt im Versteckten und pflegten privat unsere Freundschaften. Aber diese Art von ›großer‹ Freiheit gab es nie mehr.«

Dass Ernst für Röbi ein Halt ist und Röbi einer für Ernst, dass sie sich gegenseitig aufeinander verlassen können – das hat ihnen die Vergangenheit beigebracht. Zum vierjährigen Zusammensein schenken sich die beiden Männer deshalb einen Ring – ein Edelstein in einer Goldfassung, der für Außenstehende nicht interpretierbar und nichts anderes ist als ein Schmuckstück, weil sich weder die Edelsteine noch deren Fassung ähnlich sind. Doch für Eingeweihte ist es das Symbol ihrer partnerschaftlichen Verbindung.

Den Ring streifen sie sich am 3. November 1960, zum Datum ihrer ersten Liebesnacht, gegenseitig über den Finger. Ernst trägt von nun an den Sternrubin und Röbi den Turmalin – allerdings nur bei außergewöhnlichen Gelegenheiten.

Am festlichen Anlass – Verlobung und Heirat zugleich – ist als einzige Beteiligte Mame anwesend. Sie, die die Liebesbeziehung der beiden seit Beginn uneingeschränkt unterstützt, ist bei der inoffiziellen Vermählung von Röbi und Ernst einzige Trauzeugin. Und wieder kommt mir dabei Ernsts Lebenssatz in den Sinn: Wer andere ausschließt, schließt damit auch immer ein Stück weit sich selber aus…

Als sich die beiden dreißigjährigen Männer ihre Steine aussuchen, kennen sie deren Bedeutung nicht. Sie wählen je den ihren, weil er ihnen gefällt. Ich suche nach einer Deutung und erfahre dabei, dass Rubin in Sanskrit, der Sprache von Buddhas Lehrtexten, so viel heißt wie »König der Edelsteine«. Und dass der Turmalin der »Edelstein des Regenbogens« ist. Eine alte ägyptische Legende besagt, dass ein Turmalin auf dem langen Weg aus dem Innern der Erde hinauf zur Sonne über einen Regenbogen gewandert sei und unterwegs alle Farben des Regenbogens aufgenommen habe.

Die Regenbogenfarben werden Jahre später zum Symbol aller homosexuell Liebenden. Alles nur Zufall? Vielleicht. Vielleicht auch nicht.

Im Laufe unserer Gespräche denke ich immer wieder, dass Ernst für Röbi wirklich der König unter den menschlichen Edelsteinen ist. Und der Turmalin, den sich Röbi auswählte, ihm durchaus entspricht. In Distanz zum Publikum beseelt er als Schauspieler seine Rollen in den schönsten Farben, so wie der Regenbogen eben auch erst aus Distanz in seiner vollen Pracht sichtbar und zum Zauber wird. Röbi betont auch immer wieder, dass es ihm nirgends so wohl sei wie auf der Bühne: »Weißt du, dort kann ich mich nonchalanter geben und auch freier sprechen als mitten unter den Leuten. Da fällt es mir schwer. Da bin ich weniger kommunikativ und habe einfach Hemmungen.«

Für Ernst und für Röbi nimmt das Leben schon kurz nach der symbolischen Hochzeit eine weitere Wende: 1961 landet nach einem dritten Mord an einem Homosexuellen in den Briefkästen von Röbi Rapp und Ernst Ostertag je eine Vorladung von der Kriminalpolizei. Die Aufforderung steckt in keinem Briefumschlag und ist auf dem Weg zum Empfänger für jeden lesbar …

Als Ernst termingerecht auf der Wache erscheint, liegt auf dem Pult das Protokoll von 1958, obwohl die Sittenpolizei damals versichert hatte, nichts weiterzugeben. Ernst ist also von Anfang an auf der Hut und denkt sich: Die lügen doch alle! Die Beamten kommen gleich zur Sache. »Sie sagten«, erzählt Ernst, »sie würden wissen, dass ich schwul sei. Ich solle es nicht leugnen und ein neues Protokoll unterschreiben. Dieses Mal wehrte ich mich und sagte, die Vorladung besage, ich müsse hier erscheinen, um Auskunft zu geben. Zudem sei es nicht zulässig, die Aufforderung offen zu verschicken. Daraufhin reagierten sie verärgert, und der eine Polizist meinte, das gehe mich nichts an. Ich fragte: ›Was wollen Sie von mir? Muss ich davon ausgehen, dass Sie mich verdächtigen, der Mörder zu sein? Geben Sie mir das schriftlich?‹ Daraufhin kamen zwei weitere Polizisten, packten mich, zogen meine Arme nach hinten, und einer schlug mir die Faust unters Kinn. Mein Kopf knallte gegen die Wand. Daraufhin sagte der Chefbeamte am Tisch: ›Wenn Sie nicht unterschreiben, können wir Sie während 24 Stunden hierbehalten. Wir rufen dann morgen in die Schule an und erklären, weshalb Sie nicht erscheinen.‹«

Was nun folgt, ist für Ernsts Leben einschneidender als alles, was er bisher erlebt hat. Er sagt: »Als er mir damit drohte, wurde mir plötzlich bewusst, dass ich erpressbar bin. Ich realisierte, dass die Polizei gerade jetzt dabei war, mich zu erpressen.« Ernst betont dieses »jetzt«, wie wenn eine endlose Zahl Ausrufezeichen dahinter stehen würde.

Die Fortsetzung der damaligen Einvernahme erzählt er erst nach einer kurzen Pause: »Ich las das Protokoll durch, allerdings nicht richtig, weil ich so wütend war. Sie verlangten auch noch Fingerabdrücke. Ich weigerte mich, mit dem Ergebnis, dass mich die beiden Polizisten wieder in den Schraubstock nahmen. Noch einmal schlug man mir ins Gesicht. Als ich das Büro mit schwarzen Fingern verließ – ich hatte schließlich wohl oder übel nachgegeben und mir die Fingerabdrücke nehmen lassen –, sah ich entlang der Treppe eine Kolonne Männer stehen. Alle hatten ihr Haupt gesenkt. Alle waren stumm. Sie standen da wie Opferlämmer, die zur Schlachtbank geführt werden... Einige kannte ich. Da wusste ich, dass dies eine geplante Großaktion war.«

»Ich musste erst eine Stunde später als Ernst zum Verhör«, erzählt Röbi, »und so wartete ich in einem nahe gelegenen Restaurant und konnte ihn vorher noch treffen. Ich sah ihm sofort an, dass er geplagt und grob behandelt worden war. Er zeigte mir seine Finger und sagte: ›Leiste ja keinen Widerstand. Mach einfach, was sie sagen, was sie wollen – wehr dich nicht.‹ Ernst riet mir zudem, mich so zu verhalten, wie wenn ich niemanden kennen würde. Ich habe es dann genau so gemacht.«

Die Polizei notiert sich auch Röbis Personalien – wo er arbeitet, wie seine sozialen Verhältnisse sind, wo er wohnt –, obwohl sie alles schon wissen. Röbi sagt: »Ja, ihnen war natürlich auch bekannt, dass ich homosexuell und Abonnent des ›Kreises‹ war. Und sie nahmen auch von mir Fingerabdrücke.«

Im Anschluss gehen Röbi und Ernst – nun beide mit schwarzen Fingern – zu »Rolf«. Dieser telefoniert mit einem dem Kreis bekannten Rechtsanwalt, der daraufhin über den zuständigen Stadtrat interveniert und damit droht, an die Öffentlichkeit zu gehen, weil diese Aktion nicht gesetzmäßig sei.

Die Hetze gegen schwule Männer und das gezielte Fichieren hat erst Jahre später ein Ende. Ernst und Röbi machen von diesem Erlebnis an, als ihnen ohne gesetzliche Grundlage willkürlich ihre Fingerabdrücke genommen wurden, für 49 Jahre einen großen Bogen um das Polizeigebäude im ehemaligen Waisenhaus. Als sie 2010 schwulen Polizisten, die sich in der polizeiinternen Gruppierung PinkCop regelmäßig austauschen, erzählen, was ihnen hinter diesem Gemäuer widerfahren ist, kommt Ernst alles noch einmal hoch, und das, obwohl er sich innerlich längst damit versöhnt hat. Dennoch bleibt ihm die Stimme des einvernehmenden Polizisten präsent. Sie ist in seinem Gedächtnis eingebrannt – und es gelingt ihm bis heute nicht, sie zu löschen.

Damals, 1961, im Gründungsjahr der »Nationalen Aktion gegen die Überfremdung von Volk und Heimat«, hält Ernst bis zum Zeitpunkt der Einvernahme den Staat für eine wichtige, ehrliche und gute Sache. »Doch danach«, sagt er rückblickend, »wusste ich, dass es innerhalb des Staates faschistische Elemente gibt. Mir wurde bewusst, dass Schwule keine Rechte haben und der Staat sie deswegen erpressen kann.«

Einmal mehr sind diese Erfahrungen mit einschneidenden Konsequenzen verbunden. Deshalb frage ich Ernst, was dieses Erlebnis in Bezug auf seine Entwicklung bedeutet hat.

Er, geprägt vom Buddhismus, antwortet: »Das Leben ist wie ein Bach, ein Fluss – es fließt. Der Zweck des Lebens ist das reine Fließen. Liegt unterwegs ein Felsbrocken, dann muss man einen neuen Weg suchen und findet einen, indem man um den Fels herumgeht und versucht, ihn mit der Zeit zu unterhöhlen und umzustoßen, damit er kein Hindernis mehr ist… Ja… und so hat es beides gegeben – auf der einen Seite machte ich, was akzeptiert war, und im Verborgenen alles andere.«

Dieser philosophische, bildliche Gedanke heißt für Ernst damals, als er 31-jährig ist und im Alter, wo andere Menschen am Anfang ihrer Karriere stehen, dass er lernen muss loszulassen, um sich völlig neu zu orientieren. Denn er will nie mehr eine Stellung einnehmen, in der er durch die Moral der Gesellschaft erpressbar wird.

Ernst zieht sich deshalb sukzessive aus allen Ämtern zurück, in denen er sich für die Gesellschaft und Schwächere exponiert: Er verabschiedet sich aus der örtlichen Schulpolitik. Er gibt das Amt als Vertreter der Sonderklassen-Lehrerschaft ab, nachdem er während Jahren als deren Präsident geamtet hat. Er winkt ab, als man ihn für die Übernahme weiterer Ämter anfragt. Er tritt aus der Schweizerischen Hilfsgesellschaft aus, die zuvor noch Schweizerische Hilfsgesellschaft für Geistesschwache hieß.

Der Rückzug fällt Ernst nicht leicht. Es ist für ihn ein schmerzliches Aufgeben. Er sagt: »Ich habe das alles gern gemacht.« Trotzdem gibt er, mit der Erklärung, dass er andere Ambitionen habe und ihm deshalb die Zeit für bisherige und neue Aufgaben fehle, alles ab und füllt seine Freizeit mit anderem – mit pädagogischer Weiterbildung, Literatur, Philosophie, Fotografie, Diavorträgen und vor allem mit großen Reisen. Er bleibt aber ein Leben lang mit Herz und Seele Lehrer für Kinder mit Lerndefiziten.

Als ich Ernst bitte, all die Ämter aufzuzählen, in denen er sich damals innerhalb unserer Gesellschaft für die Gesellschaft engagierte, wird mir bewusst, welcher Reichtum der Öffentlichkeit durch das Ausgrenzen verloren ging und noch immer verloren geht. Bei einem Bevölkerungsanteil von rund zehn Prozent homosexuell Lebender ist das gesamte Ausmaß an verhinderter Kreativität kaum abzuschätzen …

Und womit ist diese Situation zu rechtfertigen? Weshalb verzichtet eine Gesellschaft freiwillig auf so viel Potenzial? Ich frage mich, ob sich die Ausgrenzenden bewusst sind, was sie durch ihr Ausgrenzen verlieren.

Ernsts Schwester Christine sagte mir gegenüber einmal, sie habe nie begriffen, weshalb Ernst kein Amt in der Öffentlichkeit angenommen habe: »Er war doch so prädestiniert dafür.«

Und wieder taucht dieses Phänomen auf: Weil familiäre Nähe durch Tabuisierung verloren geht, können simple, klärende Fragen nicht gestellt werden.

Ich will von Ernst wissen: »Wärst du ohne diese Vorfälle politisch tätig geworden?«

»Ja«, sagt er, »wahrscheinlich schon. Aber weil mir damals bewusst wurde, dass ich erpressbar bin, musste ich mein Leben anders ausrichten.«

Der Staat, der damals wie ein Felsbrocken den Lebensfluss homosexueller Menschen stört und beeinträchtigt, ist ein mächtiger. Das Zeugnis eines Betroffenen aus der damaligen Zeit soll zeigen, wie unzimperlich die Polizei gegen Schwule vorging – und mit Methoden arbeitete, die auch beim Suchen nach Kriminellen angewendet werden: mit Lockvögeln. Im Auftrag des Staates standen verdeckte Polizeibeamte vor Pissoirs und machten Männer an, um sie anschließend auf die Wache zu führen. Dabei hielten sie sich, so der Betroffene – ein Theologiestudent –, mit Beschimpfungen nicht zurück. Später wurde er nach einem sechsmonatigen Auslandaufenthalt unter dem Vorwand einer Zeugenaussage vorgeladen. Auf dem Polizeiposten wollte man von ihm aber wissen, wo und wie er das halbe Jahr verbracht habe. Er wurde unter Druck gesetzt, indem man ihm sagte, er sei als Homosexueller registriert, alles Abstreiten würde nichts nützen. Auch er musste sich die Fingerabdrücke nehmen lassen.

Der Student wagte es daraufhin nicht, sich jemandem anzuvertrauen. Er fühlte sich vom Staat verfolgt, fiel in ein psychisches Loch und überlegte sich gar, den Freitod zu wählen. Er brach sein Studium ab und suchte nach einem neuen beruflichen Weg. Als er sich schließlich in seinem Heimatkanton zur Umschulung auf den Lehrerberuf meldete, wurde sein Gesuch abgewiesen – mit der Begründung, dass er homosexuell sei.[19]

Nach dem dritten Mord, 1961, der nie aufgeklärt wurde, sind Presse, Politik und Öffentlichkeit in ihren Urteilen und vor allem in ihren Forderungen noch eindeutiger: Es erscheinen Artikel, die der Frage nachgehen, »wie gegen die Auswüchse der Homosexualität vorzugehen sei«. In einem Interview sagt der damalige Zürcher Bezirksanwalt Robert Frick: »Wir müssen aufpassen, dass gegen Ende des 20. Jahrhunderts die Homosexualität bei uns nicht salonfähig wird.«[20]

Und 1962 fordert ein Nationalrat die Bestrafung der Homosexualität an sich. Die Motion des Zürcher freisinnig-demokratischen Politikers wird mit 57 gegen 7 Stimmen angenommen, allerdings in ein Postulat abgeändert, das glücklicherweise für immer in der Schublade verschwindet.[21]

1963 weht auch meteorologisch ein eisig kalter Wind, der die Temperaturen über lange Wochen in den Minusbereich fallen lässt, sodass selbst der Zürichsee seine Oberfläche mit begehbarem Eis überzieht. Röbi und Ernst packen zwar ihre Schlittschuhe, nehmen Mame am Arm und verbringen zu dritt heitere Stunden auf dem See, der, während er vereist ist, zu einem Ort von einer noch nie da gewesenen Weite wird. Politisch schmilzt jedoch die gesellschaftliche Haltung gegenüber schwul lebenden Menschen um einiges langsamer als damals das Eis auf den Schweizer Seen.

Der Winterthurer Politiker Marcel Beck reicht noch im Jahr der »Seegfrörni« im kantonalen Parlament eine Interpellation ein, in der er den Regierungsrat auffordert, Wirte, »die der Unsittlichkeit Vorschub leisten«, zu bestrafen und zu büßen. Um seinem Anliegen das notwendige Gewicht zu verleihen, verfasst Beck, ein Volksvertreter der Demokratischen Partei, wenige Monate später eine Hasstirade in der Zeitung »Der Republikaner«. Er schreibt unter anderem: »In der Kloake der Homosexualität, die seit den Nachkriegsjahren bis auf den heutigen Tag zu einem Schandfleck der Stadt Zürich geworden ist, und die nicht mehr wie früher schamhaft und verschwiegen als Last getragen und als Verirrung gewertet wird, sondern frech auf den öffentlichen Plätzen und in den Gaststätten ihr widerliches Haupt erhebt – diese stinkende Kloake hat im Zürcher Kantonsrat Prof. Marcel Beck [damit meint sich der Autor selber] mit bewundernswerter Offenherzigkeit mit seinem Ratsherrenstecken aufgewühlt […]«.[22]

Neuorientierung, Reisen und Buddhismus

Röbi steht 1963 vor einem Schritt, den er, bis es so weit ist, selber kaum für möglich hält. Gedrängt von Ernst, der findet, Röbi müsse mit seinen 33 Jahren selbständiger werden, macht er, was sein Partner von ihm wünscht: Kurz nachdem er sich mit Mame und Ernst aufs Eis des Zürichsees gewagt hat, verlässt er seine Heimat und begibt sich beruflich auf Glatteis. Er fährt nach Hamburg zur Weiterbildung beim weltweit tätigen Unternehmen Schwarzkopf. Dank seines deutschen Passes ist die damit verbundene Anstellung ein Leichtes. Röbi wird am Firmenhauptsitz zum Demonstrator ausgebildet mit dem Ziel, mit seiner Fertigkeit als langjähriger Coiffeur und dem erlernten Können als Verkäufer im Nahen Osten die bisherige Kundschaft der Haarpflegeprodukte zu betreuen und einen zusätzlichen Kreis an Abnehmern zu akquirieren.

Nur: Reisen ist schon seit je mehr das Thema von Ernst, der als Lehrer seine dreizehn Wochen Schulferien pro Jahr meistens dafür einsetzt, Neues zu entdecken und historisch Interessantem nachzuspüren, um später die Daheimgebliebenen mit seinen Berichten und Diavorträgen daran teilhaben zu lassen. »Ernst war nie einer, der zu Hause rumsitzen konnte«, sagt Röbi, »wenn er Ferien hatte, war er so lange krank, bis er, auf Zürichdeutsch gesagt, ›Räder unter dem Füdli‹ hatte. Er wurde erst ruhig, wenn er wegfahren oder wegfliegen konnte. Das musste einfach sein.«

Statt Ernst, dem es um einiges leichter fällt, auf noch unbekannte Menschen zuzugehen, verlagert aber der scheue und introvertierte

Röbi seinen Lebensmittelpunkt. Er verlässt das vertraute Nest, weil das, was sein Partner initiiert, laut Röbi »meist vernünftig ist« und sie auch kaum Meinungsverschiedenheiten haben in allem, was sie beschließen und machen. Ernst begründet sein Drängen auf Veränderung damit, dass er Röbis Entwicklungspotenzial fördern wollte: »Ich sah seine Fähigkeiten, aber ich wusste auch, dass er es sich nicht zutraute und immer Angst vor neuen Schritten hatte. Schließlich konnte ich ihn dazu bringen, dass er es durchzog.«

Nach der Weiterbildung in Hamburg fliegt Röbi für die deutsche Firma in den Libanon und nicht nach Thailand, das andere Land, das er als Betätigungsfeld hätte wählen können. Obwohl ihm die Mentalität der Menschen im Fernen Osten näher liegt, entscheidet er sich für den Nahen Osten, weil sich »Mame einfach nicht vorstellen konnte, dass ich in Bangkok arbeite. Es war ihr zu weit weg – und mir letztlich auch.«

Im Nahen Osten, in Beirut und Damaskus, hat Röbi seinen eigenen Chauffeur, der ihn zu den potenziellen Abnehmern der Pflegeprodukte führt. Dort demonstriert er an der vorwiegend weiblichen Kundschaft die Sortimentspalette seines Arbeitgebers und macht dabei verschiedenste Erfahrungen – unter anderem, dass Frauen arabischer Länder Locken nicht modisch finden. »Sie wollten, dass ich ihr schönes Haar strecke.« Er bedauert diese Tatsache noch immer ein wenig, gerät aber, sobald er übers Haarefärben redet, ins Schwärmen: »Wir hatten so schöne Farben. Schwarzkopf war auf diesem Gebiet einfach führend. Wir hatten tolle Farben und auch ein sehr gutes Streckmittel.«

Eine weitere Erfahrung, die er im Libanon und in Syrien macht: Sein Können wird am selben Tag oft von verschiedenen Ladenbesitzern gleich mehrmals beansprucht, da er für sie eine willkommene Arbeitskraft ist und erst noch nichts kostet. »Selbst die Pflegemittel waren gratis«, erzählt Röbi: »Es gab Coiffeure, die ihre ganze Kundschaft bestellten. Ich arbeitete oft wie ein ›armer Sünder‹ – von früh bis spät. Ich färbte allen umsonst die Haare.«

Arbeiten ist ihm dennoch viel lieber, als zurückgewiesen zu werden und untätig zu sein. »Einige ertrugen es nicht«, erzählt er, »dass ich, der Europäer, besser war als sie. Sie ließen mich nicht an ihre Kundinnen. Und dann konnte ich auch keine Produkte verkaufen.«

Von der Mehrheit aber wird Röbi als Haarkünstler geschätzt. Doch er ist und bleibt ein schlechter Verkäufer. Er kennt auch den Grund: Die anderen Vertreter verbringen die Abende jeweils mit den möglichen Abnehmern der Produkte im Bordell. Vor Abschluss der Verträge wird kräftig über die Schnur gehauen – die Europäer frönen dabei gemeinsam mit den arabischen Männern dem Laster. Man konsumiert Alkohol und Frauen.

Das ist nicht Röbis Welt, und deshalb entwickeln sich seine Umsatzzahlen nicht nach den Vorstellungen des Arbeitgebers. »Ich hätte heterosexuell sein müssen, um zu bestehen«, sagt Röbi. Er aber sucht den Kontakt zu Männern. Er lacht, als er sagt: »Viele waren schön und sahen toll aus. Aber im Bett waren sie Flaschen – träge und fantasielos. Ich war, was Sex betrifft, gar nicht happy.«

Nur mit einem Einzigen hat er es gut – mit Bahige, einem Christen, auch er ein Coiffeur, der fließend Französisch spricht. Für ihn arbeitet Röbi jeweils in seiner Freizeit gratis, weil er es gerne macht. In diesem Punkt ist er gleich wie Mame, auch sie ist glücklich, wenn sie eine Beschäftigung hat. Mit dem bisexuellen Familienvater verbringt Röbi häufig die Zeit nach getaner Arbeit und lernt in diesem Zusammenhang auch dessen Familie kennen. Bei ihr geht er ein und aus – fast wie zu Hause.

Ich frage Röbi: »Hat er sich in dich verliebt?«

»Ja«, antwortet er, »das kann man so sagen.«

Neugierig frage ich weiter: »Und du?«

Röbis Antwort ist kurz, aber klar: »Es war keine reine Sexbeziehung. Wir verstanden uns rundum bestens.«

Als Ernst seinen Partner im Libanon besucht, lernt er dessen Liebhaber ebenfalls kennen. Sie sind zu dritt unterwegs und entdecken als Trio das Land. Später besucht Bahige die beiden in der Schweiz; der Kontakt bleibt über Jahre bestehen.

Trotz Liebesgefühlen und Anschluss an die neue Familie ist Röbi in Beirut und Damaskus unglücklich; er schreibt über hundert Briefe an Ernst. Dieser sagt: »Röbi hatte wahnsinnig Heimweh. Er ist an und für sich ein Heimwehkind. Ich wusste, dass es für ihn schwierig wird. Dennoch ist es ihm durch den Auslandaufenthalt gelungen, sich etwas zu öffnen. Er hatte Freude und fand im Nachhinein auch, die Zeit habe ihm gutgetan.«

»Aber«, entgegne ich, »Röbi hat diesen Schritt doch nur dir zuliebe getan.«

»Wahrscheinlich schon«, antwortet Ernst und lächelt: »Ja, wieder einmal war er das Opferlamm …« Selbstkritisch fügt er ungefragt hinzu: »Ich muss auch heute noch extrem aufpassen, dass ich ihn nicht manipuliere. Denn Röbi muss sich selber sein können!«

»Und dennoch wolltest du, dass er in den Libanon und nach Syrien geht.«

»Ja, das fand ich schon gut«, sagt Ernst und erklärt, weshalb: »Ich fand es wichtig für Röbi, die Erfahrung zu machen, dass er sich nicht immer auf Mame stützen kann und dass er die Freizeit einmal für sich alleine organisiert. Zugegeben, es war für ihn sehr schwierig. Zum Glück aber traf er Bahige, der ihn nach Hause mitnahm. Mit der neuen Familie ging es ihm auch besser.«

Ernsts Logik überfordert mich, und er scheint es zu bemerken, indem er seine Erklärung präzisiert: »Ja, das war der Sinn, dass Röbi sieht, dass ihn nicht nur die eigene Familie akzeptiert, sondern auch eine andere. Denn in meiner Familie erlebte er ja nur das Gegenteil.«

Ich sage zu Ernst: »Ich habe das Gefühl, dass du derjenige bist, der in eurer Beziehung oft den Ton angibt.«

»Ja, das ist wahr«, antwortet er, »ich muss immer darauf achten, dass es nicht so ist. Sonst zieht sich Röbi zurück. Er hat den Hang dazu, und das will ich nicht. Dann wird er unsicher – das ist schlimm. Ich muss dann Gegensteuer geben, wenn es irgendwie geht. Er wäre ja auch nie auf Reisen gegangen.«

Frage ich Röbi nach der Zeit im Nahen Osten, sagt dieser: »Das möchte ich nicht noch einmal erleben.« Und meint, um seine damalige Not zu unterstreichen: »Es war mein einziger großer Fehler.« Aber sofort relativiert er seine Aussage und fügt hinzu: »Sofern man das als Fehler bezeichnen darf.«

Ich will auch wissen, ob es für ihn deshalb so schlimm war, weil er im Grunde genommen bis heute ein Heimwehmann geblieben sei.

Er sagt: »Ja, schon als Kind hatte ich Heimweh. Ich ging nie gerne ins Klassenlager. Und ab und zu musste ich ins Kinderheim. Das war jeweils ganz grauenvoll – in Schönenberg bin ich einmal fast gestorben.«

Ich frage: »Weshalb hat man dich denn gezwungen, dorthin zu gehen?«

»Der Hausarzt schickte mich, weil er fand, ich sei so schwach und bleich und brauche deshalb eine Luftveränderung. Sein Zeugnis war zugleich auch die Absage an die Hitlerjugend, zu der man mich aufgeboten hatte. Dadurch blieb mir allerdings auch die Pfadi verwehrt – denn wenn ich für das eine zu schwächlich war, galt dies aus Gründen der Vorsicht auch für die Pfadfinder«, erklärt Röbi.

Dem Arzt war auch Mames körperliches Befinden ein Anliegen. Da sie trotz hartem Arbeiten wenig verdiente und er sie etwas entlasten wollte, schickte er die beiden Kinder in Ferien, die der Staat bezahlte. Röbi, der diese Fürsorge heute besser versteht, sagt: »Dennoch war Mame unglücklich, wenn ich nicht in ihrer Nähe war – und ich war es auch.«

Ich komme auf die Zeit im Libanon zurück, weil ich wissen will, ob Röbi nie sauer auf Ernst gewesen ist, da dieser ja von seinem Heimweh wusste und ihn dennoch gedrängt hatte wegzugehen.

»Ich hatte schon Mühe«, gesteht Röbi, »aber ich hatte schon damals großen Respekt vor Ernst, und es verband mich eine große Liebe mit ihm. Deshalb hatte ich das Gefühl, er wisse, was ich brauche und was meiner Entwicklung guttut.«

»Und dennoch«, frage ich, »hast du es damals nie bereut, dass du auf ihn gehört hast?«

Für ihn liegt diese Zeit jedoch schon so weit zurück, dass es für ihn keinen Grund gibt, sich an Gewesenem festzuklammern, selbst wenn er diese Zeit nicht noch einmal erleben möchte. Er sagt: »Um diese Frage zu beantworten, müsste ich jetzt alle Briefe lesen, die ich damals geschrieben habe. Was ich hingegen noch weiß: Meine Arbeit machte ich immer gut und erfolgreich – nur verkaufte ich zu wenig, weil ich nie ins Puff gegangen bin.«

1964 gibt Röbi, bevor man ihm wohl wegen seiner schlechten Umsatzzahlen gekündigt hätte, seine Stelle selber auf. Nach einem halben Jahr im Libanon kehrt er zurück und möchte endlich Schweizer Bürger werden. Sein Antrag wird jedoch abgewiesen. Die Begründung lautet: Er sei sechs Monate landesabwesend gewesen, für einen Antrag müsse er zehn unterbruchsfreie Jahre in derselben politischen Gemeinde gelebt haben und dies nachweisen können.

Nur: Röbi hat sich trotz mehrmonatigem Auslandaufenthalt in der Stadt Zürich nie abgemeldet und auch durchgehend die Steuern bezahlt. Der wahre Grund muss also ein anderer sein. Die Vermutung

Ernst (r.) über Röbi: »Ich spürte sofort, dass er etwas Besonderes, Zerbrechliches ist – ein Mann, den man achten und beschützen muss.«

Röbi spielt als Zehnjähriger im Schweizer Film »Das Menschlein Matthias« (1940) die Hauptrolle: »Das war meine Welt. Und sie ist es bis heute geblieben.«

Ernst (hinten) wächst zusammen mit seinen Geschwistern in Zürich Höngg auf.

Röbi wächst mit seiner Schwester ebenfalls in Zürich auf.

Ernsts Schwester Christine: »Seine Homosexualität war eigentlich unübersehbar. Dennoch hatte ich das Gefühl, auf Ernst treffe es nicht zu.«

Röbis Schwester Hedi akzeptiert ihren Bruder, so wie er sich wohlfühlt.

Röbi: »In meinen Träumen bin ich beides – manchmal Mann, manchmal Frau.«

Ernst an einem der Feste im Kreis – sie sind die Highlights des gesellschaftlichen Zusammenseins.

Der Kreis ist für homosexuelle Männer Heimat. Röbi zwischen Ernst (ganz r.) und Karl Meier alias »Rolf«, Schauspieler, Regisseur und führender Kopf der Organisation.

Röbi: »Als Frau hatte ich eine erotische Ausstrahlung, die mir als Mann fehlte. Mit wenigen Bewegungen im Ausdruck wirkte ich umso stärker und überzeugender.«

»Rolf« (l.) fördert seinen talentierten Protegé Röbi (Mitte). Er besetzt die weibliche Hauptrolle regelmäßig mit ihm, der seine langen Roben dazu meistens selber näht.

Röbi (l.) und Ernst im Kostüm für den Kreis-Maskenball 1957.

Als Lehrer engagiert sich Ernst für lernschwache Kinder, die aufgrund ihrer Defizite ausgegrenzt werden.

Als Röbi im Libanon als Coiffeur arbeitet, lernt Ernst (r.) dessen Liebhaber Bahige (l.) ebenfalls kennen.

Röbis Mutter schließt Ernst vom ersten Augenblick an ins Herz und findet, sie habe einen zweiten Sohn gewonnen.

Ernsts Mutter lehnt über Jahrzehnte die homosexuelle Seite ihres Sohnes ab.

i: »Mame sagte: ›Schau zu die-
Mann. Ernst ist ein wertvoller
lieber Mensch.‹« (Bild links)

Mutter Ostertag (l.) und Mame Rapp: Irgendwie mögen sich die beiden alten Frauen.

Für Röbi und Ernst gab es im normalen Leben, in dem sich Hetero- und Homosexuelle täglich begegnen, die Formulierung »das ist mein Lebenspartner« über Jahrzehnte nicht.

Seit dem 1. Juli 2003 ist im Kanton Zürich die gleichgeschlechtliche Partnerschaft juristisch anerkannt – Röbi und Ernst sind die Ersten, die ihren längst verwirklichten Bund fürs Leben offiziell machen. (An der Pride von Delémont, 5. Juli 2003)

Nach dem Unterzeichnen sagt jeder für alle hörbar: »Mit dieser Unterschrift bestätige ich den Willen, meine bald 47-jährige Partnerschaft so wie bisher weiterzuführen.«

Den Ablauf der Trauungszeremonie haben sie bis ins Detail geplant. Röbi: »Wir wollten mit denselben Ritualen feiern und alles genau gleich machen wie Heterosexuelle – einfach ohne Kirche.«

Für Ernst ist es der emotionalste Moment, als sie sich noch einmal die Ringe überstreifen, die sie zu Beginn ihrer Beziehung gekauft hatten.

Endlich ist wahr geworden, was sich Röbi immer erhoffte: »Dass nur der Mensch im Zentrum steht und nicht die Sexualität.«

Fotos auf dieser Doppelseite: Niklaus Stauss

Seit 2003 leben Röbi und Ernst eine Dreierbeziehung mit Giovanni, dem um 43 Jahre jüngeren, seniorenliebenden Mann.

Ernst und Röbi: »Gianni wirkt wie ein Motor, der uns mitreißt. Etwas Besseres hätte uns nicht passieren können.«

Röbi, noch immer ein Star. Am Ende seines zweistündigen Soloprogramms verabschiedet er sich beim Publikum mit dem Lied »Wenn ich mir was wünschen dürfte«.

Foto: Giovanni Lanni

Röbi und Ernst: Hinter ihrer Liebe verbirgt sich mehr als ein halbes Jahrhundert Zeitgeschichte.

Foto: Gianni Pisano

liegt nahe, dass die Polizei aufgrund von Röbis sexueller Neigung ihr Veto eingelegt hatte. Ihm bleibt nicht erspart, dass er, als in der Schweiz Geborener mit deutschem Pass, weiterhin alle zehn Jahre seinen C-Ausweis – seine Niederlassungsbewilligung – verlängern muss. Seine Unsicherheit wird dadurch zusätzlich genährt.

Bereits zum zweiten Mal ist Röbi der Schweizer Pass verweigert worden. Es ist dasselbe Jahr, in dem sich die offizielle Schweiz selber feiert.

1964 pilgert die Bevölkerung aller Landesteile nach Lausanne zur »Expo«, wo Aufbruchstimmung, Mobilität und Wirtschaftswachstum zelebriert werden.

Auch ich fahre als dreizehnjähriges, unbeschwertes Mädchen, das noch nicht, wie Röbi und Ernst in diesem Alter, entdeckt hat, dass ihm das gleiche Geschlecht auch sexuell lieber ist, an die Landesausstellung in die Westschweiz. Ein erstes Mal reise ich zusammen mit meiner Schulklasse mit dem Zug nach Lausanne; ein zweites Mal im hellblauen Opel zusammen mit meinen Eltern und meiner Schwester. Ich bin fasziniert vom Film im Kuppelzelt, der in dreidimensionaler Wirkung die heimatliche Vielfalt wiedergibt. Ich stehe Schlange vor dem Unterseeboot »Mesoscaphe«, dem Sinnbild des technischen Erfindergeistes unseres Landes, und suche am Flaggenturm nach dem Fähnlein meiner Wohngemeinde Küsnacht. Als ich es finde, knipse ich es mit meinem ersten Fotoapparat. Hinterher klebe ich die schönsten Bilder in mein Album – darunter auch dasjenige von Jean Tinguelys monströser Eisenplastik »Heureka«, die sich lautstark in permanenter Bewegung hält.

Röbi und Ernst werden im Jahr der »Expo« erneut Zeugen von Ausgrenzung, Stigmatisierung und Traumatisierung: Die Zürcher Polizei bespitzelt einen guten Freund und ehemaligen Wohngemeinschaftspartner von Ernst, weil sich dieser in einen achtzehnjährigen Mann verliebt hat, der im Gegensatz zu gleichaltrigen jungen Frauen nach damaligem schweizerischem Strafgesetzbuch die sexuelle Volljährigkeit noch nicht erreicht hat.

Die Eltern, die des Sohnes schwule Seite nicht akzeptieren, erstatten Anzeige. Beide Männer werden daraufhin verhaftet. Den älteren behandelt die Polizei wie einen Verbrecher, und den jüngeren, der sich nichts leisten kann, weil er in ärmsten Verhältnissen aufgewachsen ist, ködert die Jugendbehörde mit einem Gutschein für einen Wintermantel. Die Behördenvertreter setzen ihn so lange unter Druck, bis er ihnen verspricht, den Kontakt mit dem Mann, den er liebt, abzubrechen. Die psychischen Folgen sind für beide, die noch heute – 48 Jahre später – ein Paar sind, nachhaltig: Nach der Polizeiaktion versinkt der jüngere in einer schweren Depression. Er geht nicht mehr aus dem Haus und fasst nur langsam wieder Tritt, indem er es schafft, sich darauf zu besinnen, dass auch er eine Lebensberechtigung hat und haben müsse. Diese Erfahrung macht aus ihm einen politischen Menschen. Er engagiert sich daraufhin in den gleichen Vereinigungen für die Rechte Homosexueller wie Röbi und Ernst.

Als ich die zwei von den Behörden schikanierten Männer Anfang 2000 treffe, um mit ihnen über ihre freundschaftliche Verbindung zu Röbi und Ernst zu reden, erfahre ich, wie dauerhaft erlebte Repression und Ächtung das Leben verändern können: Der jüngere der beiden homosexuellen Männer hat das Vertrauen in seine Familie, die ihn damals denunzierte, bis heute nicht wieder gefunden. Der ältere, der als Kind noch den Krieg sowie die Gefahr durch Nazi-Deutschland mitbekam, verdrängt das Erinnern, weil es ihn zu sehr belastet. Bei politischen Rückschritten reagiert er jedoch noch heute: Gegen die dabei aufkommende Panik ist er machtlos.

Ebenfalls 1964, als Röbi nach seinem Aufenthalt im Nahen Osten zurück in Zürich ist, nimmt er kurz darauf sein eigenes Coiffeurgeschäft in Betrieb. Alle sprechen damals vom »Rietli-Puff«, weil der frühere Besitzer vor allem Prostituierte bediente.

Röbi wird beruflich eigenständig, aber wie zuvor wohnt er wieder bei Mame. Über eine Alternative denkt der 34-Jährige nicht nach, weil ein Zusammenleben mit Ernst aufgrund des damaligen homophoben Verhaltens der Umwelt nicht infrage kommt. Denn zusammenwohnen ist vor allem für Ernst nach wie vor zu gefährlich. Ernst sagt: »Zwei Männer kamen schnell einmal ins Gerede. Wenn einem jemand böse wollte, hieß es: ›Der eine ist Lehrer und erst noch für Schwachbegabte, die sich nicht wehren können. Da muss man eingreifen.‹ Man wusste nie, was hintenrum erzählt wurde.«

Ein Vorfall, der sich drei Jahre später ereignet, zeigt, dass Homosexuelle damals tatsächlich unter Observation standen.

1967, nach dem Mord an einem schwulen Primarlehrer, tritt der zürcherische Stadtrat Jakob Baur – Volksvertreter der Bauern-, Gewerbe- und Bürgerpartei (BGB), heute SVP – in einem Interview an die Öffentlichkeit. Baur, damals zuständig für die Anstellung städtischer Lehrer, sagt, dass Beobachtungen über Lehrer mit homosexuellen Neigungen der Polizei gemeldet werden könnten und diese dann die nötigen Abklärungen vornehmen würde. Sofern kein Vergehen gegen das Strafgesetzbuch vorliege, gebe es bei bereits gewählten Lehrern jedoch keine rechtliche Möglichkeit, gegen sie vorzugehen. Zweifellos würde er aber als zuständiges Behördenmitglied einen Lehrer nicht zur Wahl vorschlagen, sollte er Kenntnis von dessen homosexueller Neigung haben.[23]

Für Ernst gibt es also fürs getrennte Wohnen einen gesellschaftlichen, aber auch einen fast ebenso wichtigen privaten Grund – seine Mutter. Denn für ihn ist es selbstverständlich, dass er bei einem

Umzug mit Röbi und Mame zusammen in der neuen Wohnung leben würde, da auch für Ernst eine Trennung von Röbi und Mame unvorstellbar ist. Er sagt: »In diesem Fall hätte meine Mutter Terror gemacht und gesagt: ›Von zu Hause bist du ausgezogen, und jetzt gehst du zu Rapp und dessen Mutter.‹ Das wusste Röbi.«

Röbi investiert seine ganze Kraft in den Aufbau seines eigenen Frisiersalons. Dabei wird er von Mame unterstützt: Sie sorgt für Ordnung, erledigt die Wäsche, macht die Kasse, serviert der Kundschaft Kaffee. Sie geht einkaufen, kocht zu Hause das Mittagessen und bringt es anschließend ins Geschäft. Mame wird von allen für ihre Umsicht geschätzt. Sie kümmert sich auch um Aziz, einen palästinensischen Flüchtling aus dem Libanon, der über die Verbindungen von Röbi und Ernst in der Schweiz eine Kurzausbildung zum Coiffeur macht. Röbi schwärmt von seiner Mutter und wechselt während unseres Gesprächs, als er ihre umsichtige Mitarbeit abschließend einordnet, ins Deutsch der Bühne und sagt, wie wenn er einen Text zitieren würde: »Sie war nicht mehr wegzudenken.«

Zu Röbis Kundschaft zählen auch Mutter und Tochter Ostertag. Er erinnert sich an das »wunderbare Haar mit Naturlocken«, das Mutter Ostertag hatte, die sich von ihm kostenlos frisieren lässt, ihn aber noch immer nicht als Partner ihres Sohnes akzeptiert. Röbi erweist ihr trotz allem diesen Liebesdienst – auch in der Hoffnung, dass sie die Widerstände gegen ihn ablegt. Dies macht sie aber nicht wirklich.

Ernsts Mutter, die sich in vielem den ordernden Ton angeeignet hat, den sie über Jahrzehnte gegenüber ihren Dienstmädchen pflegte, ist selbst in Bezug aufs Frisieren nicht einfach. »Sie war heikel. Sie wollte, dass ich hier noch etwas ändere und dort noch einmal korrigiere«, sagt Röbi. Ganz offensichtlich behandelt sie auch ihn wie ein Dienstmädchen. Röbi ahmt ihren hellen Befehlston nach, um hinterher wieder in der eigenen Stimmlage weiterzusprechen: »Sie war einfach nie zufrieden.« Dabei hebt er das Wörtchen »nie« ganz besonders hervor und leitet zu einer weiteren Episode über, die sich viel später ereignet hat.

Mutter Ostertag, gebunden an den Rollstuhl, lebt nach dem Tod ihres Ehemannes als über Achtzigjährige außerhalb Zürichs in einem Pflegeheim. Da sie die Coiffeuse des Heims, die ihr regelmäßig die Haare macht, mit ihrer Art dermaßen nervt, schneidet diese ihr einmal absichtlich das lange Haar ganz kurz. Röbi lacht: »Sie sah aus wie Marie-Antoinette vor dem Schafott. Da war sie dann richtig froh, dass ich sie wieder frisierte.«

Ich frage: »Und – hat sie daraus etwas gelernt?«

»Insofern, dass sie mich in ihren letzten Jahren noch zu schätzen begann«, sagt Röbi.

Die Liebe nur im Verborgenen leben, von der Familie Ostertag nicht akzeptiert, den Kreis als Lebensinsel verloren, von der Polizei beobachtet, als Lehrer übervorsichtig, was soziale Kontakte anbelangt … und dennoch leben beide Männer ihre gesellschaftlichen Bedürfnisse: Sie kreieren sich ihren eigenen, erweiterten familiären Kreis. Sie treffen sich mit Freunden noch häufiger als zuvor zu Hause bei Röbi und damit auch »chez Mame«. Wer eingeladen wird, revanchiert sich. Mame ist deshalb fast immer dabei, selbst wenn die beiden Männer von andern eingeladen werden.

Weil ich glaube, nicht richtig verstanden zu haben, frage ich nach: »Ihr ward jeweils zu dritt bei euren Freunden?«

»Ja, ab und zu«, sagt Röbi, »findest du das furchtbar?«

»Nein, im Gegenteil! – Allerdings«, auch das sage ich, »die Beziehung zu meiner Mutter war nie so vertraut, dass mir dies möglich gewesen wäre. Nur schon der Gedanke ist für mich noch heute unvorstellbar.«

Bei den gesellschaftlichen Anlässen zu Hause kümmern sich Röbi und Mame gemeinsam um Ablauf und Menü. Sie beraten, was aufgetischt werden soll – individuell abgestimmt auf die jeweiligen Gäste. Mame, die nicht mehr wie früher an der Garderobe des Schauspielhauses steht, kauft mit dem Geld aus der »gemeinsamen Familienkasse« ein. Sie koordinieren, was sie, was er übernimmt. Röbi dekoriert den Tisch und die Stube. Wenn er seine Aufgabe beendet hat, ist Mame auch in der Küche mit allem fertig. »Sie war einfach eine wunderbare Köchin«, sagt Röbi. Er gerät ob ihr einmal mehr ins Schwärmen: »Selbst bei ›fancy dress parties‹ war Mame dabei und oft auch meine Schwester. Es waren jeweils tolle Abende – keine Orgien«, sagt Röbi. »Einmal, als ich aus dem Libanon zurückkam, machten wir ein Riesenfest unter dem Motto ›Arabische Nächte‹. Da kamen fünfzehn Personen – alle entsprechend verkleidet. Mame von mir wunderschön frisiert. Mit meinem Schmuck! In meinem Abendkleid – einfach wunderschön; verkleidet als Haremsdame!«

Mein Lachen nimmt Röbi auf, indem er einmal mehr feststellt, dass seine Mutter bis zuletzt immer so tolerant war. Er wiederholt es gleich zweimal und sagt: »Ja, sehr tolerant. Das war wunderbar.«

Solange Mame lebte, gehörte sie ganz offensichtlich einfach dazu. Denn in fast jeder Episode, die von Röbi und zum Teil auch von Ernst erzählt wird, taucht irgendwann die Verbundenheit mit ihr auf.

Auch Weihnachten feiern sie regelmäßig zu dritt, seit es den Kreis und dessen Krippenspiele nicht mehr gibt – allerdings nicht im gewohnten Rahmen. Denn zu diesem Fest lädt Ernst ein. Er kocht in seiner engen Einzimmerwohnung, und am späteren Abend liest er für Mame und Röbi aus der Heiligen Schrift vor, so wie es schon sein Vater für seine Familie getan hatte. Nach dessen Tod ist gelegentlich auch Ernsts Mutter an Weihnachten zu Gast. Auch sie kennt inzwischen Mame recht gut. Irgendwie mögen sich die beiden alten

Frauen. Aber Ernsts Mutter lehnt noch immer die Lebensweise ihres Sohnes ab und deshalb auch Röbi als ihren Schwiegersohn.

Seit es in Röbis und Ernsts Leben keinen Elternteil mehr gibt, feiern die beiden Männer auch keine Weihnachten mehr, da sie sich nach einschneidenden Erfahrungen in ihrem Bekanntenkreis vom Christentum ab- und ganz dem Buddhismus zugewendet haben. Einzig der Brief mit rück- und vorausblickenden Gedanken von Ernst, den er gelegentlich zum Jahreswechsel an Familienmitglieder, Freunde und Bekannte per Post verschickt, ist ein aus der abendländischen Festtradition mitgenommenes Ritual.

Ernsts Reflexionen spiegeln diejenigen von Röbi. Ernst formuliert jeweils den Inhalt des Rundbriefes, und Röbi könnte, wenn Ernst ihm vorliest, was er geschrieben hat, jeden einzelnen Satz als seinen eigenen übernehmen, da es praktisch nie etwas gibt, wo sie sich uneinig sind.

Ernst schreibt den Text am Computer und setzt dann, in der Ausführung automatisiert, zuerst »+« ein und erst dann seinen Namen, fein in der Handschrift. Er achtet dabei, dass vor der Kombination »+ Ernst« für Röbis Unterschrift genügend freier Platz auf dem Papier bleibt. Auf jedem Brief, auf jeder Karte, die ich von den beiden erhalte, sei es zum neuen Jahr oder zum Geburtstag, stehen am Ende des Textes ihre Namen, von jedem selbst hingesetzt, geschrieben mit demselben Kugelschreiber.

Von Röbi habe ich während all der Jahre noch nie eine geschriebene Zeile erhalten – weder per Post noch per E-Mail. Röbi gesteht: »Ich habe durch Ernst das Schreiben verlernt.« Er lacht und denkt nicht daran, am Eingespielten etwas zu ändern. Diesbezüglich ist ihr Beziehungsmuster jenem von vielen heterosexuellen Paaren nicht unähnlich.

Es sagt allerdings auch einiges über ihre Partnerschaft aus. Ernst, gegen außen nicht zu Unrecht als der Dominantere wahrnehmbar, ist – indem er Röbi nicht nur am Textende beim Unterschreiben den prominenten Platz zuweist, um ihn als Partner sichtbar zu machen – stets darauf bedacht, ihn nicht zu dominieren. Und Röbi ist seinerseits bemüht, Ernst jenen Raum zu gewähren, den dieser für sein Leben benötigt, und ihm, wenn möglich, jeden Wunsch zu erfüllen. Röbi sagt auch: »Ernst ist meine Leitfigur!«

Es ist, als ob er die mahnenden Sätze von Mame verinnerlicht hätte, die ihm riet, sich Mühe zu geben und Ernst, diesem »wertvollen Menschen, Sorge zu tragen«. Was sie ihm vor über einem halben Jahrhundert mit auf den Weg gab, hat für ihn auch heute noch Gültigkeit.

Röbi lässt Alltägliches nicht schleifen oder zur Routine verkommen. Denn dahinter verbirgt sich auch immer Haltung – sich und andern gegenüber.

Wenn ich bei den beiden für die Interviewgespräche zu Besuch bin und dabei die separate Toilette benütze, hängt über der WC-Spülung jeweils ein der Länge nach gefaltetes frisches Handtuch, an dessen unterem Rand, schön zentriert, das Wort »Gäste« eingenäht ist. Komme ich bereits am darauffolgenden Tag wieder, ist das Handtuch durch ein neues ersetzt, ebenfalls zart in den Farben, wiederum gebügelt und der Länge nach zu einem Drittel gefaltet.

Röbi ist nicht allein Gästen gegenüber aufmerksam. Er pflegt auch Ernst und ihre Liebe wie einen Edelstein. Als ich die beiden Mitte Februar 2012 besuche, nachdem sie von einer dreiwöchigen Indien- und Nepalreise zurück sind, fällt mir in der Stube der Strauß mit den sieben dunkelroten Rosen auf. Selbstverständlich mache ich eine Bemerkung, auf die Ernst freudig reagiert: »Die Blumen hat mir Röbi zum Valentinstag geschenkt!«

Ein anderes Mal helfe ich Röbi, Kaffee und mein Lieblingsgebäck, das er speziell für mich gekauft hat, für uns drei vorzubereiten. Er gibt mir genaue Anweisungen, wie ich es zu machen habe – welche

Teller, welche Tassen und Servietten die richtigen sind. Als ich ihn darauf anspreche, wie schön und aufeinander abgestimmt alles sei, sagt er: »Noch heute decke ich für Ernst und mich den Tisch so sorgfältig, wie wenn gerade Gäste kommen würden.«

Ich bin berührt ob dieser Aufmerksamkeit. Diese Achtsamkeit.

Mit dieser Episode hat mir Röbi sein Geheimnis für lang dauernde Partnerschaft verraten. Ich wünsche mir, dass ich den symbolischen Schlüssel, den er mir durch sein Handeln unbewusst überreicht hat, nie verliere, und sage deshalb: »Danke, Röbi – eben hast du mich viel übers Leben gelehrt.«

Er lacht und meint: »Schön, dass du auch von mir lernen kannst und nicht nur von Ernst…«

So ist Röbi – er nimmt sich immer etwas zurück. Er bewundert Ernst und sein Wissen. In unseren Gesprächen fügt er oft den Satz hinzu: »Ernst weiß einfach immer so viel mehr als ich.«

Röbi ist bemüht, neben Ernst intellektuell bestehen zu können. Dieses Bestreben ist ihm wichtig. Es ist Ausdruck und Teil seiner Liebe. Einmal, als ich ihn nach der Bedeutung frage, die Ernst für sein Leben hat, sagt er: »Der Anfang unserer Beziehung ist für mich die wichtigste Zeit. Ich habe mich geistig entwickelt. Ich gab mir Mühe, Sprachen zu lernen – Englisch, damit ich mich mit seinen Freunden verständigen konnte. Auch in Geschichte wollte ich mehr erfahren. Ich habe mit Ernst zusammen den Buddhismus angenommen… Ich habe vieles gemacht, um ihm ein guter Partner zu sein.«

Ich frage Ernst: »Was ist es, was euch zusammenhält?«

»Wenn ich antworte ›tiefe Liebe‹ – dann sagt das etwas, aber es sagt auch nichts. Das sagt jeder. Es ist mehr, als man mit diesen zwei Worten ausdrücken kann. Es ist mehr als ein Gefühl und intellektuelles Zusammensein. Es ist mehr als miteinander immer wieder nach neuen Wegen suchen und sich auf neue, äußere Umstände einstellen. Es ist eine sich nicht infrage stellende Gemeinsamkeit oder Gemeinschaft ...«, versucht Ernst ihre Beziehung zu beschreiben.

»Meinst du«, frage ich weiter, »dass euch auch das versteckte Leben zusammengekittet hat, so wie ein Filz, der durchs Reiben immer dichter wird?« Dabei geht mir durch den Kopf, dass es wohl auch dieser Mechanismus war, den Röbi und seine Familie nach der Selbsttötung des Vaters einander so nahebrachte. Es ist derselbe Effekt.

»Ja, sicher schon«, bestätigt Ernst und holt aus, um mir zu erklären, was er darunter subsumiert: »Zum Beispiel konnten wir den Partner im beruflichen Umfeld nicht sichtbar machen. Wir mussten alles verschweigen – die physische Präsenz, die Gefühle, die Gedanken ... Der Partner wurde deshalb zum reinen Freizeitpartner, und die Freizeit erhielt dadurch eine andere Qualität und Intensität. Die Konsequenzen dieses Lebens waren: Der Beruf, der einen nur zu einem kleinen Teil beanspruchen durfte, musste hingegen nach außen dicht und als Ganzes wirken. Dadurch nahmen die andern hinter dem Menschen nur die beruflichen Aufgaben, nicht aber das Private wahr. Nur mit Röbi konnte ich über alles reden, auch über den Beruf. Diese Tatsache fügte uns zusammen, und mich stärkte sie, berufliche Problemfelder anzugehen.«

Letztlich war es aber auch, wie ich vermutete, der Widerstand von Ernsts Verwandtschaft, die durch ihr anfängliches Nichtakzeptieren der homosexuellen Liebesbeziehung die beiden erst recht zusammenschweißte. Ernst sagt: »Der Fakt, dass meine Familie den Hintergrund von Röbis kulturell dichter Lebensform nicht wahrhaben, das darin Wertvolle nicht sehen wollte, hat unsere Verbindung ebenfalls gefestigt. Sie machten es sich leicht, indem sie einfach sagten: ›Das ist kein Umgang für dich.‹«

Einmal mehr zeigt sich, nicht nur in Bezug auf homosexuelles Leben: Wer in seinem Tun und Handeln ständig infrage gestellt wird, geht im Extremfall unter und zerbricht. Andere haben mehr Glück und der Konflikt hilft, ihre eigene Persönlichkeit zu stärken und zu modellieren; Klarheit zu erlangen und Position zu beziehen. Im guten Fall evoziert »der Dorn im Fleisch«, wie Ernst den Widerstand gegenüber Homosexuellen einmal umschrieb, viel kreatives Potenzial.

So regt sich – Ende der Sechzigerjahre – auch gegen das gesellschaftlich erstarrte Machtgehabe weltweiter Protest: Junge Menschen zeigen ihre Wut und demonstrieren gegen die Kriegsführung der USA in Vietnam. Sie engagieren sich für eine Zukunft ohne Krieg.

Auch in Europa solidarisiert sich die Nachkriegsgeneration für eine andere Welt: Im Mai 1968 werden in Frankreich und Deutschland die Universitäten besetzt. Altes und Verknorztes soll neuen, befreienden Ideen und Taten Platz machen. Auch in Zürich protestieren Studenten zusammen mit der neuen Linken gegen das Establishment.

Als in der Limmatstadt die Entlassung eines kritischen Polizisten die Protestbewegung der unzufriedenen Jugend und Studentenschaft entzündet und am 29. Juni 1968 zu den »Globus-Krawallen« führt, eilen auch Röbi und Ernst an den Ort des Geschehens.

Zwischen Central und Hauptbahnhof – vor dem Provisorium des Warenhauses Globus, das als »autonomes Jugendzentrum« gefordert wird – knüppelt die Polizei die Demonstrierenden, bespritzt sie mit Wasser aus Schläuchen. Wasserwerfer gibt es noch nicht. Diese wurden zwar im Jahr zuvor im Anschluss an die Ausschreitungen nach dem Konzert der Rolling Stones im Hallenstadion von der Exekutive beschlossen, doch gegen die ersten Demonstrationen der »Achtundsechziger-Generation« sind sie noch nicht einsatzbereit.[24]

Röbi und Ernst sympathisieren zwar mit der Jugend – allerdings aus Distanz. Denn Röbi hat nicht nur als Homosexueller, sondern auch nach zwei glücklosen Einbürgerungsgesuchen Angst, sich politisch zu engagieren. Er geht der Polizei aus dem Weg.

Ernst kommt noch heute in Fahrt, wenn er von den Globus-Krawallen erzählt. Seine Augen leuchten schelmisch, seine Stimme wird hell vor Freude, um dann wieder einen dunklen, verärgerten Klang anzunehmen. Er begibt sich nicht nur stimmlich auf eine Fahrt in der Achterbahn, wenn er darüber redet: »Wir hatten auf die Polizei, die uns sieben Jahre zuvor ohrfeigte, demütigte und erpresste, einen solchen Hass, dass wir uns sagten: ›Wenn der Polizei eine Schlacht geliefert wird, dann müssen wir uns diese anschauen.‹ Natürlich jubelten wir, als die Demonstranten auf die Polizisten losgingen, und feuerten sie an: ›Greift die Saupolizisten an, los, drängt sie zurück!‹ Zu Hause, als wir in der Zeitung über die Ereignisse lasen, wussten wir: Jetzt ist die Repression gegenüber uns Schwulen vorbei. Jetzt haben sie andere im Visier.«

1968 ist, beobachtet aus der zeitlichen Distanz, ein Wendepunkt. Das Jahr symbolisiert einerseits Aufbruch, Frauenemanzipation sowie sexuelle Freiheit. Andererseits bringt es katholischen Kreisen den moralischen Rückschritt: Im Juli veröffentlicht Papst Paul VI. seine Enzyklika »Humanae vitae« und formuliert darin, wie Sexualität aus Sicht des katholischen Oberhauptes praktiziert werden dürfe: Sexuelles Verhalten, das sich nicht dem Zeugen von Kindern unterordne, sei Sünde, und deshalb müsse alles Homosexuelle zurückgedämmt werden.

Röbi und Ernst haben noch nie der Norm entsprochen – auch nicht in Bezug auf sexuelles Verhalten. In ihrer Partnerschaft haben sie Treue schon vor 1968 nicht mit monogamem Zusammenleben verknüpft.

Ernst erzählte mir einmal, dass er und Röbi die im gesellschaftlich üblichen Sinn tradierte Treue nur während der ersten sieben Jahre miteinander gelebt hätten. Er erklärt mir, dass er es schön fand, mit jemand anderem Sex zu haben. Dadurch sei auch sein »Jagd- und Forschertrieb« bestätigt worden: »In unserer Beziehung stand die Sexualität zu Beginn sehr, aber nicht ausschließlich im Zentrum.«

Daraufhin erklärt er mir, welche Funktion die Sexualität seiner Meinung nach hat: »Sie ist dazu da, Beziehungen zu schaffen und zu festigen sowie Beziehungen nach einer Auseinandersetzung zu erneuern – diese Funktion ist jedenfalls wichtiger als das Kinderzeugen. Zudem ist Sex ein ganz wesentlicher Faktor beim Abbau von Stress.«

Beide Männer bestätigen mir, dass die sexuellen Erlebnisse und Erfahrungen mit andern ihnen halfen, den Körper des Lebenspartners wieder neu zu entdecken. Auch hätten etliche solche Beziehungen sich in gemeinsame langjährige Freundschaften gewandelt.

Da mir, ebenfalls in einer festen Beziehung lebend, dieser Zugang zu sexuellem Erleben fremd ist, frage ich: »Wie habt ihr für euer Leben Treue definiert?«

»Treue«, sagt Ernst, »ergibt sich durch inneres Zusammenwachsen. Es wäre mir nie in den Sinn gekommen, mit jemand anderem etwas anzufangen, das mehr war als ein Sexabenteuer. Abenteuer kannst du haben – das ist doch an und für sich normal. Bei Röbi war es gleich. Wir teilten es einander auch immer mit.«

Eifersucht ist ein Gefühl, das Ernst nicht zulässt. Er erklärt: »Meine Mutter war fast krankhaft eifersüchtig. Ich litt darunter, weil ich immer wieder erlebte, wie sie andere verletzte und sich damit selber ausgrenzte. Diesem Mechanismus wollte ich nie erliegen.«

Ich frage Röbi, der auch seine Liebhaber hatte und den, wie er sagt, eine »seelische Treue« mit Ernst verbindet, ob er manchmal eifersüchtig gewesen sei.

»Ja«, sagt er, »im Gegensatz zu Ernst war ich zu Beginn unserer Beziehung immer sehr eifersüchtig. Ernst war ja auch so attraktiv – er konnte alles, beherrschte Fremdsprachen. Er war so gewandt, und er hatte viele Ferien. Ich dachte immer, ich würde Zweiter machen. Das stimmte allerdings nicht. Ernst war immer wieder froh um mich.«

Mich interessiert, was es war, das den Zusammenhalt nie auseinanderbrechen ließ, und frage zuerst Ernst. Er sagt: »Um mich aufgehoben zu fühlen, benötige ich eine innere und äußere Harmonie. Habe ich diese nicht, bin ich rundum gestört. Mit Röbi funktionierte das von Anfang an wunderbar.«

Röbi konfrontiere ich ebenfalls mit meiner Frage – auch, weil ich mir nicht vorstellen kann, eine Lebensbeziehung und zugleich andere sexuelle Beziehungen zu leben, und zwar nicht aus moralischen Gründen, sondern aus emotionalen. Röbi hört aufmerksam zu, als ich ihm dies erkläre und hinzufüge, dass ich mich gefühlsmäßig nur bei derjenigen Frau sexuell fallen lassen könne, die ich liebe und bei der ich mich rundum geborgen fühle.

»Ja, das verstehe ich – Frauen sind diesbezüglich wahrscheinlich anders«, sagt er dann.

»Wie ist es denn bei euch?«, will ich wissen.

»Unsere Lebensbeziehung war einfach immer stärker, Ernst kam immer wieder zurück«, beginnt er und macht dann eine Pause, wie wenn er die erste Zeit ihrer Beziehung noch einmal an sich vorbeiziehen lassen würde. Dann schmunzelt er und meint: »Ich war oft einfach der Attraktivere – wenigstens damals noch. Und der Praktischere, weil ich im Alltag viel übernehme – noch heute. Ja, das spielte und spielt ebenfalls eine Rolle.« Wieder macht er eine Pause, jedoch um einiges länger als die vorhergehende.

»Gab es durch diese Lebensart emotionale Verletzungen?«, frage ich weiter.

»Nein, eigentlich nicht«, sagt Röbi, »in jüngeren Jahren gehörte die Sexualität einfach dazu. Wir fanden immer den Weg zueinander. Wir hatten nie eine Krise. Wir waren auch immer offen miteinander; bis heute. Begegnungen mit anderen Männern gaben uns wieder einen Ansporn. Die Reisen halfen ebenfalls, um zueinanderzufinden. Es war immer wieder neu.«

Als würde er eine Zusammenfassung des Erzählten machen, meint Röbi: »Wie soll ich das sagen? Treue hat, wenn überhaupt, mit Sexualität nur am Rande zu tun. Mit Ernst bin ich einfach sehr verwurzelt.«

Was wäre wohl geworden, wenn Röbi seinem Rubin nicht begegnet wäre?

Röbi ist sich sicher: »Das wäre eine Katastrophe geworden. Ich glaube, ich wäre auf die schiefe Bahn geraten. Ohne Ernst wäre ich unter die Räder gekommen. Ich hätte den Beruf aufgegeben, nicht mehr gearbeitet und wäre ›Edelstricher‹ geworden. Ernst gab mir Halt. Ihm habe ich sehr viel zu verdanken.«

1969 wird für homosexuell Lebende zum ebenso geschichtsträchtigen Wendepunkt wie das Jahr zuvor für die Nachkriegsgeneration: In der Stadt New York kämpfen erstmals in der Geschichte schwule, lesbische und transsexuelle Menschen in aller Öffentlichkeit für gleiche Rechte. Sie wehren sich gegen polizeiliche Übergriffe, Schikanen und regelmäßige, ungerechtfertigte Razzien im »Stonewall Inn«, einer Bar an der Christopher Street, die hauptsächlich von Nichtheterosexuellen besucht wurde. In Zeitungen und Fernsehen sieht man Bilder von einer brutal vorgehenden Polizei, die prügelnd Männer und Frauen wie Kriminelle in ihre Transporter pfercht. Die Aktion endet in Großdemonstrationen, die über eine Woche andauern …

In Erinnerung an diesen Befreiungsschlag Ende Juni 1969 wird seitdem weltweit einmal jährlich der »Christopher Street Day« gefeiert, kurz auch einfach CSD genannt. 1978 erstmals in einer Schweizer Stadt – sieben Jahre nachdem auf eidgenössischer Ebene das Frauenstimmrecht eingeführt wurde.

Zu Beginn der schweizerischen CSD-Paraden marschieren Röbi und Ernst im Demonstrationszug nicht mit. Sie verfolgen bis Ende der Neunzigerjahre das Geschehen aus Distanz, weil Ernst nicht will, dass er als homosexueller Lehrer entdeckt und seine Veranlagung öffentlich wird. Dadurch würde sein ganzes Leben, vor allem das berufliche, infrage gestellt.

1969, als in New York an der Christopher Street homosexuell Lebende als Gemeinschaft Ausgrenzung und Ungerechtigkeiten erstmals gegen außen tragen, fordert in Zürich der Landesring der Unabhängigen (LdU), die Rechte von Schwulen zu beschneiden. Der Polemik vorausgegangen ist der vierte Mord an einem Homosexuellen und anschließend wiederum eine entsprechende Hetze der Medien. Einmal mehr übernimmt die parteieigene Zeitung »Die Tat« den Lead in der Kampagne.

Der Zürcher LdU, die Partei der Migros, die von Gottlieb Duttweiler Mitte der Dreißigerjahre initiiert worden war, um gegen die herrschende Politik zu opponieren, lädt im Herbst 1969 zu einer öffentlichen Veranstaltung ein, um mit ähnlich Gesinnten über Vorschläge zur gesetzlichen Einschränkung der Rechte von Homosexuellen zu diskutieren. Der Ort des Geschehens ist kein zufällig gewählter: Das Podium wird im Zunfthaus Zur Waage durchgeführt; die Waage – das Symbol einer gerechten Justiz.

Der große Saal ist proppenvoll. Unter den Anwesenden sind viele Homosexuelle. Sie sitzen, damit sie als Gruppe nicht erkennbar sind, verteilt im Publikum und mischen sich aktiv in die Diskussion ein. Einzelne wagen, was sie noch nie getan haben: Sie geben sich, gestärkt durch die Proteste in den USA, als Gebrandmarkte zu erkennen und gehen damit den Schritt aus dem Dunkeln ins Licht der Öffentlichkeit. Vor 200 anwesenden Menschen erzählen Männer von den Auswirkungen gesellschaftspolitischer Repression, die ihr Leben verändert hat. Sie reden von Ächtung und Ausgrenzung. Ihre Voten bringen die Stimmung im Saal zum Kippen. Die Resolution, die Rechte von Homosexuellen einzuschränken, ist damit vom Tisch.[25]

Am Rande des Geschehens, ganz hinten an der Saalwand, steht Ernst. Er bleibt stumm. Einmal mehr ist es die drohende Gefahr, als homosexueller Lehrer in Schwierigkeiten zu geraten, die ihn an einer persönlichen Wortmeldung hindert und damit auch an einem Coming-out. Er hat die Erfahrung, wie »der letzte Dreck« behandelt zu werden, ja schon gemacht und weiß, wie real die Gefahr der Erpressbarkeit noch immer ist.

Der Begriff Coming-out hat seinen Ursprung im englischen Sprachgebrauch – »coming out of the closet« heißt wörtlich übersetzt »aus der Abgeschlossenheit, dem Verborgenen herauskommen«. Mit dieser Metapher wird der individuelle Prozess bezeichnet, mit dem ein homosexuell fühlender Mensch zu seiner gleichgeschlechtlichen Identität Ja sagt und dies seinem sozialen Umfeld mitteilt. Das Coming-out macht möglich, auf gezielte Fragen präzise zu antworten. Es müssen keine gesellschaftskonformen Biografien oder Hetero-Freundschaften mehr erfunden werden, und es kann fortan ohne Angst vor möglichen einschneidenden Konsequenzen gelebt werden, wie es dem eigenen natürlichen Empfinden entspricht.

Ernst setzt sich für die Rechte Homosexueller zwar aktiv als unermüdlicher Schaffer in den organisierten, homosexuellen Arbeitsgremien ein, aber ausschließlich im Verborgenen des »closet«, hinter den gesellschaftlichen Mauern, die erst Ende des 20. Jahrhunderts bröckeln werden. Zusammen mit Röbi gehört er im Dezember 1967, nachdem es den Kreis auch als Zeitschrift nicht mehr gibt, zu den Gründungsmitgliedern der Nachfolgeorganisation Club 68, weil sie sich, wie Ernst sagt, »verantwortlich fühlen, das Erbe ihrer Vorbilder zu bewahren und vor allem weiterzuentwickeln«.

In späteren Jahren kommen andere schwulenpolitisch aktive Gruppierungen dazu, die entweder die vorhergehenden ablösen oder ergänzen – beispielsweise die Schweizerische Organisation Homosexueller (SOH, gegründet 1970 unter dem Namen Schweizerische Organisation der Homophilen) oder die Homosexuellen Arbeitsgruppen Zürich (HAZ, gegründet 1972).

Ernst, der dezidierte Zeitgenosse und überzeugte Kämpfer gegen Diskriminierung jeglicher Art, engagiert sich zwar innerhalb der Organisationen, aber er ist, solange er im Beruf arbeitet, nie als Vorstandsmitglied tätig. Er wird auch nie Chefredaktor der jeweiligen Publikationen, obwohl ihm sowohl das eine als auch das andere Amt sehr entsprechen würde. Er kann und will das Risiko nicht eingehen, das bestehen würde, erschiene sein Name in Statuten und Impressum. Nicht nur gegenüber Behörden, sondern auch gegenüber gewissen Teilen der Bevölkerung in seinem Schul-Umfeld würde ihn dies nach wie vor angreifbar machen. Noch immer stellt seine sexuelle Veranlagung eine Gefahr dar.

Ernst verwirklicht im Privaten, was er nach der individuell erlebten Repression angekündigt hat: Er erweitert seinen Horizont und kuriert während seiner dreizehn Wochen Schulferien sein Reisefieber. Da ihn die Nähe weniger lockt als die Ferne, zählen zu seinen Destinationen: Griechenland, das damalige Jugoslawien, der Nahe Osten, Ägypten, Afrika, Mittelamerika … doch vor allem Indien und Südostasien. Oft ist er alleine unterwegs und erlebt dabei gelegentlich auch sexuelle Abenteuer. Manchmal wird er von einer gleichaltrigen Bekannten begleitet, der Tochter einer verstorbenen Berufskollegin. Röbi ist während seiner drei- bis vierwöchigen Ferien immer dabei. Die Kombinationen der Reisebegleitung sind variantenreich – sie sind zu zweit, zu dritt, zu viert … unterwegs.

In der Regel bestimmt Ernst, wohin die Reise führt – meist an historisch und kulturell bedeutende Orte. Gemächliches, wie es Röbi ebenso lieb wäre, gibt es kaum. »Ich hätte mich jeweils gerne etwas länger ausgeruht«, sagt er, »aber nach wenigen Tagen ging es wieder weiter.« Doch diese indirekte Kritik an Ernst, seiner »Leitfigur«, scheint ihn zu stören, denn er relativiert das eben Gesagte sofort wieder: »So wie wir es machten, war es gut, denn nur auf der faulen Haut liegen passt ebenfalls nicht zu mir.«

Weil mir zum wiederholten Mal auffällt, wie sich Röbi ständig zurücknimmt, und mich das unausgesprochen hin und wieder auch nervt, frage ich Röbi: »Das heißt, du hast dich Ernst immer angepasst?«

»Ja, das schon«, sagt Röbi und fügt hinzu: »Eigentlich tue ich dies noch heute.« Er macht dafür aber nicht Ernst verantwortlich, sondern sich selber und meint: »Ich habe keine starke, eigene Meinung. Ich unterziehe mich oft dem Willen von Ernst und frage meistens, was er möchte.«

Auch in der Schweiz machen Röbi und Ernst Ferien. Dabei versuchen sie immer wieder einmal, ihre Familien einander näherzubringen. Sie fahren mit Mame und Ernsts Eltern auf die Lenzerheide und verbringen vereint einige Tage im Bündnerland. Es stellt sich dabei schnell heraus, dass Vater Ostertag umgänglicher und offener ist als seine Frau. Im Gegensatz zu ihr schätzt Ernsts Vater Röbis Mutter wirklich. »Er hatte Freude an ihr«, erzählt Röbi. »Für den Vater war Mame das pure Gegenteil seiner Frau – sie war im positiven Sinn schweigsam und fühlte sich in jede Situation hinein. Und sie war so arbeitsam wie Ernsts Vater. Das hat ihm großen Eindruck gemacht.«

Einmal mehr bin ich erstaunt, dass sich Ernsts familiäres Umfeld auf die Begegnung mit Röbis Mutter einlässt, mit ihr gemeinsame Ferientage verbringt, sie zu sich nach Hause einlädt und Mame erst noch mag. Auch Röbis Schwester Hedi sitzt oft bei ihnen am Familientisch. Und dennoch ist es für Ernsts Eltern unmöglich, Sohn und Schwiegersohn in die Arme zu schließen und sich an deren achtsamem Umgang zu erfreuen. Sie blenden aus, dass das Leben von Ernst und Röbi so ist, wie es ist – auch wenn Röbi ihnen immer wieder sagt, dass Ernst und er es gut haben und dass sie sich gegenseitig stützen. Immer wieder macht es ihm Mutter Ostertag schwer, obwohl sie ihn im Laufe der Jahre auffordert, er solle doch Du zu ihr sagen. Röbi meint: »Der zurückgewiesene Blumenstrauß bei der ersten Begegnung war bloß die Ouvertüre.« – Es war die erste einer langen Reihe neuer Zurückweisungen.

Einmal fahren Röbi und Ernst mit dessen Mutter für ein paar Tage ins Wallis. Bei der Ankunft im Hotel fordert sie für die beiden Männer ein Einzelzimmer. Da keines zur Verfügung steht, erübrigt sich eine weitere Diskussion. Röbi erinnert sich: »Es war ihr ein Dorn im Auge. Sie hatte gar keine Freude.« Vater Ostertag ist diesbezüglich anders: Begleitet er das Männerpaar zum Wandern in die Berge, ist ihm klar, dass Röbi und Ernst die Nacht im gleichen Zimmer verbringen. Aber auch er redet lieber über anderes als über die Lebensbeziehung seines Sohnes. Doch ihm gelingt es, sich recht ungezwungen zu geben und gegenüber Röbi eine Art von freundschaftlicher Beziehung aufzubauen.

Als Ernsts Vater 1979 an Herzversagen stirbt, rasiert ihn Röbi auf dem Totenbett. In der Todesanzeige erscheint Röbis Name jedoch nicht, trotz seiner 23-jährigen Partnerschaft mit Ernst.

Die Mutter bewohnt nach dem Tod ihres Ehemannes das große Haus allein. Ein Dienstmädchen hat sie nicht mehr, aber eine Spettfrau, die sie in vielem unterstützt. Ernsts Mutter versucht nun, ihren Sohn unter Druck zu setzen. Sie fordert ihn, allerdings erfolglos, auf, ins Elternhaus zurückzukommen. Röbi sagt: »Sie konnte gut befehlen, das tat sie fast ein Leben lang.«

Ernst macht nicht, was die Mutter will. Aber er besucht sie regelmäßig und übernimmt an seinen schulfreien Mittwochnachmittagen auch die Pflege des Gartens und besorgt ihre Einkäufe für die ganze Woche. Einmal findet er beim Mittagessen eine Beilage der »NZZ« zu homosexueller Literatur neben seinem Platz. Als er versucht, mit ihr darüber zu reden, weicht sie aus und gibt ihm zu verstehen, dass dies für sie kein Thema sei.

Ernsts Reisetätigkeit während seiner Schulferien ist vergleichbar mit einem Stein, der ins Wasser fällt und dadurch gleich mehrere Wellen auslöst. In seinem Aktivismus liest er alles, was er zu seiner persönlichen Orientierung an geschichtlichem, politischem, religiösem, kulturellem und gesellschaftlichem Wissen braucht. Ist Ernst von einer Reise zurück, schildert er detailgetreu seine Erlebnisse und Erkenntnisse im Lichtstrahl seiner unterwegs gemachten und nun an die Leinwand projizierten Dias.

Und in der Schwulenzeitschrift »Club 68« sind seine Erlebnisberichte ebenfalls ein Thema. Ernst kreiert die Rubrik »Marco berichtet«, und – in Anlehnung an Marco Polo – schreibt er als »Marco« Reisebriefe an »Stefan«. Darin verpackt er in erfundenen Kurzgeschichten reale Orte sowie die Adressen von schwulenfreundlichen Bars, Saunas, Restaurants, Hotels. Das Internet mit entsprechenden Hinweisen gibt es damals noch nicht und auch noch keine einschlägigen Reiseführer. »Marco berichtet« wird deshalb zum Renner in schwulen Kreisen.

Ernst vertieft sich auch in indische, chinesische und japanische Literatur. Und weil bei ihm immer das eine das andere nach sich zieht, befasst er sich auch mit indischer Philosophie und stößt ein weiteres Mal auf Mahatma Gandhi, der ihn seit seiner Zeit im Lehrerseminar nicht mehr losgelassen hat.

Dabei begegnet er auch nicht zum ersten Mal dem Buddhismus. Sein Wissensdurst ist unerschöpflich und seine Neugier bodenlos. Er realisiert schnell, dass die wahre Dimension des Buddhismus nicht durch Lernen zu erfahren ist, sondern nur durch Üben – was heißt: durch tägliches Meditieren. Was Ernst von nun an auch tut. Nach einem halben Jahr ist er noch lange nicht an jenem Punkt angelangt, an dem er sein möchte. Jedoch sind seine Darmprobleme plötzlich weg – nicht durchs Älterwerden, wie es ihm der Arzt vor Jahren prophezeit hatte, sondern durch seine tägliche Vertiefung in die Meditation, was auch ein totales Loslassen bedeutet.

1970 fliegen Ernst und Röbi ein erstes Mal in den Fernen Osten, nach Japan an die Weltausstellung. Nachdem sie zuvor eine Woche zum Wandern im Fextal waren, landen sie im totalen Kontrast – alles ist fremd, selbst die Schrift. Aus Röbi platzt denn auch, kaum in Osaka angekommen, der Satz: »Oh, wie schön wärs jetzt in Sils-Maria.« Ernst sei daraufhin »total betrübt« gewesen, erzählt Röbi. Doch Ernst, der seinen Partner kennt, sagt seinerseits: »Wenn Röbi etwas anderes möchte, als ich denke, dann macht er ein Theater. Dann ist es ein Drama wie auf der großen Bühne. Das weiß ich und warte, bis sich die Situation wieder von selbst beruhigt.«

In Japan findet Röbi nach dem ersten Schock doch noch den Zugang zum Neuen. Und: Er kehrt von der Reise begeistert zurück; Ernst erst recht. 1974 fliegt er ein zweites Mal nach Japan. In Kyoto vermittelt ihm ein japanischer Student in einem buddhistischen Kloster ein Meditationswochenende bei seinem Zen-Meister. Dort sucht Ernst in der Gemeinschaft mit anderen, was er seit Jahren übt – die totale Gelöstheit. Die Ansprüche an sich selbst sind gewaltig, die innere Spannung auch. Nachdem der Meister ihn zur traditionellen Kurzvisite zu sich gebeten hat, schickt er ihn zurück zu weiterem Üben. Ernst, erneut bestrebt, die Dimension des gedankenfreien

Zustandes zu erlangen, gelingt es nicht. Er bleibt angespannt … und hört plötzlich ein Zischen, spürt fast gleichzeitig den scharfen Schmerz eines Stockschlags. Der Mönch, der die Meditierenden beobachtet hatte, schlug genau im Moment höchster Verkrampfung zu.

»Ich dachte, ich falle auseinander«, erzählt Ernst. »Ein furchtbarer Schmerz. Aber alles war weg – völlig weg. Ich konnte atmen.« Und nun dehnt er jedes Wort in die Länge und macht danach eine kurze Pause: »A-t-m-e-n – w-e-i-t – u-n-e-n-d-l-i-c-h«, um nach der Erinnerung an diese Erfahrung weiterzufahren: »Diese unendliche Leere war sagenhaft; sie hielt wohl kaum länger als eine Sekunde an. Aber dieses Erlebnis hat alles verändert.«

Ernst spricht jahrelang mit niemandem darüber. Nicht einmal mit Röbi. Aber als er wieder bei der Arbeit ist, realisiert er, dass die Kinder anders auf ihn und seinen Unterricht reagieren, dass er zu einzelnen sogar einen besseren Draht findet, und er weiß, dass dies mit ihm selber und mit diesem Erlebnis zu tun hat.

Dennoch wendet sich Ernst von dieser Schule des Buddhismus, vom Zen-Buddhismus, ab. Sie ist ihm zu rigide. Er findet den Zugang zum tibetischen Buddhismus und dessen Vielfalt, wonach jeder Mensch gemäß seiner individuell verschiedenen Art durch Gedankenarbeit und Meditation zur völlig gelösten Freiheit findet, ohne an irgendetwas anzuhaften, das zurückbindet: ohne Vorstellungen, ohne Konzepte, ohne Beurteilungen. Das Erlebnis von damals im Zen-Tempel – die Erfahrung dieser unendlichen Leere – wiederholt sich, wird sogar zu einem länger andauernden Zustand, einer Art von konstantem Bewusstsein.

In den Ländern, wo der Buddhismus Regionen und Menschen formt, erleben Ernst und Röbi jene Toleranz, die sie im christlich geprägten Abendland nicht finden. In dieser Welt fühlen sie sich akzeptiert und aufgehoben. Kein Wunder, dass sie zwischen 1970 und 2012 immer wieder Gegenden aufsuchen, die von dieser gesellschaftlichen und religiösen Weite geprägt sind. Ich versuche, mir den Reichtum ihrer Erfahrungen vorzustellen, als sie während dieser Zeitspanne folgende Länder zum Teil mehrmals besuchten – in alphabetischer und nicht in chronologischer Reihenfolge: Burma, Indien, Japan, Kambodscha, Ladakh, Nepal, Sikkim, Sri Lanka, Taiwan, Thailand …

Im Zusammenhang mit ihrer Auseinandersetzung mit buddhistischer Denkweise und Lebensformen gibt es aber auch noch verschiedenes anderes, das Erwähnung verdient. Zum Beispiel, dass Ernst zwischen 1978 und 1988 regelmäßig Artikel für »Bodhibaum«, eine Wiener Zeitschrift für Buddhismus, verfasst. Er, der gerne Schriftsteller geworden wäre, sich diesen Traum aber nie richtig erfüllt, weil er wegen seiner Homosexualität die Öffentlichkeit scheut, findet so auch in diesem Lebensbereich eine Möglichkeit, seinem Traum wenigstens ein Stück weit Raum zu geben.

Wichtig für Röbi und Ernst ist auch ihre persönliche Begegnung mit dem Dalai Lama. Sie treffen ihn 1979 im indischen Bodhgaya, dem Ort, wo Buddha vor über 2500 Jahren erleuchtet wurde.

Und am 18. April 1994 werden Röbi und Ernst durch einen hohen Lama und Arzt in die buddhistische Gemeinschaft aufgenommen. Bei der Zeremonie erhält Röbi den buddhistischen Namen Karma Sherab, was in etwa »Weg der Lehre, Weisheit und Erleuchtung« heißt, und Ernsts Name ist Karma Jinpa – »Gebender, Schenkender, Helfender für andere«.

Durch das regelmäßige Praktizieren des Buddhismus ist Ernst mit innerer Freiheit beschenkt worden. »Allerdings«, sagt er, »der Weg dazu ist lang. Bei mir brauchte es dreißig Jahre – und zu Ende ist er noch lange nicht.«

Von Röbi, der mir schon oft erklärte, dass er wegen Ernst und mit Ernst zum Buddhismus gefunden habe, will ich wissen, ob auch er meditiere. Er sagt: »Ich versuche es und praktiziere es während mechanisierter Arbeiten. Beim Putzen oder beim Bügeln konzentriere ich mich aufs Jetzt. Im Alltag strebe ich an, nach den buddhistischen Prinzipien zu leben und nichts Ich-Fixiertes, Festhaltendes zu denken.«

Ich frage weiter, wie sich die buddhistische Lebensphilosophie auf das Sein auswirke.

Röbi erzählt mir dazu eine Geschichte, die aufzeigt, dass auch er einen Weg hinter sich hat, der ihm half, gegenüber Menschen befreiter und dadurch unangreifbarer aufzutreten. Die Episode, die viel über die Wirkung seiner Lebenshaltung aussagt, handelt wiederum von Ernsts Mutter, deren Anerkennung Röbi zeitlebens anstrebte. Er sagt, dass der Buddhismus ihn gelehrt habe, ihre abweisende Art zu akzeptieren.

»Du meinst ihre widerborstige Art dir gegenüber«, will ich präzisieren, doch Röbi schwächt sofort ab, indem er sagt: »Ich meine einfach: ihre Art.«

Jedenfalls scheint Mutter Ostertag ihrerseits zu spüren, dass Röbi in sich gefestigter ist, und beginnt ihn im hohen Alter doch noch irgendwie zu mögen. Zumindest werden ihre Begegnungen um einiges entspannter. Mutter Ostertag lässt es zu und freut sich, wenn Röbi mit Ernst jeden Mittwochnachmittag ins Altersheim kommt und die zwei sie im Rollstuhl spazieren führen. Sie weist Röbi nicht mehr zurück, als er sie gelegentlich einmal umarmt oder küsst.

Doch noch einmal wird die Mutter kurz vor ihrem Tod 1998 verletzend. Die fast 99-Jährige schaut, im Rollstuhl sitzend, von unten zu ihrem 68-jährigen Sohn auf und meint, weil die eine Hälfte seines Gesichts von einer vorübergehenden Lähmung schief geworden ist, das sei so, weil seine Lebensweise unnatürlich und nicht so sei, wie es seiner Persönlichkeit entsprechen würde.

Ernst und Röbi schweigen. Die Mutter auch. Kurz danach entschuldigt sie sich auf ihre Art. Sie ärgert sich über sich selber, so Ernsts Schilderung, und bemerkt, für beide Männer hörbar, dass sie sich wieder in alten Mustern verstrickt habe, und fügt hinzu: »Warum kann ich das nicht endlich ablegen?«

Wenige Tage später stirbt sie an ihrem Geburtstag. Die Blumen, die Röbi gekauft hat, legt das Lebenspaar nahe zur toten Mutter. Röbi sagt: »Dabei dachte ich nicht: Zum Glück ist sie jetzt gestorben. Nein, ich bewunderte sie zeitlebens. Jetzt konnte ich sie ziehen lassen und versuchte, sie auch auf ihrem weiteren Weg zu begleiten. Ich glaube, sie hat es noch gemerkt.«

Die Versöhnung mit Sohn und Schwiegersohn hat auf die für Mutter Ostertag charakteristische Weise so doch noch stattgefunden, auch wenn sich letztlich der Weg bis dahin über vierzig Jahre hingezogen hat.

Als ich von Röbi wissen will, ob ihn Ernsts Mutter je so gemocht hatte, wie er es sich immer gewünscht hatte, kann er meine Frage dennoch nicht mit einem klaren Ja beantworten – er sagt, ein leiser Zweifel sei bis heute geblieben. Deshalb frage ich nach: »Und was hat dir über dieses Zweifeln hinweggeholfen?«

Seine Antwort ist sehr klar: »Das Leben der Menschen in buddhistischen Ländern hat mein Verständnis und meinen Charakter verändert. Ich bin toleranter geworden. Und es gelang mir, mich eher in den Hintergrund zu stellen. Ich habe mir Mühe gegeben, mich aufs Wesentliche zu konzentrieren.« Nach einer Pause fügt er hinzu: »Das gelingt mir bis heute – auch dank Ernst.«

Ich atme tief durch und denke: Nein, nicht schon wieder… Röbi scheint zu spüren, was in mir vorgeht, denn er sagt jetzt: »Das muss ich einfach immer wieder betonen. Wenn ich Ernst nicht gehabt hätte… Ich alleine hätte all dies nicht so erlebt und erfahren.«

Wieder ist es Ernst, der Röbi Ende der Sechzigerjahre erneut einen Impuls gibt und ihn motiviert, ein weiteres Mal berufliches Neuland anzupeilen, da in seinen Augen Coiffeur kein Beruf fürs Leben ist. Ernst sagt: »Ich fand von Anfang an, dass nur immer ›chrüsele‹ nichts für ihn ist – diese körperliche Haltung und diese Arbeitszeiten! Für einen jungen Mann mag dies in Ordnung sein, aber für einen alten ist es nichts.« Ein weiterer Grund, ihn zu einem Wechsel zu bewegen, ist Röbis chronisches Ekzem an den Händen – verursacht durch die Färbe- und Haarlackmittel.

1971 gibt Röbi sein Geschäft auf. Er macht einen Weiterbildungskurs als angehender Dokumentalist und findet zugleich eine Anstellung als Bibliothekar bei der Schweizerischen Rückversicherung, der heutigen Swiss Re. Er betreut zudem, zusammen mit seinem Chef, deren grafische Sammlung.

Röbi ist in seinem neuen Berufsfeld glücklich und bereut im Gegensatz zu damals, als er aus Liebe zu Ernst in den Libanon gereist war, den Schritt nicht. Er sagt, fast ohne zu relativieren: »Das war eine meiner schönsten Zeiten.«

Dass Röbi mit 41 Jahren bei der »Rück« landet, hat er unter anderem derjenigen Frau zu verdanken, mit der die beiden Männer gemeinsam auf Reisen gehen und die ebenfalls dort arbeitet.

Die Freundschaft mit ihr begann Mitte der Sechzigerjahre. Ernst, der ihre Mutter gut gekannt hatte, lud sie zum Nachtessen zu sich nach Hause ein, als sie um ihre Mutter trauerte. Dabei lernt sie auch Röbi kennen. Im Laufe der Zeit wird sie ins Leben der beiden integriert, sodass die drei schon bald einmal fast alles gemeinsam machen: Sie reisen durch fremde Länder und gehen zusammen in den Ausgang – ins Kino, ins Theater, in die Oper. Während Jahren besitzen sie dasselbe Premierenabonnement für die Zürcher Oper und auch dasselbe Konzert-Abonnement in der Tonhalle und sitzen während der Vorstellungen jeweils in der gleichen Reihe nebeneinander.

Ihr Zusammensein wird mit der Zeit so intensiv, dass die Familie Ostertag die Homosexualität ihres Sohnes noch besser ausblenden kann; vor allem für Mutter und Schwester ist die Frau im Leben von Ernst eine Art willkommenes Feigenblatt.

Aber je länger die Beziehung dauert, empfinden sowohl Ernst als auch Röbi die Nähe als erstickend. Sie realisieren, dass sie das schlechte Gewissen zu plagen beginnt, wenn sie ohne die Frau unterwegs sind, und zügeln deshalb ihre kulturelle Neugier und bleiben abends vermehrt zu Hause. Nach zehn Jahren vieler gemeinsamer Aktivitäten kommt es schließlich zum Bruch. Erst Jahre später wandelt sich die Beziehung zu dieser Frau langsam wieder in eine Freundschaft, die diesmal jedoch klar distanzierter ist.

Als sich Röbi 1971 auf die Stelle des Bibliothekars meldet, ist die Bekanntschaft der drei jedoch noch intakt.

Anfang 2000 besuche ich die Freundin von Röbi und Ernst. Sie wünscht, dass ich ihren Namen nicht nenne. Sie erzählt mir, dass sie Röbis Bewerbung bei den Vorgesetzten forciert und unterstützt habe. Die Zusage habe sich aber verzögert, weil der zuständige Chef nicht begeistert gewesen sei, dass Röbi ursprünglich Coiffeur war. Doch vor allem habe ihn gestört, dass Röbi homosexuell war, irgendwie müsse er es gespürt haben – möglicherweise aufgrund des Bewerbungsfotos. Jedenfalls sei das Foto in ihre Abteilung zurückgekommen mit dem Vermerk: »Ist das Ihr Mann?!« – und das Wort Mann sei fett unterstrichen gewesen.

Ich telefoniere auch mit Röbis direktem Vorgesetzten, der inzwischen ebenfalls pensioniert ist. Auch er wünscht sich Anonymität. Er erzählt von Röbis Anstellung und sagt: »Ich wunderte mich, dass er die Stelle erhielt, da Homosexualität nicht das Ding des obersten

Chefs war.« Auch er erwähnt Röbis Bewerbungsfoto, das deutlich dessen feminine Seite gezeigt habe. Er erinnere sich gut an das Bild, vor allem an den Schal um Röbis Hals: »Er sah aus wie eine Primadonna!«

Röbis neuer Arbeitsort, die Zeitschriftenverwaltung und Dokumentation, wird durch ihn zum Magneten. Es fällt auf, dass Männer und Frauen, die vorher nie zu sehen waren, den Ort für Recherchen nutzen, seit Röbi – auch hier ein Star – über Bücher, Zeitungen und Artikel waltet. Sein damaliger Vorgesetzter lacht: »Wir hätten von unseren schwulen und lesbischen Angestellten eine Liste erstellen können! Mit Röbis Anstellung frequentierten sie plötzlich die Bibliothek.«

Röbi macht seine Arbeit gut, und sein Wesen wird geschätzt – vor allem von den Frauen. Er ist nett und zuvorkommend gegenüber allen. Eine lesbische Arbeitskollegin schildert Röbi als »fairen Mitarbeiter«, der ihr damals Halt gab, wenn die schlechte Laune des Chefs »wie ein Gewitter« über ihnen niedersauste. Dieser Kollegin erzählte Röbi damals von den Reisen im Trio. Er schilderte ihr, wie die Vorbereitungen bis ins letzte Detail geplant waren. Dabei habe er ihr einmal anvertraut, dass er, einmal wenigstens, nichts anderes wolle, als für vierzehn Tage nach Sils-Maria. Er habe gesagt: »Für einmal einfach keine alten Steine, einfach nichts.«

Also doch. Zwar offenbart sich durch diese Erzählung keine neue Facette von Röbi, obwohl die Aussage viel dezidierter ist, als ich es von ihm je gehört habe. Aber die Zuspitzung kam ja eben nicht aus seinem Munde…

Obwohl bei der »Rück« vielen klar ist, dass Röbi »auf einer andern Wellenlänge tickt«, wie er selber sagt, erzählt er am Arbeitsplatz nur wenigen Auserwählten von seinem richtigen Leben. Sein wirkliches Gesicht versteckt Röbi, der Archivar und Schauspieler, hinter einer Maske. Diese fürchtet er abzulegen, um sich und vor allem Ernst nicht zu gefährden. »Die Sexualität hat man einfach ausgeklammert«, erklärt Röbi und fragt im gleichen Atemzug: »Das war bei dir wahrscheinlich ähnlich?«

Ich erzähle Röbi ein Erlebnis, das mir noch immer präsent ist, weil ich mich damals hinterher für mein Versterecktbleiben schämte. Anfang der Achtzigerjahre saß ich in der Kantine meines Arbeitgebers, des Schweizer Fernsehens, zum Mittagessen bei einer Frauengruppe. Ich war die einzige Lesbe, die andern lebten Männerbeziehungen. Das Gespräch umkreiste das Thema Schwangerschaftsverhütung. Ich sagte forsch, dass ich dieses Problem nicht kennen würde, und realisierte zu spät, was dies bedeutete … Als ich nach dem Grund gefragt wurde, wusste ich nicht weiter und verstrickte mich. Jedenfalls nutzte ich die Gelegenheit nicht, mich als Ganzes zu erkennen zu geben und mich zu »outen«. Ich wollte mich präventiv vor Reaktionen schützen und damit auch meine damalige Lebenspartnerin.

Röbi weist in unserem Gespräch darauf hin, dass er nach Auflösung seines Geschäfts begann, ein den Heteros angepasstes Doppelleben zu führen, um nicht als Homosexueller erkannt zu werden. Dabei ist ihm die Präzisierung wichtig, dass er dabei nie eine falsche Biografie erfunden habe, etwas, was noch heute von vielen gemacht würde. Er sagt, er habe Ernst nicht verleugnet, auch wenn dieser unsichtbar geblieben sei. Er habe nie davon geschwafelt, dass »seine Freundin« dies oder jenes gemacht habe.

»Wie hast du es dann gemacht?«, frage ich.

»Ich musste einfach zu meiner Mutter schauen.«

Deshalb bleibt er während all der Jahre den Mitarbeiter-Treffs und den Festlichkeiten, die von seinem Arbeitgeber veranstaltet werden, fern. Auch zu Klassenzusammenkünften geht er nicht, weil er nicht von sich erzählen will und sich nicht integriert fühlt, wenn andere Männer stolz ihre Frauen präsentieren oder Frauen ihre Männer und alle zusammen über die Kinder reden. Dann bleibt er lieber bei Ernst und trifft sich mit anderen, wo er zusammen mit ihm problemlos als Paar erscheinen kann.

Erst elf Jahre nach seiner Pensionierung, als 2001 schwule und lesbische Angestellte der Swiss Re den Klub Woolf n' Wilde gründen, der sich innerhalb der Firma für Akzeptanz und Vernetzung gleichgeschlechtlich Liebender engagiert, nimmt Röbi als Mitglied an den entsprechenden Veranstaltungen teil. Denn zu diesem Zeitpunkt wissen alle, dass Röbi und Ernst ein Paar sind.

1978, sieben Jahre nach Röbis Start als Bibliothekar bei der »Rück«, sitzen am 12. April, einem Mittwochabend, eine Million und fünfhunderttausend Menschen vor dem Fernseher und verfolgen gebannt die Sendung »Telearena« zum Thema Homosexualität.

Auch ich, seit kurzem frisch verliebt, erstmals in eine Frau, habe mir den Abend reserviert.

Inszenierten Spielblöcken zu Familien- und Alltagszenen folgen jeweils moderierte, hitzige Diskussionen mit Publikum, das im Studio auf der Tribüne sitzt. Über hundert heterosexuelle und homosexuelle Menschen fetzen sich verbal bis gegen Mitternacht. Der Abend spiegelt gesellschaftspolitisches Schweizer Klima: Ignoranten Voten folgen Plädoyers für Gerechtigkeit – und umgekehrt. Tolerante Statements werden niedergeschrien – Forderungen nach Anerkennung lautstark übertönt. Die meisten der 1,5 Millionen zuschauenden Menschen hören erstmals, dass Schwule aufgrund ihrer sexuellen Präferenz von der Zürcher Sittenpolizei registriert werden.

Auch ich bin schockiert. Was mich zusätzlich erschreckt, ist, dass im Publikum homosexuelle Menschen eine Pappmaske tragen, weil die gesellschaftliche Situation sie zwingt, sich zu verstecken. Der optische Beleg der Diskriminierung ist mir bis heute eingebrannt geblieben.

Damals berichten im Nachgang zur »Telearena« verschiedene Zeitungen von Selbsttötungen, Kündigungen der Wohnung oder des

Arbeitsplatzes. Bei den Betroffenen handelt es sich sowohl um Maskierte als auch um Unverhüllte, denen nach ihrer Teilnahme an der TV-Diskussion der Boden unter den Füssen weggezogen worden ist.

Röbi und Ernst, über die die Polizei ebenfalls ein Dossier führt, erfahren von allem erst, als sie aus ihren Ferien zurück sind, die sie auf einer Ägyptenreise verbracht haben.

Die »Telearena«, die für einzelne Beteiligte so folgenschwere Konsequenzen hat, wird für die schweizerischen Gruppierungen Homosexueller zum Meilenstein. Im Nachgang fordern sie gemeinsam mit linken, politisch aktiven Kreisen von der Zürcher Polizei, dass das »Homo-Register«, das mindestens seit siebzig Jahren über Homosexuelle und deren Vereinigungen geführt wird, abzuschaffen sei.

Die aktiven Homosexuellen-Organisationen werden dabei von der stadtzürcherischen Sektion der Sozialdemokratischen Partei (SP) unterstützt. Und dieses Mal steht auch der größte Teil der Presse hinter ihren Forderungen. Am 1. Februar 1979 löst die Stadt Zürich offiziell ihr »Homo-Register« auf – Basel, Bern, Lausanne, Genf, St. Gallen und Winterthur folgen in den kommenden Jahren diesem Beispiel.[26]

2012 sitzen Röbi und Ernst in Richard Wagners Oper »Parzival«. Von ihren Plätzen im Parkett aus erblicken sie den zurückgetretenen Bundesrat Moritz Leuenberger, der sich vor über einem Vierteljahrhundert als Präsident der stadtzürcherischen SP für die Abschaffung des »Homo-Registers« eingesetzt hat. Nach der Aufführung will es der Zufall, dass Leuenberger an derselben Station wie Röbi und Ernst auf die Straßenbahn wartet. Es regnet in Strömen. Ernst denkt sich, dass sich ihm nun die einmalige Chance biete, sich beim ehemaligen Magistraten nachträglich persönlich zu bedanken, für all das, was dieser im Laufe seiner politischen Tätigkeit für die Homosexuellen getan hat, und fordert ihn deshalb auf, mit ihm zusammen unter dem Schirm auf das Tram zu warten. Leuenberger lehnt mit der Begründung ab, dass Ernsts schöner Anzug nicht nass werden dürfe. Ernst, sonst um eine Antwort nie verlegen, bleibt stumm, getraut sich nicht nachzuhaken, und verpasst die Gelegenheit, seinen Dank auszusprechen.

Als Ernst mir diese Geschichte erzählt, überrascht mich seine Scheu. Ich frage mich, ob diese Schüchternheit das Resultat seiner Homosexualität ist, und erinnere mich, dass er während eines Gesprächs einmal sagte, dass er sich nicht wie ein Heterosexueller entwickeln konnte, da seine Sexualität und damit seine Persönlichkeit immer wieder infrage gestellt worden sei.

1980, ein Jahr nach der Abschaffung des »Homo-Registers«, kommt es auf Zürichs Straßen erneut zu heftigen Auseinandersetzungen. Wiederum explodiert die Jugend, nachdem das Stimmvolk einen 61-Millionen-Kredit für die Sanierung des Opernhauses bewilligte – derjenige Ort, wo Ernst vor einem Vierteljahrhundert im Parkett auf den Auftritt der Gruppe wartete, die als Botschafterin für ein unabhängiges Guinea tanzte, und dabei erstmals sein Zauberwesen Röbi erblickte. Die Jugendlichen, die seit Jahren auf einen Ort für ihre eigene Kultur hoffen, aber nur mit leeren Versprechungen hingehalten werden, wollen nicht mehr länger zuwarten. Sie fordern, dass sich diesbezüglich endlich etwas bewegt – und zwar »subito« –, ansonsten würden sie »aus dem Staat Gurkensalat« machen.

Dieses Mal wird eine alte Fabrik in der Nähe des Hauptbahnhofes als autonomes Jugendzentrum (AJZ) besetzt, denn seit 1968 hat sich auch in dieser Beziehung immer noch nichts bewegt. Die Achtziger-Bewegung erhält Unterstützung in ihrem Anliegen, wiederum von Linken und Studierenden. Doch nach zwei Jahren, in denen es immer wieder zu Auseinandersetzungen zwischen den »Unzufriedenen« und dem Establishment beziehungsweise der Polizei kommt, wird das Symbol der Bewegung zerstört: Bagger schleifen von Staates wegen das besetzte, autonome Jugendzentrum bis auf seine Grundfesten. Die frei werdende Fläche wird asphaltiert und dient seitdem offiziell als Parkfläche für Reisecars.

Einmal mehr evoziert der Kampf um Freiräume sowohl kreatives als auch selbstzerstörerisches Potenzial. Die Ohnmacht gegenüber der herrschenden Ordnung treibt einige in die Drogenszene, der die Gesellschaft wiederum nur Repression entgegenzusetzen weiß. Andere bemühen sich weiterhin hartnäckig darum, dass dem Anspruch auf Autonomie Rechnung getragen wird, und schließlich wird die leerstehende Rote Fabrik beim Bahnhof Wollishofen zu einem dauerhaften subventionierten Ort für alternative Kultur.

Parallel zur Jugendbewegung, die auch andere Städte zum Brennen bringt, kommt es für die homosexuelle Gemeinschaft zum tödlichen Härtetest: 1980 tritt in den USA erstmals eine neue Krankheit auf, die bis 1997 fast ausnahmslos zum Tode führt – Aids. Die Krankheit, die durch ein Virus ausgelöst wird, welches das körpereigene Immunsystem zerstört und das sich vor allem durch ungeschützten Sexualverkehr überträgt, trifft mehrheitlich Schwule. Erst verzögert realisiert die Allgemeinheit, dass Heterosexuelle ebenso gefährdet sind. Aids wird deshalb in seinen Anfängen als »Schwulenseuche« gegeißelt, und reaktionäre Kreise bemühen einmal mehr Höheres, indem sie von einer Strafe Gottes reden – als gerechte Antwort auf das sündige Tun der Homosexuellen.

Die Krankheit, die sich schnell ausbreitet, führt zu einem Backlash: Es kommt erneut zur Verteufelung, zur Ausgrenzung und Stigmatisierung schwuler Menschen.

1982, als erste Fälle von Aids in Europa auftreten, kann in der Schweiz bereits auf ein Netzwerk zurückgegriffen werden, das sich im Kampf um die Abschaffung der »Homo-Register« formiert hat: Schwule Organisationen beginnen mit Behörden zusammenzuarbeiten und entwickeln Konzepte zur Aids-Prävention. 1985 laden das Bundesamt für Gesundheit und die Aids-Hilfe Schweiz zur ersten nationalen Pressekonferenz. Der Auftritt wird legendär; vor allem die Begrüßung des Präsidenten der Schweizer Aids-Hilfe, der vor laufenden Kameras sagt: »Ich heiße André Ratti, ich bin schwul und habe Aids!«

Seine Worte schlagen wie eine Bombe ein: Nun hat Aids ein Gesicht und erst noch ein prominentes. André Ratti ist beliebter Moderator der damaligen Fernsehsendung »Menschen, Technik, Wissenschaft«. Ein gutes Jahr später, im Herbst 1986, stirbt André Ratti an seiner Krankheit. Die Öffentlichkeit honoriert seinen Mut zur Ehrlichkeit.

Ernst sagt: »Diejenigen, die forderten, dass Schwule interniert werden müssen, verstummten. Da war nun einer hingestanden, der signalisierte: Schwule gibt es überall – auch in als wichtig angesehenen Positionen.«

Sein TV-Auftritt hatte wie ein Paukenschlag gewirkt. Spätestens seit damals kann Sexualität kaum mehr tabuisiert werden. In Familien muss darüber gesprochen werden, auch über die verschiedenen sexuellen Praktiken – ebenfalls über die von gleichgeschlechtlichen Paaren. Die Epidemie Aids zwingt zu Aufklärung. In den Medien wird nun sexuelles Verhalten von Homos und Heteros thematisiert. Dadurch wird nicht mehr nur im Versteckten geredet und öffentlich gebrandmarkt. An den Plakatwänden prangen großflächig Hinweise für präventiven »Safer Sex«. Ernst sagt: »Es war auf eine Art die Wiederholung eines Slogans aus dem Zweiten Weltkrieg, der damals hieß: ›Wer redet, schadet der Heimat‹ – einfach umgekehrt: ›Wer nicht spricht, schadet seiner Gesundheit und seiner ganzen Familie.‹«

Aids, diese Krankheit, die Privates öffentlich macht, wurde trotz der unzähligen Opfer, die es bis heute gibt, für die schwul-lesbische Bewegung auch eine Chance auf dem Weg zu Anerkennung und zu gleichen Rechten.

Ernst verschweigt allerdings seine Homosexualität ein weiteres Jahrzehnt. Und auch Röbi schweigt, weil Ernst sein Partner ist.

Ernst begründet seine Zurückhaltung damit, dass er den Eltern seiner lernbehinderten Schülerinnen und Schüler, aber auch den Behörden kein zusätzliches Problem aufbürden wollte. Nebst der Einweisung des Kindes in eine Sonderklasse sollte es nicht auch noch heißen: »... und der Lehrer ist schwul.« Vorurteile und Klischees sitzen bekanntlich tief – hat Ernst nicht einmal gesagt, dass Homosexuelle als latente Kinderschänder pauschalisiert würden?

Das Sexualleben von Röbi und von Ernst hat sich im Zeitalter von Aids nicht verändert – »Analverkehr war bei uns nie wichtig«, sagt Röbi. Und Ernst bestätigt, was der Partner mir schon erzählte: »Uns war immer klar, dass wir Sexualität ohne Kondom leben wollten. Daher praktizierten wir nur, was ungefährlich ist.«

Aids hat für die beiden allerdings tiefgreifendere Konsequenzen, die weit über das Sexuelle hinausgehen. Ernst sagt: »Als wir sahen, wie furchtbar Aids wirken kann, traten wir der Sterbehilfeorganisation Exit bei. Dieser grauenvolle Zerfall des Körpers und der geistigen Fähigkeiten – da sagten wir uns: Wenn es uns trifft, dann machen wir Schluss.«

Ernst und Röbi haben Glück. Sie erleben nicht, was Freunden in Berlin passiert, die ihnen ihre Agenden mit all den durchgestrichenen Namen verstorbener Freunde zeigen. Röbi sagt: »Als wir dies sahen, sind wir erschrocken. Wir waren sprachlos und zutiefst traurig.«

In ihrem Bekanntenkreis gibt es nur einen Mann, der an Aids erkrankt. Zu einem Glas Champagner eröffnet er ihnen, dass »es nun erwiesen sei«. Vor allem Röbi kümmert sich um ihn, als er immer schwächer wird. Er besucht ihn, hilft ihm beim Essen, macht ihm die Wäsche. Und dann geschieht die Wende. Nach einer intensiven Therapie mit der neusten Kombination an Medikamenten findet der Freund nach Mitte der Neunzigerjahre zu einem erneut selbständigen Leben.

Einen Aidstest machen Röbi und Ernst erstmals 2011 als 81-Jährige. Einerseits wollen sie damit dem Checkpoint Zürich, einem »medizinischen Gesundheitszentrum für schwule Männer und andere Männer, die Sex mit Männern haben« und der Zürcher Aids-Hilfe beistehen und den neu eingeführten Aids-Kurztest propagieren. Andererseits machen sie den Test, weil sie, wie Röbi sagt, »den jungen Schwulen ein Vorbild sein können«. Der Test ist negativ. »Nach dem Ergebnis waren wir uns dann erstmals ganz sicher«, sagt Ernst: »Denn Sicherheit gab es nie, obwohl wir unser Sexualleben von Anfang an den neuen Erkenntnissen angepasst hatten.« Und daran halten sie sich erst recht, als ein neuer Mann in ihr Leben tritt.

Seit Frühjahr 2003 leben Röbi und Ernst eine Dreierbeziehung mit Giovanni, dem um 43 Jahre jüngeren, seniorenliebenden Mann aus dem Glarnerland, dessen Fotografien auf Röbis Schreibtisch stehen und deshalb in meinem Blickfeld sind, wenn ich mit Ernst oder mit Röbi rede.

Auf einem der beiden Farbfotos hinter Glas ist Ernst zusammen mit Giovanni abgebildet. Als ich das Bild einmal in die Hand nehme und es eingehend betrachte, bevor ich es wieder auf das Pult stelle, das Giovanni für Röbi ausgesucht und im Gästezimmer installiert hat, fragt mich Röbi: »Findest du nicht auch, dass Ernst hier gelöster aussieht als sonst?« Als ich zustimmend nicke, lächelt er und sagt: »Es ist einfach schön, dass wir es zusammen so gut haben.«

Dass dem so ist, weiß ich, weil ich die drei als fürsorgliche Gemeinschaft wahrnehme.

Von Giovanni als Liebhaber und Freund habe ich Kenntnis, seit ich Röbi und Ernst Mitte 2003 erstmals begegnet bin. Ich habe ihn auch kennen gelernt. Seither treffe ich das langjährige Paar immer wieder im Trio, das trotz zweier Wohnungen eine offene und intensive Dreiergemeinschaft lebt. Sie sorgen sich umeinander, telefonieren mehrmals täglich und verbringen die Wochenenden sowie die Ferien miteinander. Auch einen Kosenamen haben sie füreinander gefunden – mich wunderts nicht, als ich sie erstmals bei einer Begrüßung sagen höre: »Müsli…« Und auch Giovanni nennt beide »Müsli«.

Dass sich die »Müsli«-Männer gegenseitig dynamisieren und ihr Leben damit bereichern, ist spürbar. Keiner ist dabei ausgeschlossen. Ihr Leben zu dritt ist so selbstverständlich, dass Röbi während unserer Gespräche immer wieder bedauert, dass es Mame nicht vergönnt war, Giovannis Bekanntschaft zu machen, und sagt: »Auch sie hätte ihre Freude an ihm gehabt.«

Aber Mame ist viele Jahre früher gestorben. Allerdings konnte sie noch miterleben, dass mit den Achtzigerjahren das aufklärende Wirken der schwul-lesbischen Emanzipation durchzubrechen begann und es auch für Röbi und Ernst einfacher wurde, weil nicht mehr hinter allem eine existenzielle Bedrohung steckte.

Ende der Siebzigerjahre suchen Röbi und Ernst eine gemeinsame größere Wohnung mit der Absicht, einmal dort zusammenzuleben, wenn es Mame nicht mehr gibt. Im Zürcher Seefeld finden sie, was ihren Ansprüchen entgegenkommt, und sie unterschreiben gemeinsam den Vertrag. Erst Jahre später hören sie von Nachbarn, dass der Besitzer ebenfalls schwul sei, und so wird ihnen klar, weshalb sie, zwei Männer, die Wohnung damals so problemlos erhalten haben.

Im Frühling 1980 zieht Röbi – kurz vor seinem fünfzigsten Geburtstag – zuerst einmal mit Mame dort ein.

Es bleibt alles, wie es ist. Am gemeinsamen Familienleben ändert sich emotional nichts. Außer dass sich Röbi immer mehr um Mame kümmern muss, da sie zusehends schwächer und gebrechlicher wird. Röbi hilft ihr beim Duschen, und Ernsts Bruder, der ehemalige Schreiner, zimmert ihr eine Sitzfläche für die Badewanne. Trotz Unterstützung der Spitex wird ein Umzug ins Pflegeheim schließlich unumgänglich – 1986 zieht die 91-jährige Mame aus der Viereinhalb-Zimmer-Wohnung ins Heim. Es stört sie nicht, dass sie in einem Zweibettzimmer liegt. Im Gegenteil: Sie begleitet dreimal ihre wechselnden Bettnachbarinnen in den Tod.

Nach ihrem Eintritt ins Heim zieht Ernst an die Färberstraße. Sein schmales Bett, sein Bücherregal und einen kleinen Schreibtisch mit Stuhl stellt er in ihr Zimmer. Kurz darauf ist Mame auf Besuch. Sie ist glücklich, als sie ihr Zimmer sieht, das Ernst übernommen hat, und freut sich, dass ihre beiden Söhne endlich zusammenleben können. Gegenüber Röbi deutet sie an, dass jetzt der Moment gekommen sei, wo sie gehen könne…

1987, Mitte Dezember, stürzt Mame schwer und erholt sich davon nicht mehr. Ans Bett gebunden, bittet sie Röbi und Ernst bei deren täglichen Besuchen erneut, sie gehen zu lassen. Als sie kaum mehr ansprechbar ist, sagt die Pflegefachfrau den beiden, dass, wenn alles gut gehe, die Mutter Weihnachten im Himmel feiern könne. Und tatsächlich stirbt Mame am 25. Dezember. In ihrer Todesanzeige stehen die Namen von Röbi und Ernst auf derselben Zeile.

Als die Trauergemeinde am 6. Januar, dem Dreikönigstag, von ihr Abschied nimmt, wird Ernst von niemandem aus seiner Familie begleitet – sein Vater ist bereits gestorben, die Mutter pflegebedürftig und an den Rollstuhl gebunden. Aber auch Ernsts Schwester und sein Bruder sowie deren Kinder mit Familien bleiben der Beerdigung von Mame fern, die doch immerhin seit dreißig Jahren Ernsts Schwiegermutter ist.

Die Anwesenden, die sich von Mame verabschieden, singen ihr zu Ehren »Herbei, oh ihr Gläubigen«. Es ist ein alter Choral, ein mit Orgeltönen begleitetes Weihnachtslied, das Mame immer so gerne mochte. Mame ist durch die vielen Geschichten, die mir Röbi und Ernst von ihr erzählt haben, auch mir vertraut geworden. Wie bei einem Filmabspann tauchen berührende Szenen auf, in denen sie gedanklich noch einmal an mir vorbeischwebt.

Mame – die Türöffnerin für den achtjährigen Röbi, der dank ihrer Arbeit an der Garderobe zu seiner ersten Traumrolle als Schauspieler kommt.

Mame – die tolerante Mutter, die zusammen mit ihren beiden 26-jährigen Söhnen – dem eigenen und dem neu gewonnenen – nach deren erster Liebesnacht glücklich vereint am Küchentisch sitzt.

Mame – die Gastgeberin, aufgehoben im Kreis der schwulen Freunde, feiert die Rückkehr ihres 34-jährigen Sohnes aus dem Libanon bei einer Party unter dem Motto »Arabische Nächte«, zu der alle kostümiert erscheinen, als »Haremsdame« in einer Theaterrobe von Röbi.

Wer wünschte sich für seinen Lebensweg nicht auch einen solchen Menschen, der einen vorbehaltlos akzeptiert und respektiert …

Pensionierung, Coming-out und Aufbruch

Nachdem Ernst an der Färberstraße eingezogen ist, verändert sich am Erscheinungsbild der gemeinsam genutzten Fläche wenig. Die Sitzgruppe aus dunkelrotem Plüsch bleibt, wo sie schon immer war. Auch der Glastisch zwischen dem Sofa und den drei Ohrensesseln, der nach einem Entwurf von Ernst angefertigt worden ist. Ebenso Röbis antiker Schrank, den er vom Kleider- zum Geschirrschrank umbauen ließ. Auch das Ensemble aus rundem Esstisch mit sechs Stühlen wird nicht umgestellt.

Für Ernsts wenige Sachen aus der Einzimmerwohnung findet sich ebenfalls ein Platz – in der kleinen Küche steht beispielsweise sein Tisch, der nun als Ablagefläche dient. Sukzessive wird aber das Interieur um Erinnerungsstücke reicher – Teppiche, asiatische Figuren, Bilder …

Auf meinem Wohnungsrundgang, den ich mit Röbi mache, beeindrucken mich die vielen Bezugspunkte, die mit jedem Gegenstand verknüpft sind. Im Korridor hängen mehrere Aquarelle, die Vater Ostertag gemalt hat, an der Wand im Eingangsbereich drei antike Stiche. Einer davon, etwas prominenter platziert, zeigt Zürich zu einer Zeit, als es noch keine Eisenbahn gab. Er ist ein Geschenk von »Charles Welti«, der Nummer zwei im Redaktions- und Führungsteam des Kreises. Vis-à-vis, auf der antiken Kommode, ein hölzernes Reise-Schreibset mit eingelegter Verzierung aus Perlmutt, das Mutter Ostertag gehörte, auch es antik – der goldene Füllfederhalter dazu liegt obenauf. Im Inneren verborgen sind Papier, Tinte und Siegel.

In Röbis Schlafzimmer gleich neben der Tür das Bild eines jungen Männerkopfes – melancholisch im Ausdruck und auch etwas düster. Über dem Gesicht schwebt ein Auge, das der Bleistiftzeichnung seine Dreidimensionalität verleiht. Das Bild ist von Giovanni, der es Röbi geschenkt hat. Es stammt aus einer Zeit, als der neue Mann im Bund des Männerpaares sich mit Zeichnen ausdrückte. Heute macht er dies, angeregt durch Ernst, indem er fotografiert.

Auf der gegenüberliegenden Seite, rechts von Röbis Doppelbett, das Bild eines sitzenden Jünglings, gezeichnet mit zartem Strich, von Karl Geiser; es ist ein Geschenk von »Rolf«, dem Leiter des Kreises, der bereits 1974 mit 78 Jahren verstorben ist.

Über dem Bett hängt ein metallener Leuchter mit zwei Lichtern unter einem Ährenbündel – verspielt, vergoldet, etwas manieriert. Die Ähren neigen sich wie ein Blumenstrauß in den Raum – Röbi gefallen sie im Gegensatz zu Ernst, der, wie Röbi sagt, »mit diesem Kitsch nichts anfangen kann«. Neben dem Bett, sehr dominant, zwei Männerporträts in Öl. Das eine ist vom Franzosen Jean Boullet – ein schwuler Künstler wie Geiser, der für den Kreis arbeitete. Auch der prägnante Männerkopf im Zimmer unserer Gespräche, der etwas Beengendes ausstrahlt, ist von Boullet; beide Bilder sind – wie der Stich – ebenfalls ein Geschenk von »Charles Welti«.

Im Dezember 1982 lädt »Charles Welti«, die graue Eminenz des Kreises, unverhofft Röbi und Ernst zu seinem achtzigsten Geburtstag ein. Der Kontakt zu ihm ist seit Jahren unterbrochen. Zu Zeiten des Kreises war »Welti« für den französischen Teil der Zeitschrift zuständig. Ernst arbeitete damals gelegentlich mit ihm zusammen. Über »Welti«, ein großer Fan von Röbi und dessen Auftritten, wurde damals gemunkelt, er sei in Wirtschaftskreisen »ein hohes Tier«. Seine wahre Identität kannte wohl nur »Rolf«.

»Charles Welti« war trotz sanfter Stimme eine Autoritätsperson.

Er war es, der es sich 1957 beim 25-Jahr-Jubiläum des Kreises als Einziger erlaubte, ein Foto im Festsaal zu machen. Fotografieren war nur während der Generalproben der Theateraufführungen gestattet. Entstanden sind damals unzählige Fotobücher, die Röbi und Ernst nach der Auflösung des Kreises kauften und 1993 dem Schwulenarchiv Schweiz (SAS) übergaben.

Ernst hat als junger Mann »Charles Welti« wenige Male zu Hause besucht, um mit ihm redaktionelle Arbeiten zu besprechen, für die er von ihm beauftragt worden war. Ernst erzählt: »Ich erledigte gewisse Korrespondenzen – unter anderem mit französischen Dichtern und Künstlern.« Die erste Begegnung mit ihm ist Ernst noch heute sehr präsent: »Er kam ins Büro des Kreises und sagte, er sei ›Charles‹. – Er hatte etwas Besonderes, auch in seiner Stimme... Er gab sich uns gegenüber als Grandseigneur – also im Sinne von: ›Rühr mich nicht an‹.«

Ernst erklärt, dass sich Schwule oft so verhalten würden, wenn sie nicht wollten, dass man ihnen zu nahe komme. Dasselbe hat Ernst selber über Jahrzehnte praktiziert. Ich erinnere mich, wie er mir erzählte, dass er nach der erlebten Repression auf dem Polizeiposten Anfang der Sechzigerjahre eine ähnliche Taktik wählte und diese bis fast zu seiner Pensionierung auch durchzog. Damit seine Berufskolleginnen und -kollegen ihn nicht nach Privatem fragten, baute er vor sich eine Wortwand auf und redete gewandt vor allem über Fachliches und Kulturelles, um dadurch persönliche Gespräche zu verhindern.

»Charles Welti«, diesbezüglich ebenfalls ein Künstler, gelang es bis 1982, als er Röbi und Ernst zu seinem Geburtstag einlädt, seinen Nimbus aufrechtzuerhalten.

Er empfängt die beiden in seiner Wohnung im zweiten Stock und führt sie gegen Schluss ihres Besuchs zu einer Kommode, zeigt ihnen den Inhalt: Die Schubladen sind prall gefüllt mit Zeichnungen schwuler Künstler. Er vermacht Röbi und Ernst viele davon – unter anderem auch den Stich und die beiden Ölbilder – mit der Bemerkung, er wolle nicht, dass dieser Schatz »in falsche Hände gerate, wenn er abkratze«. Ernst sagt: »Wenn er deutsch sprach, konnte er sehr deftig werden.«

Anschließend führt »Charles Welti« Röbi und Ernst in eine Wohnung, die zwei Etagen tiefer im selben Zürcher Mehrfamilienhaus liegt. Er bittet sie, ohne dass er vorher geklingelt hätte, einzutreten. Da am Schild unterhalb der Klingel der Name Eugen Laubacher steht, fragt Ernst, ob dieser verreist sei. »Charles« lächelt. In diesem Moment fällt es Röbi und Ernst wie Schuppen von den Augen: Alle vier Stockwerke werden von demselben Mann bewohnt – in den unteren lebt er als Eugen Laubacher, in den oberen als »Charles Welti«.

»Charles Welti« ist die Maskerade des schwulen Eugen Laubacher, der als Banker und Manager nicht so, wie er war, in der Welt der Wirtschaft auftreten konnte.[27]

Als Ernst mir die Geschichte der Tarnung erzählt, frage ich: »Was passierte nach der Demaskierung?«

»Nichts«, antwortet Ernst, »er blieb für mich ›Charles Welti‹ – zu Laubacher hatte ich ja keine Beziehung. Ich wusste damals weder, was er war, noch wer er war.«

Der Vorhang, der sich 1982 für einen kurzen Moment öffnete, schließt sich für Röbi und Ernst für beinahe zwei weitere Jahrzehnte. »Charles Welti« bleibt bis über seinen Tod hinaus von seinem Geheimnis umhüllt.

Im Mai 1999, beim Trauergottesdienst für den 97-jährigen Eugen Laubacher, ist Röbi und Ernst klar, dass nur sie »Charles Welti« gekannt haben, da dessen schwule Seite bei der Abdankungsfeier nicht einmal ansatzweise erwähnt wird …

Das ganze Doppelleben enthüllt sich den beiden erst nach »Charles'« Tod: Giuseppe, der in Laubachers Versteckspiel der persönliche Chauffeur und in »Weltis« Leben der junge Liebhaber war, alarmiert Röbi und Ernst und erinnert sie daran, dass es etliches gebe, das dem Testamentsvollstrecker nicht in die Finger geraten dürfe.

Dabei handelt es sich um unzählige homoerotische Zeichnungen, Bilder, Briefe – unter anderem des französischen, schwulen Schauspielers Jean Marais und dessen Liebhaber Jean Cocteau, Regisseur und Künstler – und Manuskripte. Zum Vorschein kommt schließlich auch ein Teil des Kreis-Nachlasses, den »Charles« trotz anderslautender Abmachung innerhalb der Kreis-Führung glücklicherweise nicht vernichtet hat.

Röbi und Ernst deponieren den Fund in ihrem Keller. In monatelanger Kleinarbeit zerpflücken sie nach Röbis archivarischem Gewissen den Inhalt der Kisten und Kartonschachteln. Dabei hebt sich der Vorhang auch über »Charles Weltis« Biografie:

Eugen Laubacher ist in kleinbürgerlichen Verhältnissen in Zürich Wipkingen aufgewachsen. Als Erwachsener machte er Karriere als Banker in Zürich und Paris. Ende der Zwanzigerjahre wurde er Sekretär für Buchhaltung und Korrespondenz bei Brown, Boveri & Cie. (heute ABB). Zu seinem Bereich gehörten auch die neuen Elektrizitätsgesellschaften in Südamerika. Laubacher war beruflich viel auf Reisen. Dabei traf er, der Kunstliebhaber und -mäzen, als »Charles Welti« oder »Eugène« getarnt, viele schwule Künstler sowohl aus persönlichem Interesse, aber auch um sie für die Zeitschrift des Kreises zu gewinnen.

Röbi und Ernst katalogisieren den wertvollen Schatz aus der Wohnung von »Charles Welti« alias Eugen Laubacher und übergeben auch diese Fundstücke, die bisher verborgene homosexuelle Geschichte dokumentieren, als Ganzes dem Schwulenarchiv Schweiz – so wie sie es schon mit den Fotobüchern des Kreises getan hatten.

Die Neunzigerjahre, die nur noch wenige ehemalige »Kreis«-Abonnenten erleben, werden in der Schweiz für homosexuell Lebende zu einer Art Frühlingserwachen. Die Gesellschaft wird in verschiedenen Bereichen, die die Sexualität betreffen, offener. Für Schwule und Lesben fühlt sich diese Entwicklung in Richtung mehr Toleranz gegenüber Homosexualität an, wie wenn nach einem strengen Winter die Schneedecke langsam zu tauen beginnt und unter verdeckt Gebliebenem sich Neues endlich entfalten kann.

1991 streicht die Weltgesundheitsorganisation WHO Homosexualität aus der Liste der physischen und psychischen Krankheiten.

1992 tritt das revidierte Strafgesetz in Kraft: Das Schutzalter wird auf sechzehn Jahre festlegt. Zwischen den beiden Geschlechtern gibt es keinen Unterschied mehr wie zuvor, als es für Frauen bei achtzehn Jahren und bei Männern bei zwanzig lag. Das Verbot von homosexueller Prostitution wird ebenfalls aufgehoben, auch diesbezüglich werden Männer den Frauen gleichgestellt. Und mit dem revidierten Gesetzbuch sind auch homosexuelle Handlungen im Militär nicht mehr strafbar.

1994 sammeln die schwul-lesbischen Organisationen vom Frühjahr bis in den Herbst Unterschriften mit dem Ziel, homosexuelle Partnerschaften den heterosexuellen gleichzusetzen. Die Petition »Gleiche Rechte für gleichgeschlechtliche Paare« wird Anfang Januar 1995, als Röbi und Ernst bereits im Ruhestand sind, den eidgenössischen Räten übergeben.

Ernst ist überzeugt, dass der Wandel nur möglich war, weil Frauen sich aktiv am politischen Leben beteiligen konnten: »Ohne Frauenstimmrecht wären wir noch lange ausgegrenzt geblieben.«

Röbi wird 1990, drei Jahre nach Mames Tod, pensioniert. Mit dem Wegfallen der beruflichen Aufgabe übernimmt Röbi zu Hause fast alle Hausarbeiten. Früher war es Ernst, der am schulfreien Nachmittag außer Röbis Zimmer fast alles andere in der Wohnung reinigte. Nun putzt er nur noch sein Zimmer sowie die Silbergegenstände und die Kupfergefäße, in denen Töpfe aus Plastik mit Orchideen, Ernsts Lieblingsblumen, auf den Fenstersimsen stehen. Die Fenster reinigen sie gemeinsam. Das heißt, der eine beginnt im vorderen Teil der Wohnung, der andere im hinteren, damit sie sich, wie Ernst sagt, »nicht in die Quere kommen«. Mit dieser Aufteilung gewinnen sie vor allem mehr gemeinsame, freie Zeit.

Ich sage zu Ernst: »Das Eingespielte hat sich aber nach deiner Pensionierung drei Jahre später nicht wieder ausgespielt!«

Er lacht und sagt: »Nein, nicht grundlegend. Du hast ja gesehen, ich kann nicht einmal Kaffee machen.«

»Und wie ist es mit Bügeln?», frage ich nach.

»Röbi macht das gerne«, lautet seine diplomatische Antwort. Und auch Röbi bestätigt mir, unabhängig von Ernst, dass er es wirklich gern tue.

Die abrupt eingefallene Leere in Röbis Alltag nach der Pensionierung füllt er sukzessive mit zusätzlicher freiwilliger Arbeit außerhalb der eigenen vier Wände. Bei Rokpa – ein Hilfswerk, das sich unter anderem in Nepal auch für Straßenkinder einsetzt – ist Röbi für die buchhalterische Aufstellung der Spendeneingänge zuständig.

Auch Ernst engagiert sich für Rokpa, indem er unter anderem einen jungen Tibeter unterstützt, den er durch die Leiterin und Gründerin der Organisation, mit der beide Männer befreundet sind, kennen lernt. Das »Patenkind«, das mit seinem Onkel von Tibet in ein buddhistisches Kloster in Sikkim flüchtete, hat am selben Tag wie Ernst Geburtstag und ist heute ein vierzigjähriger Mann. Er konnte als Zehnjähriger dank Rokpa in das Kloster eintreten und dort seine Ausbildung machen. Danach ist er im Hierarchiegefüge des tibetischen Buddhismus mit einer zentralen Aufgabe betraut worden.

Die Beziehung zwischen Ernst und dem »Patenkind«, für Ernst eine Art Sohn, wird über die Jahre verbindend intensiv, sodass sich Ernst in der Meditation noch heute auf ihn konzentriert, wenn er in einer Situation »einen Knopf« hat – das hilft ihm, diesen zu lösen.

Röbi fühlt sich bei Rokpa nicht nur wohl. Zwar hilft er nach der Digitalisierung des Spendenwesens beim Verpacken des Versandmaterials, aber letztlich ist es die Umgebung, die ihn zum Rückzug motiviert. Er findet als einziger Mann letztlich den Zugang zu den vielen Frauen nicht: »Sie waren mir einfach zu oberflächlich«, sagt er, und kaum steht seine Aussage für mich hörbar im Raum, wird ihm bewusst, was er soeben gesagt hat. Noch fast im selben Atemzug präzisiert er: »Mit dir ist es etwas anderes.« Er schaut mir in die Augen, um für das, was folgt, meine Bestätigung zu erhalten: »Wir zwei haben doch ein unerhört gelöstes Verhältnis, das erlaubt es mir, all dies zu sagen.«

Ich nicke, und er ergänzt leise, als ob er mit sich selbst sprechen würde: »Männer sind mir einfach näher, obwohl ich wie eine Frau fühle.«

Seine Bemerkung kann ich bestens nachvollziehen und weiß, was er meint, da es mir ähnlich wie ihm geht – einfach unter umgekehrten Vorzeichen. Denn in vielen Situationen – in Begegnungen und Gesprächen mit Männern oder bei Problemgeschichten heterosexuell lebender Freundinnen – realisiere ich immer wieder, dass mir diese Welt fremd ist, und denke dabei jeweils: »Welch ein Glück, dass ich lesbisch lebe.« Denn trotz der Einschränkungen, denen Lesben und Schwule in einer heterosexuell geprägten Gesellschaft noch immer unterliegen, bleiben mir wenigstens im privaten Sein rollenbedingte Reibungen erspart.

Das Leben mit dem gleichen Geschlecht schenkt sowohl mir als auch Röbi eine schrankenlose Vertrautheit zu jenem Menschen, den wir über alles lieben; eine Liebe ohne Wenn und Aber. Wir sind uns einig: Das Gefühl, trotz Intimität und Nähe auf der Hut sein zu müssen, um nicht verletzt oder zurückgestoßen zu werden, kennen wir nicht. Ja, wirklich, welch ein Glück!

Als Ernst 1993 am Ende seiner beruflichen Laufbahn anlangt, ist das gesellschaftliche Klima ein anderes als bei seinem Berufseinstieg vor vierzig Jahren. Damals ist ihm die Lebensbeziehung, die er im Verborgenen lebte, zum Verhängnis geworden, weil Röbi an der Schulhauseinweihung anwesend war, auch wenn er sich dabei nicht einmal in Ernsts Nähe aufhielt – die Polizei stand kurz darauf in Ernsts Wohnung, und die Repression begann.

Nun ist es anders. Ernst, der von einem ehemaligen Lehrerkollegen als ein Mensch beschrieben wird, der immer von etwas Geheimnisvollem umhüllt war und niemand an sich heranließ, öffnet sich und tritt aus dem Schatten. Kurz vor der Pensionierung organisiert er für seine Kolleginnen und Kollegen einen Ausflug ins tibetisch-buddhistische Kloster nach Rikon und präsentiert ihnen bei dieser Gelegenheit auch Röbi. Nun wird auch ihnen klar, dass stimmt, was sie kaum zu denken wagten: In Ernsts Leben spielt ein Mann die Hauptrolle.

Zum Schluss der Zeit als Lehrer kann endlich auch eine freundschaftliche Verbindung mit seinen Berufskolleginnen und -kollegen entstehen. Und somit wird das Ende von Ernsts Reise durchs Arbeitsleben ein versöhnliches. Die frei gewordenen Kapazitäten schaffen auch auf emotionaler Ebene Raum für Neues.

1997 reisen Röbi und Ernst erstmals in die USA. In Provincetown auf Cap Cod entdecken sie ein noch nie da gewesenes Lebensgefühl inmitten einer Bevölkerung, die zu vier Fünfteln schwul oder lesbisch ist.

Ernst schwärmt: »Wir fühlten uns ›vögeliwohl‹; plötzlich lebten wir als Mehrheit und merkten, wie selbstsicher und stark das macht, wenn man nichts verstecken muss. Alles wird einfacher – etwa das Betreten eines Restaurants und die Suche nach einem Tisch für uns zwei. Es war alles so selbstverständlich.«

Erstmals zeigen sie sich ihre Zuneigung auch auf der Straße, indem sie es wagen, Hand in Hand zu gehen. Niemand schaut hin – viele machen es genauso, es ist ganz einfach selbstverständlich. Dennoch küssen sie sich nicht – das holen sie noch immer zu Hause nach. Doch nur schon dieses bisschen an gewonnener, angstfreier Freiheit finden sie »einfach nur unglaublich schön«.

Ich weiß, wovon Ernst spricht. Ich erzähle von meinen Erfahrungen, als ich während eines mehrwöchigen Aufenthaltes in New York ein Wochenende auf Long Island verbrachte. Dort genoss ich dasselbe befreiende Lebensgefühl: Für einmal fiel ich in der fast ausschließlich lesbischen Gemeinschaft nicht auf, wenn ich »meine« Frau küsste. Es gab keine verwunderten Blicke, wenn ich sie umarmte und während zweier Tage so lebte, wie Heterosexuelle es täglich tun können …

Ernst ergänzt, weil eine solche Situation tiefer greift, als äußerlich sichtbar ist: »Ja, wenn wir in Cap Cod mit andern Leuten über irgendetwas diskutierten, musste ich mich nie erklären. Unter unseresgleichen wurden wir einfach verstanden. Ich musste auch nie auf der Hut sein und überlegen, kann ich, darf ich … Es war so wunderbar.«

Zur Erinnerung an das noch nie da gewesene Lebensgefühl kaufen sich die beiden zwei Abziehbild-Herzen in Regenbogenfarben. Zu Hause kleben sie eines unter ihr Namensschild auf dem Briefkasten und signalisieren damit allen, die das Symbol kennen: Hallo, hier wohnen wir – »R. A. Rapp – E. Ostertag» –, zwei Schwule. Als das Herz von Unbekannten entfernt wird, ersetzen sie die Botschaft durch das andere Herz und wissen spätestens jetzt, weshalb es gut war, gleich zwei zu kaufen.

Ihr eigentliches Coming-out hatten sie bereits wenige Wochen zuvor in Berlin. Für die Ausstellung »100 Jahre Schwulenbewegung« in der Akademie der Künste lieferten sie Material über den Kreis. Zur Eröffnung der Ausstellung realisierte das Westschweizer Fernsehen einen Beitrag über den Schweizer Aspekt und befragte die beiden Zeitzeugen Röbi und Ernst über die damalige Zeit. Dabei thematisieren die beiden vor der Kamera und damit öffentlich ihre Homosexualität. In der deutschsprachigen Schweiz wird dies allerdings erst zwei Jahre später wahrgenommen.

Als 1999 das Schwule Museum in Berlin die Bedeutung des Kreises mit einer Einzelausstellung ehrt, berichtet jetzt auch das Deutschschweizer Fernsehen darüber. Da es außer Röbi und Ernst niemanden mehr gibt, der die Geschichte aus eigener Erfahrung so gut kennt und auch bereit ist, sie öffentlich zu machen, werden sie vom Nachrichtenmagazin »10 vor 10« als Zeugen befragt. Röbi kommt dabei sogar zu einem kurzen Auftritt als Schauspieler.

In der Kuppel des eben eröffneten Reichstages interpretiert er die »Tiergarten-Ballade«[28], die er bereits zu Kreis-Zeiten vorgetragen hat. »Rolf« hatte sie um 1927 in Berlin geschrieben. Die mehrstrophige Geschichte handelt von einem jungen Mann am Rande der Gesellschaft, der aus Not seinen Körper als Stricher im Tiergarten verkauft und einen Freier, der ihm Verachtung statt Liebe schenkt und nichts bezahlen will, am Ende ermordet. Bei den Aufnahmen fürs Fernsehen sind Titel und Kulisse identisch; im Hintergrund ist der Tiergarten zu sehen, ein Park, der noch heute ein Ort von Strichern und Freiern ist.

Der erneute TV-Auftritt führt bei Röbi und Ernst zum zweiten Coming-out und zu einem neuen Frühling. Die beiden bald siebzigjährigen Männer getrauen sich jetzt, im Pulk schwul-lesbischer Veranstaltungen aufzutreten. Sie sind nicht mehr die stillen Beobachter des öffentlichen Geschehens – sie marschieren von nun an auch am CSD-Tag mit, dem »Christopher Street Day« zur Erinnerung an die New Yorker Unruhen von 1969, als die Polizei Homosexuelle wie Vieh gewaltsam in Gewahrsam nahm.

Für jeden Rechtsstaat ist es allerdings noch heute ein Gradmesser für demokratisches Verständnis und gesellschaftliche Toleranz, ob sich homosexuell Lebende als Gemeinschaft auf den Straßen zeigen können. Denn in jedem Zeitabschnitt versuchen antidemokratische Bewegungen mit allen Mitteln, den homosexuell Lebenden die demokratischen Rechte abzusprechen und diese ausschließlich auf Heterosexuelle zu beschränken. In der Schweiz war dies beispielsweise im Jahr 2001 so:

In der Westschweiz wird fürs erste Jahr des neuen Jahrtausends die Walliser Hauptstadt Sion für die Durchführung des jährlich stattfindenden CSD auserkoren. Nachdem die Wahl bekannt ist, versuchen ultrakonservative katholische Kreise die Gay-Pride – »pride« heißt übersetzt: »stolz, auf was du bist« und auch »Selbstrespekt« – zu verhindern. Der Walliser Bischof Norbert Brunner geißelt den Anlass im Vorfeld als »teuflisches Spiel«, und es wird über Wochen um die Durchführung der »Veranstaltung des Selbstrespekts« gerungen.

Aus Solidarität reisen Röbi und Ernst im Juni ebenso wie Tausende andere aus der ganzen Schweiz ins Wallis. Schließlich ist es ein nicht enden wollender Menschenzug, der durch die Straßen Sions fließt – Männer und Frauen, Homosexuelle und Heterosexuelle vereint, zeigen stolz ihr Gesicht. Einzelne tragen ein Schild mit sich, auf dem sie ihre Homosexualität in Verbindung zu ihrem Beruf öffentlich machen. Ernst winkt mit einem, auf dem steht: »Homosexuelle sind auch Lehrer«. Als sein Blick sich mit dem eines alten Mannes kreuzt, der am Straßenrand steht und den Umzug verfolgt, haben sowohl der Mann, der stumm mit dem Finger auf sich selber zeigt, als auch Ernst Tränen in den Augen.

Die Farben des Regenbogens, das Symbol der schwul-lesbischen Bewegung seit Beginn, dominieren den Demonstrationszug durch Sion und machen ihn dadurch noch bunter. Am Straßenrand haben sich Menschen versammelt, die ihre Solidarität ausdrücken wollen – es sind ebenfalls Tausende. Sie bedanken sich bei den Teilnehmenden, und alle zusammen feiern den Widerstand gegen gesellschaftliche Intoleranz. Die Schmährufe der Hetzenden gehen in der fröhlichen Stimmung unter.

Röbi und Ernst freuen sich noch heute. Und mir schaudert, als ich daran denke, dass zwischen den beiden Ereignissen in Sion und New York immerhin mehr als drei Jahrzehnte liegen und wie oft nur schon in dieser Zeitspanne von konservativen Kräften versucht wurde, wider den Selbstrespekt homosexuell Lebender mit bigotten Argumenten anzukämpfen. Vor dreißig Jahren entstand auch der Film des schwulen deutschen Künstlers Rosa von Praunheim, dessen Titel noch heute Berechtigung hat: »Nicht der Homosexuelle ist pervers, sondern die Situation, in der er lebt«.

Von Röbis und Ernsts Schwung, der ihnen nach dem Coming-out ermöglicht, für ihr politisches Engagement endlich öffentlich aufzutreten, profitieren auch schwul-lesbische Aktivistinnen und Aktivisten. Die beiden Männer, die Mitglied fast jeder homosexuellen Organisation sind, werden vor den Karren politischer Forderungen gespannt. »Da wir nach der Pensionierung nicht mehr abhängig von Stelle und Arbeit waren«, sagt Röbi, »konnten wir uns einsetzen. Dies wirkte sich auch auf unser Privatleben positiv aus, weil wir Schritt für Schritt wieder zu einer Aufgabe kamen und gemeinsam etwas tun konnten.«

Röbi und Ernst sind ideale Werbeträger für homosexuelle Anliegen, vor allem weil sie durch ihre jahrzehntelange Partnerschaft einem der hartnäckigsten Klischees widersprechen, die viele Heterosexuelle von Schwulen haben, nämlich dass homosexuelle Männer ihre Liebhaber so häufig wechseln würden wie andere die Unterhose und nicht beziehungsfähig seien.

Mit ihrem seriösen Auftreten verleihen beide, denen auch immer etwas Biederes anhaftet, politischen Forderungen wie zum Beispiel jener nach Anerkennung gleicher Rechte die nötige Ernsthaftigkeit. Denn welcher aufgeschlossene, demokratisch gesinnte Mensch wollte diesem Paar Respekt und gleiche Rechte verweigern?

Röbi und Ernst verfolgen zusammen mit vielen anderen homosexuellen Männern und Frauen einen Traum, der mit der Petition »Gleiche Rechte für gleichgeschlechtliche Paare« verwirklicht werden soll, die aber, seit sie Anfang 1995 eingereicht wurde, in der Schublade des Justizministers zu verstauben droht.

Die Petition sieht vor, dass »einzelne Gesetze und Verordnungen« so angepasst werden sollen, dass »rechtliche Diskriminierungen gleichgeschlechtlicher Paare« beseitigt würden oder dass eine »staatlich registrierte Partnerschaft« eingeführt würde, »an welche die Rechtsordnung – außer im Kindschafts- und Adoptionsrecht – dieselben Wirkungen wie an die Ehe knüpft«. So könnten schwule und lesbische Paare, etwa bei einem Spitalaufenthalt, die wichtigsten Entscheide gemeinsam treffen oder – im schlimmsten Fall – könnte der Geliebte, die Geliebte im Sinne des Partners, der Partnerin entscheiden. Noch sind es ausschließlich Eltern oder Geschwister, die dazu berechtigt sind. Testamentarische Absicherungen wären ebenfalls geregelt. Denn in Härtefällen sind es nur die Angehörigen, die juristisch ihren Willen durchsetzen können. Auch diesbezüglich gibt es am Ende des 20. Jahrhunderts noch immer Tragödien, nur weil

Eltern oder Geschwister das homosexuelle Leben von Tochter oder Sohn, von Bruder oder Schwester nicht akzeptieren wollen.

Für das Anliegen der Petition engagieren sich Röbi und Ernst mit Leib und Seele. Sie betreten, um der längst fälligen Forderung zu Publizität zu verhelfen, fast jede Bühne, auf die man sie ruft. Und Röbi findet, nachdem er vor dreißig Jahren mit dem Ende des Kreises das Forum seiner Auftritte verloren hat, ein neues Podium. Im Unterschied zu damals ist das Publikum, das zuhört und klatscht, um einiges größer – die Plattform ist nun die gesamte Schweiz; die Fans sind homosexuelle und heterosexuelle Männer und Frauen, darunter auch prominente.

Gleich geblieben ist die minutiöse Vorbereitung. Röbi kümmert sich diesbezüglich um das, wofür Ernst jeweils fürs Reisen zuständig ist. Er plant bis ins letzte Detail. Er fragt nach, auf was für Stühlen sie sitzen oder in welchem Dekor sie auftreten werden. Dann stellt er die entsprechende Garderobe zusammen: Sollte der Stuhl rot sein, dann darf es in der Jacke keine Rottöne geben. »Das wäre schrecklich«, sagt Röbi, und er weiß, dass Ernst dies völlig egal ist. Deshalb übernimmt er für einmal die Regie. Er sagt: »Ernst käme nie in den Sinn, auf so etwas zu achten. Deshalb trug ich jeweils dafür die Verantwortung.« Er überlegt sich im Voraus, wie ihr persönliches Erscheinungsbild sein soll – leger oder gepflegt; von oben bis unten übereinstimmend oder nur partiell. Aber immer präsentieren sie sich als Männer, auch Röbi. Dennoch wirkt er femininer als Ernst – nicht nur der Schminke und des Lidschattens wegen.

1999 basteln Röbi und Ernst, unter Mithilfe von Röbis Schwester Hedi, ein an zwei Holzstecken befestigtes Transparent. Auf das weiße Laken schreiben sie in dicken, schwarzen Buchstaben: »Ein Paar seit 43 Jahren, rechtlos…« Damit fahren sie am 18. September mit dem Extrazug nach Bern und beteiligen sich, erstmals in ihrem Leben, an einer nationalen Demonstration, die im Hinblick auf die Herbstsession, an der das Partnerschaftsgesetz erstmals traktandiert ist, durchgeführt wird.

Während der Kundgebung werden Röbi und Ernst für ein Gespräch auf die Bühne gerufen. Die Moderatorin, eine Lesbe, stellt die Fragen vor dem Hintergrund einer auf Geschlechter fixierten Gesellschaft. Sie fragt Röbi und Ernst nach ihren Rollen: Wer bei ihnen das Alphatier sei, wer der Mann und wer die Frau – im Alltag und im Bett. Auf dem Bundesplatz provoziert dies eine ungeahnte Ruhe; die Moderatorin errötet, weil nun auch ihr bewusst wird, dass ihre Fragen auf dem Klischeedenken heterosexuell Lebender gründen. Ernst, im Denken wach, reagiert blitzschnell und ganz ohne ein für Außenstehende merkliches Zögern: »Wir sind, wie wohl alle hier, ganz einfach Kombimöbel.«

Von der Anspannung hörbar befreit, dankt die Masse Ernst die Antwort wider das zementierte Denken mit einem Riesenhallo.

Anderntags liest Giovanni, der 26-jährige seniorenliebende Secondo aus dem Glarnerland, was in der Presse über die beiden 69-jährigen Männer geschrieben wird. Er sieht ihr Foto, und er ist spontan von Röbi »fasziniert«. Er wünscht sich, das Paar, das er, wie er sagt, als »eher unkonventionell« einschätzt, einmal kennen zu lernen. Er ist sich aber bewusst, dass er als eher scheuer Mensch die Begegnung nicht wird forcieren können.

Der nationale Auftritt in Bern wird für Röbi und Ernst zum »Kick« und zum regelrechten Start in ein vom Maskentragen befreites Leben. Röbi sagt: »Ich genoss die Öffentlichkeit sehr – auch die darauf folgenden Interviews in Radio und Fernsehen.«

Auch für Ernst ist öffentlich zu leben wie eine Droge. Wieder realisiert er, dass er mit seinen Worten Wirkung erzielt. Doch dieses Mal benötigt er sie nicht, um schützende Wände, sondern um wohlwollendes Verständnis aufzubauen. Und plötzlich ist ein wichtiger Teil des eigenen Wesens gefragt, das Röbi und Ernst bis anhin im Verborgenen halten mussten. »Heteroleute kamen auf uns zu«, erzählt Ernst, »Menschen aus Kultur und Politik wollten von uns wissen, wie es früher für uns war, und sagten, wir müssten damit an die Öffentlichkeit treten. Mit einem Mal konnten wir aus unserer gelebten Homosexualität quasi Kapital schlagen. Das war ein unglaublicher Energieschub. Es war eine Art Dammbruch.«

Ihre Botschaft tragen sie von nun an nach außen, wann immer sie von den schwul-lesbischen Organisationen oder Medienvertreterinnen und -vertretern kontaktiert werden. Für die Auftritte sprechen sich die neuen Medienstars ab und überlegen, welcher Inhalt ihnen wichtig ist und wer was sagt – egal, was gefragt wird.

Ich frage Ernst: »Welches war euer zentrales Anliegen?«

»Es war immer etwas anderes«, sagt er, »zum Beispiel, dass Homosexualität nichts mit Moral und Medizin zu tun hat, sondern mit der Akzeptanz eines Menschen. Dass es um Achtung des Mitbürgers gehe. Wir sagten auch: ›Wer den Mitmenschen nicht achtet, achtet auch sich selbst nicht.‹«

Häufig ist es Röbi, der die zentralen Botschaften für Fernseh- und Radiobeiträge in die Mikrofone spricht. »Röbi ist einfach telegener als ich und präsentiert besser«, sagt Ernst neidlos, der seine Schwächen nur zu gut kennt: »Wenn ich Röbi sagte, wie er das Abgesprochene rüberbringen muss, dann übernahm er es – fand gute Formulierungen und sprach sehr klar. Diese Fähigkeit habe ich nicht – mir kommen jeweils gleichzeitig noch weitere hunderttausend Gedanken in den Sinn, die ich auch noch verknüpfen möchte. Dies wird den Zuhörenden viel zu kompliziert, und die Medienleute kürzen und schneiden dann meine Aussagen.«

Dass Ernst meist ausschweifend in Zusammenhängen denkt und redet, bringt auch mich oft zum Verzweifeln, obwohl ich seine Ausführungen immer sehr interessant finde. Häufig denke ich während unserer jeweils nicht länger als zwei Stunden dauernden Gespräche, dass ich zum Glück nicht für einen Fernsehbeitrag vor ihm sitzen und auf Unmögliches lauern muss – auf eine Antwort in Kürzestform. Als ich Röbi einmal frage, wie er es aushalte, wenn jeweils so viel Wissen daherstürze, dass selbst Ernst durch mangelndes Atmen ins Stocken gerate, meint er: »Dann höre ich einfach nicht mehr zu, sonst würde es mir nur ›trümmlig‹.«

Da Ernst weiß, dass seine Stärke in gewissen Situationen auch seine Schwäche ist, schweigt er bei laufender Kamera in erster Linie einfach und überlässt bewusst Röbi den Hauptpart, sodass es schon fast auffällig wird. Dann müssen sich jene, die ihn kennen, erst einmal an diese für sie neue Rolle gewöhnen.

Auch das ist Ernst: Er kann sich zurücknehmen, wenn es der Sache dient.

Ganz gewiss hätte Mame ihre Freude gehabt, miterleben zu dürfen, wie Röbi und Ernst – ihr Kind und ihr zweiter Sohn – nicht mehr nur von ihr, sondern auch von einem großen Teil der Gesellschaft als das akzeptiert werden, was sie sind – zwei facettenreiche Menschen.

Und Mutter Ostertag? Wie hätte sie sich verhalten? Vielleicht hätte sie Röbi verschwörerisch zugeblinzelt und ihn für den Bruchteil einer Sekunde ihre Zuneigung spüren lassen.

Ernsts Schwester Christine dagegen fällt erst einmal aus allen Wolken, als so offen öffentlich wird, was sie seit über 43 Jahren ausblendet. Sie erzählt ihrem Sohn Christoph, dass sein Onkel schwul ist, als sie und ihr Ehemann ihn nach seinem einjährigen Studienaufenthalt in Deutschland abholen. Er erinnert sich, dass die Eltern auf der

Heimreise »ziemlich aufgebracht« waren. Er selber kann deren Reaktion nicht nachvollziehen und zitiert im Gespräch mit mir, was er ihnen damals zur Antwort gegeben hat: »Sorry, das war doch immer offensichtlich.«

Christoph ist überzeugt, dass auch die Eltern davon gewusst, es aber verdrängt hatten. Es sei nicht zu übersehen gewesen. Er erinnert sich, dass schon in seiner Kindheit bei vielen Treffen Röbi als Begleiter an Ernsts Seite war. Er sagt: »Dies war so was von normal. Aber als Kinder haben wir nie gefragt, was diese Männerfreundschaft zusätzlich bedeuten könnte.«

Für seine Mutter, Ernsts Schwester, ist im Nachhinein vieles erklärbar und lässt sich fast so logisch zusammenfügen, wie eins und eins zwei ergeben. Das lange Schweigen stellt sie in einen Zusammenhang zu Ernsts Beruf und Mutters konservativer Haltung. Sie glaubt, dass es für diese schwer gewesen sei, zur Homosexualität – ein gesellschaftliches Tabu – Ja zu sagen. Die Schwester kann heute auch nachvollziehen, weshalb ihr ältester Bruder den pragmatischen Weg gewählt hat. Sie meint: »Wenn nur etwas durchgesickert wäre, hätte dies auch seine berufliche Laufbahn beendet. Ich verstehe es, denn unsere Mutter war gesprächig und ließ in ihrem Umfeld oft unüberlegte Bemerkungen fallen.«

All diese Mutmaßungen von »wenn, dann …«, »hätte« und »wäre« – schade, denke ich, dass immer wieder so manche Chance verpasst worden ist, aufeinander zuzugehen und zu sagen: »Ich mag dich, wie du bist.«

Dies ist in Ernsts Familie über Jahrzehnte nicht passiert, weil sowohl die einen wie auch die andern dachten, es liege am Gegenüber, die Rauchzeichen der Gesprächsbereitschaft aufsteigen zu lassen. Aber selbst bei deutlichen Signalen wurden sie, vor allem von der einen Seite, einzig fürs Vernebeln verwendet.

Die meisten Verwandten von Ernst verharren im Schweigen und klammern seine Sexualität aus – selbst nach Mutters Tod 1998, obwohl die Namen des Männerpaars in ihrer Todesanzeige wie schon in jener von Mame auf derselben Zeile standen. Es wird zugewartet, bis das durch das gesellschaftliche Tauwetter bedingte Coming-out von Röbi und Ernst mit ihrem Auftritt in der Nachrichtensendung »10 vor 10« auch in ihre Stuben überschwappt, wodurch ein weiteres Tabuisieren verunmöglicht wird. Jetzt drängt es sich geradezu auf, die 43-jährige Partnerschaft endlich zu thematisieren.

Christoph, der jüngere Sohn von Ernsts Schwester Christine, erzählt, dass diese neue Situation für seinen Vater, von Beruf Pfarrer, zuerst ziemlich schwierig gewesen sei. Als liberaler und antifundamental eingestellter Mensch sei die Homosexualität für ihn dann aber innerhalb weniger Wochen kein Problem mehr gewesen …

Im Gespräch über eingespielte familiäre Konfliktkultur formuliert das um eine Generation jüngere Familienmitglied sodann einen Gedanken, den ich mir selbst noch nie in dieser Art gemacht habe. Der Neffe von Ernst bedauert nachträglich, dass die Familie nicht hinsehen wollte, und sagt, stellvertretend für viele in der weitverzweigten Verwandtschaft: »Weil wir schwiegen, konnten wir nicht am Leben von Röbi und Ernst teilhaben. Dadurch ging uns vieles verloren, was andernfalls unsere Familien als Gemeinschaft bereichert und uns einander nähergebracht hätte. So wussten wir zum Beispiel nichts von der Repression und den Geschichten über den Kreis.«

Röbi und Ernst setzen ihrerseits anlässlich ihres siebzigsten Geburtstages ein Zeichen familiärer Verbundenheit. Im Jahr 2000 laden sie ihre Familien ein, zusammen mit Freunden, Freundinnen sowie Bekannten, auch aus dem beruflichen Umfeld, und führen ein extra für sie einstudiertes Kabarettprogramm auf. Im vertrauten Rahmen gewähren sie Einblick hinter diejenigen Mauern, hinter denen sie ihr gesellschaftliches Leben während Jahrzehnten im Versteckten gelebt haben.

Röbi kleidet sich wie damals, als er vor den Männern des Kreises sang – und steigt wiederum in die Rollen der pumpstragenden Frau, die von Nummer zu Nummer ihre Roben wechselt. Kleider, Hüte und Schmuck sind dieselben – nur Röbi, der Star von damals, ist um vierzig Jahre älter. Hedi hilft ihrem Bruder hinter der Bühne beim Umkleiden, während Ernst im Scheinwerferlicht steht und als Conférencier vor allem den Anwesenden der Familie Ostertag anschaulich die Zusammenhänge und die Tätigkeiten des Kreises erklärt, nach denen bis jetzt nur die Familie Rapp gefragt hatte.

Das Publikum ist berührt.

Diese Emotionalität erleichtert beiden Seiten den Schritt, einander unter neuen Vorzeichen zu begegnen: Ernsts Schwester Christine nimmt es ihrem Bruder aber erst einmal übel, dass er ihr so lange verschwiegen hat, was Fakt ist. Heute ist es ihr jedoch möglich, nachzuvollziehen, was der Druck der Repression und die dadurch entstandene Angst für Röbis und Ernsts Leben bedeutet haben muss. Sie sagt, sie realisiere dies erst jetzt, und meint selbstkritisch: »Heute weiß ich, dass die gesellschaftlichen und familiären Mauern Beziehungen gefährden.«

Auch ihren Sohn, Ernsts Neffe, lässt die Aufführung nicht kalt – allerdings noch aus einem ganz andern Grund: Ihm hat sich eine Welt eröffnet, die er bis anhin anders reflektierte. Durch den Auftritt erhält er von Röbi, von dem er fast nichts wusste, ein anderes Bild. Christoph sagt: »Röbi wurde für uns, die Familie, erstmals in einer neuen, in einer aktiven Rolle sichtbar. Ernst war für einmal der Dienende. Röbi hat dadurch sein eigenes Gesicht erhalten.«

Ernsts Bruder hingegen verweigert sein Dabeisein von vornherein. Er nimmt an der Geburtstagsaufführung nicht teil, obwohl er, wie Röbi und Ernst sagen, ihr Leben von Anfang an akzeptierte, aber nie thematisieren wollte. Bis heute blendet er die homosexuelle Seite seines Bruders aus. Er stellt Röbi und Ernst in diesem Zusammenhang keine Fragen, und auch mir gegenüber verweigert er diesbezügliche Antworten.

Röbi und Ernst haben mit seinem Verhalten wenig Mühe. Ernst sagt: »Wir verstehen ihn sehr wohl. Wir haben uns damit abgefunden. Er war der Einzige, der sich uns nie entgegengestellt hat und Röbi an meiner Seite ohne nachzufragen akzeptierte.« Ernst betont während der Entstehungsphase des Buches mehrmals, wie wichtig es für ihn und Röbi sei, dass die Haltung des Bruders, der ihnen gegenüber immer wohlwollend gewesen ist, erwähnt werde.

Ich lasse es so stehen, wie Ernst es sich wünscht – allerdings nicht, ohne auch ihm gegenüber zu erwähnen, dass es für mich verletzend wäre, wenn in einer freundschaftlichen Begegnung mein Leben nicht als Ganzes stattfinden könnte. Mich würde solch ein Verhalten, das einen wichtigen und wesentlichen Teil meiner Persönlichkeit ausklammern würde, zutiefst in meinem Innersten treffen. Dies scheint bei Röbi und Ernst, wenigstens in Bezug auf Ernsts Bruder, nicht der Fall zu sein.

Im selben Jahr treten Röbi und Ernst mit einigen ihrer Kabarettnummern, die sie zu ihrem siebzigsten Geburtstag einstudiert haben, auch öffentlich auf. Anlass dazu ist die Vernissage der Berliner Ausstellung über den Kreis, die vom Zürcher Landesmuseum übernommen worden ist.

Die Schweizer Ausstellung ist in Zusammenarbeit mit ihnen um den geretteten Schatz von »Charles Welti« erweitert worden. Röbi und Ernst verstehen ihr Engagement auch als Hommage auf die Verantwortlichen des Kreises – Karl Meier alias »Rolf« und Eugen Laubacher, den sie immer nur als »Charles Welti« kannten –, zu denen sie eine freundschaftliche Beziehung hatten und die für sie eine Art

»schwule Väter« und Vorbilder waren. Ihnen geben sie damit das zurück, was sie seinerzeit von ihnen erhalten haben – wichtige Impulse für ihren Lebensweg, wofür sie ihnen noch heute unendlich dankbar sind. Ernst sagt: »Mit der Ausstellung konnten wir unsere Vorbilder aus der Vergessenheit holen und auch aus der ›Schmuddelecke‹, in die Homosexuelle von Heteros sehr lange Zeit gestellt worden sind.«

Als Ernsts Schwester Christine in der Ausstellung die Zusammenhänge sieht, ist sie definitiv erschüttert von der Tragik, die diese Zeit hervorbrachte und auch Röbis und Ernsts Leben so wesentlich geprägt hat. Sie sagt, dass sie inzwischen die Lebensumstände ihres Bruders besser verstehe – auch dass er keine politische Karriere machen konnte, so wie sie es sich für ihn einmal gewünscht hätte. Sie meint achtungsvoll: »Ernst konnte dennoch sein Leben finden und durchziehen.« Und fügt voller Respekt hinzu: »Ernst hat seinen Lebensauftrag erfüllt.«

Dies sieht Ernst ganz anders.

Mit seinem größten Lebensauftrag hat Ernst eben erst begonnen. Einmal mehr wird er von nicht stillbarem Wissensdurst angetrieben: Im Zusammenhang mit den Ausstellungen über den Kreis ist sowohl Ernst als auch Röbi bewusst geworden, was der Kreis insgesamt bedeutet hat – »damals waren wir junge Fischchen, die mitgeschwommen sind«, sagt Ernst, »doch als nun jüngere kamen und sagten, ihr seid Zeitzeugen, realisierten wir, dass wir uns gar nicht mehr an alles erinnerten und es nicht richtig einordnen konnten. Uns ist klar geworden, dass wir diese Geschichte, die auch unsere ist, richtig ins Bewusstsein zurückholen müssen, da sie sonst verloren geht.«

Ein Wettlauf mit der Zeit beginnt.

Sie recherchieren in Bibliotheken, tragen zusammen, was auch in ihrem Fundus liegt. Röbi, der ehemalige Archivar, und Ernst, der ehemalige Lehrer, ackern sich akribisch durch das vorhandene Material

– Stunde um Stunde, Tag für Tag. Und Ernst beginnt, die erzählte und dokumentierte Geschichte zur schweizerischen Schwulenemanzipation niederzuschreiben, die 1836 mit dem Glarner Heinrich Hössli beginnt, der über »Eros, die Männerliebe der Griechen« schrieb und seine Erkenntnisse in zwei Bänden veröffentlichte, und im neuen Jahrtausend mit der juristischen Akzeptanz der Homosexualität endet, als zwei Drittel der Schweizer Bevölkerung in einer Volksabstimmung dem Partnerschaftsgesetz für gleichgeschlechtliche Paare zugestimmt haben. Das Werk von Röbi und Ernst trägt den Titel »Es geht um Liebe« und ist auf dem Internet unter www.schwulengeschichte.ch abrufbar.[29]

Ernst ist der geschichtliche Verfasser und Röbi der umsichtige Partner, der sich um alles sorgt, damit Ernst sich ungestört am Computer in seine Texte vertiefen kann und dabei nichts anderes wahrnimmt als die geschichtlichen Inhalte. Fast tonlos schwebt Röbi wie ein Engel durch die Wohnung und schaut, dass Ernst, sein Rubin, ohne Störungen von außen arbeiten kann. Er entlastet ihn, während er schreibt, von allem, was ihm möglich ist – so wie es viele Frauen jeweils für ihre Männer machen.

Ernst ist es deshalb wichtig, dass Röbi als Mitarbeiter auf der Startseite erscheint, und es ist für ihn selbstverständlich, dass Röbi als Co-Autor seinen ebenbürtigen Platz einnimmt.

Ich denke, das Verhalten von Röbi und Ernst – der eine ist besorgt, dass er den andern zugunsten von dessen intellektueller Arbeit stützt, wo er kann – entspricht dem typischen Frau-Mann-Rollenverhalten. Doch dass Röbis Name im Internet sichtbar gemacht wird, widerspricht diesem Verhalten gleichzeitig. Und das Beispiel zeigt vor allem eines: Schubladisiert werden passt nicht zu den beiden.

Ich befrage Röbi dennoch zu seiner Rolle als unterstützender Partner, der im Hintergrund und für den anderen kaum wahrnehmbar mitdenkt: »Braucht dich Ernst überhaupt, wenn er, entrückt vom Alltag, am Schreiben ist?«

Röbi spricht aus Erfahrung: »Ernst würde nie ein Glas Most oder einen Kaffee holen, weil er rundherum alles vergisst.«

Ich kann diese Antwort nicht stehen lassen und meine provokativ: »Dann störst du ihn ja eher, wenn du ihm den Kaffee bringst.«

Röbi lacht: »Ich sage jeweils nichts, bin einfach ruhig, stelle den Kaffee hin und gehe wieder. Selbstverständlich«, fügt er, meine Gedanken lesend, hinzu, »könnte ich eigenständig etwas für mich machen; aber das bringe ich nicht fertig. Ich versuche, alles von ihm fernzuhalten, was ich kann. Ich mache Telefonate, erledige unsere gemeinsamen Rechnungen, kaufe ein – einfach alles, was sich rundherum so ergibt.«

Als ich ob all der unaufgeforderten Aufopferung unverständig den Kopf schüttle, sagt er: »Ich habe das Gefühl, mein Platz sei hier, ich müsse für Ernst in Reserve sein.«

Also doch – der König, nicht nur der Edelsteine...

Ernst wehrt sich gegen ein Bild fixer Rollen: Er zeigt mir in seiner Agenda, dass auch er regelmäßig wiederkehrende Haushaltsaufgaben übernimmt – die Putztermine sind fix eingetragen. Er zählt auf, was alles dazugehört: das Silber und Kupfer polieren, sein Zimmer, das Bad, den Korridor, Wohn- und Esszimmer sauber machen. Gerade gestern habe er den Balkon gleich zweimal wischen müssen, weil er von den Bauarbeiten in der Umgebung dermaßen schmutzig gewesen sei.

Als ich ihn auf die tibetische Fahne anspreche, die dort hängt, und frage, ob sie wegen des Protests gegen die Unterdrückung angebracht sei, überrascht er mich mit seiner Antwort: »Das schon – aber sie zeigt mir auch, woher der Wind kommt. So weiß ich, wo ich stehen muss, wenn ich den schmutzigen Lappen ausschüttle, damit der Wind den Staub nicht zurück in die Wohnung weht.« Und er erklärt mir noch etwas, was mir zeigt, dass er sehr wohl auch etwas vom Putzen versteht: Staub sei nicht gleich Staub. Je nachdem, wo er liege, sei er anders zu behandeln. Am Fuße des Schranks beispielsweise benutze er nicht den Wedel, sondern einen Lappen, damit die Rundungen ganz sauber würden.

Seine Beobachtung ist mir neu, obwohl auch ich meine Wohnung seit Jahrzehnten selber putze. Dennoch verifiziere ich mein neues Wissen zu Hause nicht. Wäre Ernsts Theorie meine gewesen und ich hätte sie ihm erzählt – ich bin mir sicher, er hätte sie überprüft und bei einem positiven Testergebnis sofort übernommen …

Ernst ist sich bewusst, dass Röbi durch sein mehrstündiges, tägliches Schreiben auf vieles verzichten muss. Er beginnt 2003 mit seinen Aufzeichnungen. Im Laufe der Jahre wächst und wächst die geschichtliche Aufarbeitung Seite um Seite – nach fünf Jahren sind es über 1400 Manuskriptseiten, und noch immer ist kein Ende absehbar. Der vorgesehene Verlag wünscht sich eine Kürzung um zwei Drittel, weil das Werk, das seines Umfangs wegen auf mehrere Bücher verteilt werden müsste, aus eigenen Mitteln nicht mehr finanzierbar ist.

Wer Ernst kennt, weiß, dass zurückbuchstabieren für ihn kein Thema ist – durch Reduktion gehen Präzision und Zusammenhänge verloren, und nur schon die Vorstellung davon ist für ihn unerträglich. In seinem Ansinnen, die Arbeit nicht abzuspecken, sondern auszubauen, wird er von Röbi unterstützt, weil dieser weiß, dass Ernst immer am Suchen und nie zufrieden ist.

Es kommt auch vor, dass Röbi seinen Partner mit zusätzlichem Stoff füttert. So stößt er beim Zeitunglesen auf das Foto eines ägyptischen Grabschmucks mit der Darstellung zweier Männer. Röbi und Ernst gehen gemeinsam dem soeben Entdeckten nach und finden heraus, dass es sich bei dem Bild um etwas Außergewöhnliches handelt – es stammt aus der ersten Hälfte des 3. Jahrtausends vor unserer Zeitrechnung und dokumentiert, dass es schon damals Liebe unter Männern gab.[30] Selbstverständlich flicht Ernst diesen Aspekt ebenfalls in seine geschichtliche Aufarbeitung der schweizerischen Schwulenemanzipation ein.

Ernst schreibt und schreibt und schreibt – auch über die Ausstellung »Der Kreis« in Zürich. Durch die Präsenz des Kreises im schweizerischen Landesmuseum erhält die Vereinigung im Jahr 2000 endlich die ihr gebührende Stellung in der Sozialgeschichte des Landes.

Giovanni besucht zusammen mit seinem damaligen Freund, einem um etliche Jahre älteren US-Amerikaner, die Ausstellung, die innerhalb der »Eurogames« in Zürich – die schwul-lesbische Olympiade – Teil des dazugehörenden Kulturprogramms ist. Röbi und Ernst führen in dieser Zeit insgesamt 36 Kleingruppen durch die Ausstellung und erzählen dabei jeweils von sich und von damals. Als die beiden Besucher, die altersmäßig Vater und Sohn sein könnten, Röbi und Ernst begegnen, schließen sie sich dem Rundgang an.

Irgendwann will es der Zufall, dass Giovanni mit Röbi alleine vor der Vitrine steht, die hinter Glas ein von Röbi selber geschneidertes Kleid präsentiert, mit dem er als Frau auf die Bühne des Kreises trat.

Giovanni sagt rückblickend zur Begegnung vor der Vitrine: »Natürlich war mein Interesse groß, beide sofort näher kennen zu lernen. Aber es fehlte mir der Mut.«

Als sich Giovanni verabschiedet und anschließend die Ausstellung verlässt, schreibt er im Museumshof seine Telefonnummer auf ein Stück Papier. Aber er getraut sich dann doch nicht, zurückzugehen und es Röbi zu überreichen. Und Röbi – er ahnt von all dem nichts.

Giovanni, der damals in der Stadt arbeitet, verbringt seine freie Mittagszeit häufig so, dass er mit dem Tram zur Endstation im Zürcher Seefeld fährt und dann zu Fuß zur Arbeit zurückkehrt. Es ist das Quartier, wo auch Röbi und Ernst wohnen. Ich frage Giovanni deshalb, ob er bewusst mit dem Zufall spielte: »Hast du ihnen abgepasst?«

»Nein«, sagt er, »überhaupt nicht. Ich wusste damals auch gar nicht, dass sie hier wohnen. Doch einmal sah ich Röbi auf der Straße. Ich stieg bei der nächsten Haltestelle aus und versuchte, mich ihm zu nähern – und sprach ihn dann doch nicht an, weil ich ein scheuer Mensch bin und nicht gerne einen Korb einfange.«

Es vergehen zwei Jahre.

Im Winter 2002 besucht Giovanni im Zürcher Stadthaus eine Ausstellung zum dreißigjährigen Bestehens der Homosexuellen Arbeitsgruppen Zürich (HAZ): »unverschämt – Lesben und Schwule gestern und heute« ist der Titel.

Wiederum haben Röbi und Ernst mitgewirkt, auch hier führen sie regelmäßig Besucherinnen und Besucher durch die Ausstellung. Giovanni geht dieses Mal allein hin. Er sucht Röbi und Ernst, sieht sie aber nicht. Doch er wird auf einen Flyer aufmerksam, der darauf hinweist, dass die zwei, die ihn so faszinieren, innerhalb der Rahmenveranstaltungen mit ihrem Bühnenprogramm »Wenn ich mir was wünschen dürfte« im Keller62 auftreten. Und dennoch verpasst er beinahe die Möglichkeit, ihnen im Theater zu begegnen, weil da unterschwellig die Angst sitzt, von ihnen zurückgewiesen zu werden.

Am Wochenende, an dem das Programm ein letztes Mal aufgeführt wird, fährt er nach Arosa und besucht, wie abgemacht, einen befreundeten Glarner. Erstmals erzählt er seinem heterosexuellen Freund von seinen Gefühlen und weiß, dass er, um Röbi und Ernst zu sehen, sich früher als geplant auf die Rückreise machen muss.

Am Sonntagabend sitzt er dann in der Vorführung des neu zusammengestellten Programms. Röbi tritt wieder wie zu Kreis-Zeiten mit Texten und Liedern auf, für die er am Klavier begleitet wird. Am

Ende des zweistündigen Abends setzt Röbi zu jenem Lied an, das dem Programm den Titel gab. Es läuft Giovanni kalt den Rücken hinunter, als der Star des Abends zum Abschluss in weißem Frack und schwarzer Hose, auf dem Kopf den schwarzen Zylinder, mit heller, zarter Stimme zu singen beginnt:

»Menschenskind, warum glaubst du bloß,
gerade dein Schmerz, dein Leid wären riesengroß?
Wünsch dir nichts, dummes Menschenkind.
Wünsche sind nur schön, so lang sie unerfüllbar sind.
Wenn ich mir was wünschen dürfte, käm ich in Verlegenheit,
was ich mir denn wünschen sollte:
eine schlimme oder gute Zeit.«[31]

Nach dem Schlussapplaus zieht Giovanni seine Jacke an und geht in die winterliche Kälte, obwohl es sein sehnlichster Wunsch ist, den beiden zu begegnen. Er sagt: »Ich getraute mich einfach nicht.«

Schon nach wenigen Minuten treibt es ihn jedoch erneut vor den Eingang des Theaters … und wieder kehrt er um und macht sich zum zweiten Mal auf den Heimweg, und …

… noch einmal zieht es ihn zurück.

Als Giovanni den Theaterraum betritt, sieht er Röbi und Ernst im Gespräch mit anderen. Er sagt: »Fakt ist, dass sich die Gelegenheit doch noch ergab, mit ihnen zu reden. Hedi war auch dort. Sie hatte Röbi beim Wechseln der Roben geholfen. Ich stellte mich allen vor. Mehr nicht. Ich sagte nicht, dass ich die beiden gerne treffen würde. Das holte ich dann einige Tage später nach.«

Giovanni telefoniert Röbi und Ernst und wird von ihnen auf einen Sonntagnachmittag eingeladen. Das Zusammensein dehnt sich in den Abend und dann auch noch in die Nacht.

Als ich Röbi danach frage, sagt er: »Wir merkten von allem nichts – er fiel uns nicht auf, bis er uns anrief. Wir dachten, der junge Mann hat Kummer oder Sorgen, da müssen wir helfen. Wir luden ihn ein. Ich machte eine Wähe zum ›Zvieri‹.«

Es ist kein Zwetschgenkuchen.

Giovanni bleibt auch zum Nachtessen. Gegen elf Uhr nachts fordern sie ihn auf zu gehen, damit er, der ohne Auto unterwegs ist und außerhalb Zürichs wohnt, noch nach Hause komme.

Nach diesem Sonntag verreist Giovanni in die USA zu seinem Liebhaber. Er telefoniert ein-, zweimal mit Röbi und Ernst und spürt dabei, dass seine Sehnsucht nach ihnen anhält.

Es kommt zu einem zweiten Zusammensein. Giovanni bringt seine Zeichnungen mit und zeigt sie den beiden. Eine davon hängt nun in Röbis Zimmer.

Auch dieser zweite Besuch zieht sich in die Länge… Und plötzlich ist es wieder spät. Röbi ist das, was sich dann an diesem Abend im Frühjahr 2003 abspielte, noch immer präsent: »Ich sagte ihm, er könne ja hier im Gästezimmer übernachten – eine Zahnbürste hätten wir auch. Darauf antwortete er: ›Ich habe meine dabei.‹ Später habe ich erfahren, dass er seine Zahnbürste schon fürs erste Treffen eingepackt hatte.«

Ich frage Röbi: »Daraufhin ist bei dir der Groschen definitiv gefallen?«

»Ja«, schmunzelt er.

Von nun an heißt Giovanni nur noch Gianni, auch wenn sie mit mir über ihn sprechen.

Der 43 Jahre jüngere Mann wirkt im Leben der beiden »wie ein Motor, der uns mitreißt«, sagt Ernst und fügt noch an: »Etwas Besseres hätte uns nicht passieren können. Wir wären sicher auch ohne Gianni gut durchs Leben gekommen. Es wäre ein anderes gewesen –

auch eines mit weniger Reisen und eines ohne neue Interessensgebiete wie zum Beispiel Fußball. Und sicher auch eines ohne eine ganz neue, große, gemeinsame Liebe.«

Die Beziehung ist zu Beginn keine einfache. Als sie erst wenige Monate alt war, habe auch ich die anfänglichen Schwierigkeiten mitgekriegt. Oft hörte ich, dass sich Giovanni gegenüber Röbi und Ernst verschließe, sich nicht mehr melde und dann plötzlich wieder für ein intensives Begegnen vor der Tür stehe.

Röbi erzählt, dass Ernst Gianni einmal die Türe wies. Aber er blieb. »Ein anderes Mal wollte ich mit ihm Schluss machen. Doch wir versöhnten uns wieder. Ernst und ich sagten uns: Wir haben hier eine Aufgabe, wir dürfen diesen Menschen nicht fallen lassen. Gianni spricht zwar Deutsch, Englisch und Italienisch fließend, aber eine Muttersprache hat er nicht, und deshalb fehlten ihm oft die richtigen Worte, seine Gefühle, sein Nöte und Ängste mitzuteilen.«

Das führte zu Missverständnissen. Heute ist dies anders.

Giovanni hat, wie Röbi sagt, »schnell gelernt«. Trotz der anfänglichen Schwierigkeiten ist dank gegenseitigem, liebendem Verstehen über die Jahre eine stabile Dreierbeziehung gewachsen. »Das ist super«, strahlt Röbi.

Unter »super« ist alles zu verstehen – sowohl die Sexualität zu zweit und zu dritt als auch die gegenseitige Aufmerksamkeit, die bei allen dreien emotional tief verankert ist. Dies ist ein wesentlicher Unterschied zu den früheren Männerbegegnungen, die für Röbi und für Ernst oft nur sexuelle Abenteuer blieben.

Röbi erwähnt Giovanni in unseren Gesprächen häufig. Einmal ist er sichtlich gerührt, als er sagt, dass er immer wieder staune, wie Gianni an ihnen hänge: »Es ist nicht nur eine sexuelle Freundschaft, sondern etwas, das viel tiefer geht.«

Frage ich Ernst nach der Intensität der Lebensgemeinschaft mit Giovanni, sagt er: »Mit Gianni erlebe ich eine emotionale Bindung, eine Beziehung, die recht tief geht – nicht so tief wie bei Röbi, aber sie dauert ja auch noch nicht so lange. Die Beziehung mit Gianni ist einfach anders; sie ist ebenfalls sehr schön. Es spielt gut unter uns dreien. Gianni bezieht Röbi genauso mit ein wie mich. Wenn er nur mit mir eine Beziehung haben wollte und Röbi würde dabei links liegen gelassen, würde ich mich sofort zurücknehmen.« Denn dass es Röbi gut geht, ist Ernst nach wie vor das Wichtigste.

Als ich Giovanni mit Ernsts Aussage konfrontiere, weiß er, dass es nicht zu einem einseitigen Bevorzugen kommen wird, und erklärt: »Ich hatte nie die Absicht, Röbi Ernst wegzunehmen oder umgekehrt. Ich gehe mit jedem so um, wie er ist. Ja, ich denke, wir kennen uns inzwischen so gut, dass ich weiß, wie Röbi ist und wie Ernst. Ich bin ja auch ich. Ich mag sie gleich gerne – beide. Röbi ist eher der Kuscheltyp. Wenn ich jemanden streicheln will, gehe ich zu ihm, weil ich weiß, dass er es gernhat.«

In diesem Zusammenhang erwähne ich gegenüber Giovanni, dass Röbi gesagt hat, Ernst sei durch ihn offener geworden. Seine Spontaneität würde ihm guttun. Giovanni meint so ganz aus seinem durch die Beziehung gewachsenen Selbstbewusstsein, das mir nicht entgangen ist: »Ja, für mich ist es sicher schön, zu hören, dass wir uns alle entwickeln und ich nicht der Einzige bin, der diesbezüglich profitiert. In gewissem Sinne pusht es mich auch, zu spüren, dass nicht nur ich mich verändere.«

Vieles hat die drei einander nähergebracht – das Reisen, Ernsts Wissen, das Giovanni genießt. Aber auch das Alter, von dem Röbi stärker gezeichnet ist als Ernst, hat seinen Teil dazu beigetragen.

Als sich Röbi 2009 nach seiner dritten Hüftoperation in einer Rehabilitationsklinik aufhält, will er, um das Pflegepersonal nicht zu belasten, alleine aus dem Bett steigen und fällt dabei zu Boden. Als Ernst und Giovanni ihn daraufhin besuchen, sitzt Röbi im Saal am Mittagstisch und weint. »Er war nur noch ein Häuflein Elend. Gianni ging sofort zu ihm hin und umarmte ihn vor allen Leuten«, erzählt Ernst.

Röbis Sturz zieht Abklärungen in einem Spital nach sich. Ernst gerät in Panik, als er an Röbis Herzprobleme und die möglichen Folgen denkt, die während des Transports und bei weiteren, chirurgischen Eingriffen auftreten könnten: »Ich hatte grauenvolle Ängste, und ich wusste, dass ich damit falsche Signale aussandte, deshalb sagte ich: ›Macht ihr das miteinander.‹« Ernst tritt Verantwortung an Giovanni ab. Dieser übernimmt es, sich in dieser Situation um Röbi zu kümmern und ihn zu begleiten, und Ernst sieht, »dass die beiden wunderbar harmonieren«.

Letztlich erweist sich alles als nicht so dramatisch – nichts ist gebrochen. Röbi bleibt weiterhin in der Reha, und Ernst und Giovanni besuchen ihn an den Wochenenden gemeinsam. Giovanni hilft Röbi dann jeweils beim Duschen. Ernst erzählt: »Das machte Gianni so gut, dass die Pflegefachfrau einmal schmunzelnd sagte: ›Euch kann man ruhig allein lassen, ihr seid ein perfektes Team.‹«

Solche Situationen schweißen zusammen. Ich frage Röbi deshalb, ob die Spitalzeit etwas an ihrer Nähe verändert habe.

»Ja, vorher war Gianni Ernst weniger nah – heute ist kein Unterschied mehr spürbar«, ist seine Antwort.

Frage ich Ernst, sagt er: »Gianni ist Röbi näher, aber während dessen Spitalzeit begann er sich körperlich mehr auf mich zu konzentrieren. Das ist seine Entwicklung, nicht meine. Für mich ist es wunderbar, wenn ich sehe, was er Röbi alles bietet. Ich schaue, welche Lücken Gianni bei Röbi nicht füllt, und versuche dann, Röbi in jener Hinsicht meinerseits mehr zu geben.«

Ihre Liebe und Beziehung zu dritt begann im Winter 2003 – es ist das Jahr, als Zürich als zweiter Kanton nach Genf die Registrierung gleichgeschlechtlicher Partnerschaften per Gesetz einführt.

Schon vor dem Volksentscheid haben Röbi und Ernst beschlossen, bei der Inkraftsetzung ihre Beziehung so bald als möglich zu legalisieren – nicht etwa weil sie ihre fast fünfzigjährige Verbindung »an etwas Äußerlichem festmachen müssten«, wie Ernst betont, sondern weil sie ein Leben lang für Gleichberechtigung kämpften und nun, da es sie gab, auch das Recht darauf wahrnehmen wollten.

Ich frage Giovanni, weshalb er sich Röbi und Ernst näherte, obwohl er über ihre jahrzehntelange Partnerschaft und deren bevorstehende Eintragung informiert war. Zudem hat er mir ja auch erzählt, dass er vor einer Abfuhr Angst hatte.

Er sagt: »Ich wusste, dass sie sehr offen sind. Sie ließen es mich auch spüren. Dies bestärkte mich zusätzlich. Deshalb habe ich mir diese Frage auch nie gestellt, sondern folgte meinem Empfinden. Als ich sie kennen lernte, fühlte ich mich bei ihnen sofort wohl.«

Dies ist nicht nur spürbar, sondern auch sichtbar: In Giovannis Badezimmer hängt ein Strandfoto mit allen dreien in Badehosen – Gianni in der Mitte, seine Arme an den Hüften von Röbi und Ernst, und diese halten ihn über den Schultern fest. Alle drei strahlen und kokettieren lächelnd mit der Kamera.

In der Wohnung im achten Stock, wo ich Giovanni für ein Gespräch besuche, sehe ich an den Wänden wie bei Röbi und Ernst auffällig ähnliche Erinnerungsstücke ihrer gemeinsamen Reisen, die den Dreierbund vor allem in buddhistisch geprägte Regionen führte.

Auf dem Rundgang zeigt er mir, was er sich jeweils vor Ort kaufte: Holzschnitzereien und Figuren des Buddha oder von mythologischen Gestalten asiatischer Kulturen. Er erklärt mir, fast so detailliert, wie es jeweils Ernsts Art ist, welche Bedeutung die einzelnen Stücke haben. Einmal sagt er, als ich vor einem seiner Fotos stehe, das ein Detail der bekannten Tempelanlage Angkor Wat zeigt, dass es sein Traum wäre, noch einmal zu dritt nach Kambodscha zu fliegen und Angkor Wat, dieses achte Weltwunder aus dem 12. Jahrhundert, bei Vollmond zu fotografieren. »Das wäre sicherlich magisch – vom Licht und von der Stimmung her.«

Giovanni ist sich bewusst, dass dieser Wunsch wahrscheinlich nicht mehr in Erfüllung gehen wird, und erwähnt gleich selber die Einschränkung: »Wenn für Ernst und Röbi so eine Reise körperlich überhaupt noch machbar ist.«

Mitte Februar 2012 sind die drei von ihrer möglicherweise letzten gemeinsamen Asienreise völlig erschöpft zurückgekehrt, sodass Ernst meinte, sie seien einfach zu alt für solche Unternehmungen. Das Monsterprogramm – sie waren während der drei Wochen dauernden Reise in Indien und in Nepal – hat nur der Jüngste im Bunde gut überstanden.

Beim Erzählen stellt Giovanni jeweils konsequent Ernsts Name vor Röbis. Er ist fast der Einzige, der die beiden in dieser Reihenfolge nennt, und trotzdem bedeutet es nicht, dass seine Bindung gegenüber Ernst inzwischen größer ist als die gegenüber Röbi. Er sage es so, »weil das E im Alphabet ja auch vor dem R steht«, wie er pragmatisch feststellt.

Nach dem Wohnungsrundgang offeriert mir Giovanni einen Kaffee mit der Bemerkung, dass Röbi ihm vor meinem Besuch auf den Weg gegeben habe, dass ich gerne Espresso trinke. Ich lache überrascht – das familiäre Miteinbezogenwerden, diese Aufmerksamkeit, die alle drei auch mir gegenüber leben, rührt mich.

Ich stelle ihm die Frage, die er schon unzählige Male beantworten musste: »Ist es Veranlagung – deine Liebe zu älteren Männern?«

»Ja«, sagt er, »schon als kleiner Junge verliebte ich mich nie in Gleichaltrige. Seit ich Gefühle des Verliebtseins kenne, empfinde ich diese nur gegenüber älteren Männern.« Um mir dies näher zu erklären, erzählt er die Geschichte, die ihn erkennen ließ, was ihn erotisiert: »Zum ersten Mal bekam ich einen ›Ständer‹, als ich meinen Großvater nackt ins Bett steigen sah. Und in der Primarschule verliebte ich mich in meinen Lehrer – auch er war sehr viel älter als ich.«

Trotz klarer Signale lebte er seine Gefühle erst, nachdem er den Umweg über eine heterosexuelle Beziehung gemacht hatte und als junger Mann dann sowohl Freundin als auch das Glarnerland verließ. In den USA erlebte er mit dem viel älteren Mann, mit dem er auch die Ausstellung im Landesmuseum besucht hatte, was er suchte. Mit ihm lebte er die gleichgeschlechtliche Liebe, die aber nach sieben Jahren zu bröckeln begann – noch bevor er mit Röbi während der Ausstellung alleine vor der Vitrine stand und sich mehr als nur eine Begegnung »mit dieser faszinierenden Person« wünschte.

2003 verbringt Giovanni die Nacht des 30. Juni, die Nacht vor dem Hochzeitstag von Röbi und Ernst, mit ihnen zusammen. Am frühen Morgen, einem Dienstag, ist er besorgt darum, dass die beiden Geliebten noch einen guten Kaffee trinken, bevor sie in ihren unvergesslichen Tag starten. Danach verlässt der Dreißigjährige die beiden 73-Jährigen und geht zur Arbeit. Beim Festakt wird er nicht anwesend sein, da erst ganz wenige Menschen wissen, dass es ihn, Giovanni, gibt … und an diesem 1. Juli auch etwas ganz anderes im Zentrum steht als die neue Liebe zu dritt.

Es geht um den Meilenstein, den schwul-lesbische Organisationen mit ihrem über Jahrzehnte dauernden Engagement erreicht haben: Mit dem heutigen Tag ist im Kanton Zürich die gleichgeschlechtliche Partnerschaft von Staates wegen juristisch anerkannt. Röbi und Ernst sind die Ersten, die – mit entsprechender Medienpräsenz – ihren längst verwirklichten Bund fürs Leben nun öffentlich schließen können.

Ihr Hochzeitskleid ist kein neu gekauftes. Röbis Anzug, den er zu diesem Anlass aus dem Kleiderschrank hervorholt, ist in einem Beige wie Sand und das Hemd dazu in einem feinen Hellblau. Ernsts Farben sind dieselben, einfach umgekehrt – hellblau der Anzug und beige das Hemd.

Nur die beiden Krawatten hat Ernst für dieses spezielle Fest gekauft: Sie sind das Zeichen der Zusammengehörigkeit und daher identisch – die Karos in Hellblau-Beige-Gold passen sowohl zur einen wie zur andern Kleiderkombination. Denn Röbi und Ernst sind nicht nur »Kombimöbel«, wie Ernst einmal sagte, sondern auch Kleiderkombis – was der eine trägt, kann auch der andere anziehen.

Oft überlässt der eine seine Hose, die ihm gefällt, für eine gewisse Zeit dem andern, weil er sie so besser sehen kann. Giovanni passt ebenfalls in diese Kombination – es kommt vor, dass er die Freizeitjacke von Röbi oder von Ernst trägt und dabei nicht ältlich wirkt. Oder, auch das hat es schon gegeben, dass einer der beiden älteren Männer die Schuhe des jüngeren trägt.

Als ich Röbi nach dem Identitätsstiftenden der eigenen Kleidung frage, sagt er: »Das ist wie bei einem Theaterkostüm – das wechselt man ja auch. Dort je nach Rolle, hier je nach Lust und Laune.«

Am 1. Juli 2003, nachdem Giovanni die Wohnung verlassen hat, klingelt, wie abgemacht, bereits kurz vor sieben Uhr die erste Fernsehcrew an der Tür der beiden Hochzeiter, um Röbi und Ernst durch die wichtigsten Stationen ihres bedeutungsvollen Tages zu begleiten. Kurz vor acht verlassen die beiden das Haus unter Beobachtung der anwesenden Journalistinnen und Journalisten. Es ist für die Jahreszeit eher zu kühl, und es regnet in Strömen. Die Fahrt zum Standesamt wird zur großen Überraschung, da die beiden Trauzeugen eine schwarze Kutsche mit zwei Schimmeln organisiert haben.

Wie jedes junge Paar werfen auch Röbi und Ernst »Feuersteine«

in die wartende Menge: Freunde, Freundinnen, Bekannte, Vertreter schwul-lesbischer Organisationen und der Medien versuchen, die in buntes Papier eingewickelten Bonbons aufzufangen, und applaudieren, als Röbi und Ernst vor dem Stadthaus unter einem weißen Regenschirm aus der Kutsche steigen. Die anwesenden Familienmitglieder gehen dabei fast unter.

Röbi greift während des Erzählens zum Fotoalbum mit den Bildern der einzelnen Stationen. Was man darauf nicht sieht: Beim Verlassen der Kutsche bleibt Röbi während eines kleinen Moments mit dem linken Arm an der Tür hängen und verliert dabei einen Manschettenknopf. Er sagt: »Ich bemerkte es erst am Abend, als ich zu Hause die Westonjacke auszog.«

»Hat es vor lauter Nervosität noch andere Pannen gegeben?«, frage ich.

»Nein, die mit dem Manschettenknopf war die einzige.«

Ich zeige mit meinem Finger auf Ernsts offenen Kittel und mache mehr spaßeshalber eine Bemerkung darüber, dass er ihn so unkonform trägt.

»Ist meiner nicht auch offen?«, fragt Röbi.

Als ich verneine und hinzufüge, dass er wohl für ein Mal nicht richtig auf Ernst aufgepasst habe, sagt er kurz und bündig: »Wahrscheinlich schon; das ist ja egal.«

Den Ablauf der Trauungszeremonie haben die beiden bewusst und wie ein Drehbuch gestaltet. Sie haben alles bis ins Detail geplant, da ihnen die Inszenierung der vielen Medienvertreter wegen ebenso wichtig ist wie das eigentliche Ereignis. »Wir wollten«, erzählt Röbi, »unseren Tag mit denselben Ritualen feiern und alles genau gleich machen wie Heterosexuelle – einfach ohne Kirche.«

Bloß – der festliche Akt findet nicht in der sonst üblichen Intimität der beschaulichen Zivilstandsstube statt, sondern im großen Saal des Stadthauses vor gut fünfzig Medienvertreterinnen und -vertretern. Das Paar sitzt zusammen mit dem Zivilstandsbeamten und dem damaligen Stadtpräsidenten Elmar Ledergerber am runden Tisch. Ernst sagt im Blitzlichtgewitter der Kameras als Erster laut und deutlich: »Mit dieser Unterschrift bestätige ich den Willen, meine bald 47-jährige Partnerschaft mit dir, Röbi, so wie bisher weiterzuführen.«

Alle lachen.

Auch Röbi und Ernst lächeln; aber nur sie kennen den langen beschwerlichen Weg bis zu diesem Tag.

Röbi wiederholt, was Ernst schon sagte: »Mit dieser Unterschrift bestätige ich den Willen, meine bald 47-jährige Partnerschaft mit dir, Ernst, so wie bisher weiterzuführen.« – Röbi setzt danach ebenfalls seine Unterschrift mit schwarzer Tinte auf die erste Seite ins amtliche, nigelnagelneue Buch.

Da die Anwesenden vor allem mit Fotografieren beschäftigt sind, fällt weiter nicht auf, dass das Hochzeitspaar in dem Moment, als ihre Lebensgemeinschaft endlich auch offiziell anerkannt wird, den Tränen nahe ist. Röbi und Ernst streifen sich noch einmal diejenigen Ringe über, die sie sich zu Beginn ihrer Partnerschaft gekauft hatten und die damals in ihrer Art verschieden sein mussten, damit die Liebe im Verborgenen blieb. Für Ernst, der den Ring mit dem in Gold gefassten Sternrubin trägt, ist dies der emotionalste Moment.

Er sagt: »Ich wollte nicht in Tränen ausbrechen, da es in erster Linie ein politischer Akt war und kein persönlicher. Deshalb habe ich sofort Röbi geküsst.«

Nur Röbi weiß, weshalb dies genau in diesem Moment geschieht. Er weiß auch, dass sich Ernst mit dem vertrauten Innehalten auf seinen Lippen wieder auffangen wird – schließlich haben sie dies schon zu Hause geübt. »Dieser Kuss«, sagt Ernst, »war eine Art Entladung meiner Emotionen – eine Art Blitzableiter.«

Ich frage Röbi: »Kamen dir dabei Erinnerungen an den repressiven Staat hoch, der euch vierzig Jahre später im Stadthaus feiert?«

Solche Gedanken hatte er nicht. Die Freude, dass nie Erhofftes möglich wird, ist so groß, dass es ihm gelingt, die Erinnerungen an die Repression zur Seite zu stellen und in die Zukunft zu blicken. Er sagt: »Nein, ich habe dabei nie Groll oder Triumph empfunden. Die Erleichterung, dass wir es geschafft hatten, war zu überwältigend.«

Ernst liest im Anschluss ans Tauschen der Ringe und nachdem er sich wieder gefasst hat, seine vorbereitete Rede vom Blatt. Er bedankt sich beim Stadtpräsidenten sowie den anwesenden Gästen: »Ein Traum ist Wirklichkeit geworden! Das ist ein großer Sieg der Menschlichkeit, der Menschenliebe und des Menschenrechts!«*

Die tiefer liegende Bedeutung dieser Sätze kennt außer Röbi unter den Anwesenden kaum jemand. Ernst gedenkt damit der beiden schwulen Männer, die, kurz nachdem sich Röbi und Ernst kennen gelernt hatten, von jungen Strichern umgebracht worden sind. Eine illustrierte Zeitschrift setzte damals, nachdem der eine Mörder mit dem Urteil quasi freigesprochen worden war, über ihren Prozessbericht den Titel: »Sieg der Menschlichkeit«. Dies entsprach dem damaligen gesellschaftlichen Klima gegenüber Homosexuellen, aus Opfern Täter zu machen – darunter hatten auch Röbi und Ernst zu leiden.

Deshalb will ich auch von Ernst wissen, wie es war, von diesem Staat den Segen für diejenige Lebensart zu erhalten, für die man während Jahren ausgegrenzt und im Schwulenregister vermerkt worden war.

Ernst redet wie Röbi lieber vom Erreichten als vom Vergangenen. Er sagt: »Es ist ein Riesenschritt, dass wir homosexuell Lebenden nun

* Ganze Rede siehe Anhang.

als normaler Teil der Bevölkerung gesehen und akzeptiert werden. Dafür haben wir mit vielen anderen und den schwulen Organisationen zusammen gekämpft. Uns war dieses Ziel wichtig; und nicht der Segen.« Dennoch fügt er kritisch hinzu: »Ich brauche den Segen eines Staates, der mich terrorisiert und ausgegrenzt hat, nicht – das habe ich nicht nötig. Dies habe ich auch dem damaligen Stadtpräsidenten Elmar Ledergerber während der Vorbereitungen zur Hochzeit gesagt. Er gab mir daraufhin zur Antwort: ›Schauen Sie dies als Akt der Wiedergutmachung an.‹ Das konnte ich nachvollziehen und akzeptieren.«

Für Röbi kommt der eigentliche Höhepunkt der Verpartnerung erst nach Ernsts Rede, als ihn dessen Schwester endlich in den Clan der Ostertags aufnimmt. Sie vollzieht dazu sowohl verbal als auch körperlich den Schritt, auf den Röbi lange gewartet hatte. Sie gratuliert ihm mit einer Umarmung und sagt ihm dabei, dass er nun als ihr Schwager ganz zur Familie gehöre.

Für Röbi ist ihre Geste »der emotionalste Moment des Hochzeitstages«. Diese Geschichte erzählt er mir nicht nur ein Mal – und jedes Mal, wenn er sie erwähnt, werden seine Augen wässrig. Röbi ist Christine dankbar, dass er nun endlich Teil dieser Familie ist, zu der er zeitlebens hinaufschaute.

Vier Jahre nach diesem für Röbi so wichtigen »Ritterschlag« heiratet das Männerpaar nochmals. Denn das Recht gleichgeschlechtlicher Paare auf Verpartnerung – ein Wort, das im Duden 2004 erstmals aufscheint – wird nach der eidgenössischen Abstimmung auch bundesweit eingeführt. Es tritt am 1. Januar 2007 in Kraft und ersetzt die kantonalen Regelungen, die nach einer Übergangszeit von zwei Jahren ihre Gültigkeit verlieren.

Beim zweiten Gang vors Standesamt am 22. Januar geht es bei Röbi und Ernst um einiges leiser zu und her. Das Ereignis feiern sie nun nur zu viert, zusammen mit einem befreundeten Männerpaar, das gleichzeitig mit ihnen vom selben Standesbeamten getraut wird. Die Emotionen sind unvergleichbar kleiner. Viele Details des Anlasses sind den beiden noch präsent, aber als ich sie nach der Kleidung frage, müssen sie erst im Fotobuch nachschauen.

Röbi fühlt sich erst jetzt, nach der eidgenössischen Eintragung, als gleichwertig und voll akzeptiert. Das Versteckspiel über ein halbes Jahrhundert hat vor allem ihn gezeichnet, dessen Einbürgerung zweimal abgewiesen worden war.

Ende Oktober 2007 stellt er nun, 62 Jahre nach dem ersten Antrag auf einen Schweizer Pass, sein drittes Gesuch. Als anerkannter Partner von Ernst erhält er am 27. Mai 2008 den positiven Entscheid – dieser fällt mit seinem 78. Geburtstag zusammen. Röbi behält, dank Deutschlands Anerkennung der Doppelbürgerschaft, aber auch seinen EU-Pass. Nun hat er, für einmal, mehr als jeder gebürtige Schweizer. Rückblickend sagt Röbi: »Ich habe immer darunter gelitten, dass ich mich als Schweizer fühlte, aber nicht abstimmen und wählen, also meine politische Meinung nicht äußern durfte.«

Ich versuche mir vorzustellen, wie es sein muss, nach einer so langen Durststrecke, nach jahrzehntelanger gespürter und erlebter Ausgrenzung, sich in ein Leben der gesellschaftlichen Akzeptanz zu reintegrieren und sich wieder in der Selbstverständlichkeit einzufinden, die damals in der Pubertät als Folge der anders gelebten, mehrheitlich nicht akzeptierten Sexualität verloren ging. Ist es überhaupt möglich, mit über achtzig Jahren und den gemachten Erfahrungen nun furchtlos durchs Leben zu wandern, ohne dabei konstant den verinnerlichten Mechanismus, den Kopf einzuziehen und eine Maske zu tragen, zu spüren? Ich stelle mir vor, dass dies schwierig ist – vielleicht sogar unmöglich.

Ich frage Röbi.

»Weißt du, wenn du plötzlich zu deinem Partner stehen kannst, den du immer verstecken musstest, ist das eine ganz große Befreiung«, beginnt er und fährt nach einer kurzen Pause fort: »Es brauchte allerdings eine gewisse Zeit, bis ich dies so richtig spüren konnte. Die Nachbarn haben mir dabei geholfen und sogar Menschen, die ich nicht kannte. Sie kamen spontan auf mich und Ernst zu. Sie grüßten uns freundlich und gratulierten uns – das habe ich als wunderbare Erleichterung empfunden.«

Röbi, der introvertierte und nicht so kontaktfreudige Mensch wie Ernst, ist sich aber auch bewusst, dass er zu diesem neuen Lebensgefühl ebenfalls seinen Teil beigetragen hat. Er sagt: »Auch wir haben uns gewandelt, ich insbesondere – durch diese Akzeptanz kann ich nun offener auf Menschen zugehen.«

Ich frage nach: »Fühlst du dich letztlich erst jetzt als befreiter Mann?«

»Ja«, sagt er. Um sein Ja zu bestätigen, setzt er ein zweites hinzu und sagt, ohne leisen Zweifel: »Ja. Jetzt bin ich wirklich frei. Jetzt kann ich sein, was ich immer war – auch gegen außen. Ich werde als ich wahrgenommen. Weil ich als Mensch akzeptiert werde und meine Sexualität keine Rolle mehr spielt, gehöre ich jetzt wirklich dazu.«

Endlich ist eingetroffen, was er sich immer erhoffte: Dass trotz Homosexualität »nur der Mensch im Zentrum steht und nicht die Sexualität«. Wie oft stand Röbi mit diesem Traum auf der Bühne und dachte daran, wenn er das Chanson sang: »Wenn ich mir was wünschen dürfte«…

Nach Jahrzehnten des Wartens ist sein Wunsch nun erfüllt worden, und mit der juristischen Gleichstellung homosexueller Paare auf eidgenössischer Ebene ist Röbi endlich, was er schon immer sein wollte: »Jetzt bin ich wirklich der Partner von Ernst Ostertag – wir gehören zusammen. Ich muss mich deswegen nicht mehr verstecken. Es ist kein Tabu mehr.«

Die Beziehung zu Giovanni wirkt unterstützend. Mit Jahrgang 1973 ist er Teil einer um vieles jüngeren Generation, die als homosexuell Lebende die direkte Repression nicht mehr erleben musste. Giovanni kann, was Röbi und Ernst erst lernen müssen – spontan sein. Und sie, die sich früher nicht einmal während der Ferien getrauten, ihre Gefühle offen zu zeigen, müssen sich daran gewöhnen, dass ihr junger Mann sie am Bahnhof vor allen Leuten zum Abschied küsst und umarmt.

Überhaupt geht Giovanni, seitdem er das Glarnerland verlassen hat, mit der Tatsache, dass er seniorenliebend ist, unkompliziert um. Er stellt Röbi und Ernst seinen Freunden vor. Er besucht mit ihnen seine verwitwete Mutter, die wieder in Italien lebt. Ohne dass sie im Detail über ihr sexuelles Leben reden, reagiert sie ähnlich wie Mame. Zu Röbi und Ernst, die altersmäßig ihre Väter sein könnten, sagt sie: »I miei bimbi« – »meine Kinderchen«, die sie so wie ihr eigenes auf ihre Art in ihr Herz schließt.

Röbi, Ernst und Giovanni unternehmen viel als Trio, aber nicht alles. Zu den Konzert- und Opernaufführungen findet Giovanni keinen Zugang, ebenfalls nicht zum jährlichen Shakespeare Festival in England. Röbi und Ernst hingegen sagen Rockkonzerte und Open-Airs nichts, und die Bergtouren sind ihnen inzwischen zu beschwerlich geworden.

Trotzdem verbringen sie praktisch jedes Wochenende zusammen und machen, was man so macht – leichte Wanderungen, Kino, Ausstellungen... Auch Giovannis Ferien verbringen sie meist zu dritt und suchen gemeinsam kunsthistorische Sehenswürdigkeiten und »alte Steine« auf. Diesbezüglich hat sich an Ernsts und Röbis Ferienverhalten nichts geändert.

Selbstverständlich thematisiere ich, wonach ich ebenfalls immer gefragt werde, wenn ich von Röbi, Ernst und Giovanni erzähle, und frage Röbi: »Wie macht ihr es mit den Hotelzimmern?«

Seit Beginn unserer Gespräche rede ich eher mit ihm über Intimes, obwohl auch Ernst mir immer antwortet, wenn ich ihn danach frage. Aber bei Röbi fällt es mir leichter, weil er beim Persönlichen bleibt und nicht abdriftet.

Röbi antwortet ohne Zögern oder Murksen: »Wir fragen immer nach einem Dreierzimmer.«

Die Nacht im großen Bett verbringt Röbi mit Giovanni, da beide gerne kuscheln, und Ernst, den seit Jahrzehnten Rückenprobleme plagen, braucht ein separates Bett. Das ist auch zu Hause an der Färberstraße nicht anders, selbst wenn Röbi und Ernst zu zweit sind.

Zum eingespielten Morgenritual gehört, dass Röbi, der lange vor sieben Uhr erwacht, mit seiner Morgentoilette beginnt und etwas fürs Morgenessen bereitstellt, um danach im Bett auf Ernst zu warten, der dann zu Beginn der Sieben-Uhr-Nachrichten zu Röbi unter die Decke kriecht. Sind die News zu Ende, bereden sie, was ansteht, was gemacht werden muss.

Während Ernst dann unter der Dusche ist, richtet Röbi das Fehlende fürs gemeinsame Morgenessen. Setzt sich Ernst an den Tisch, ist dieser bereits so gedeckt, wie wenn ein Gast kommen würde: Tee, Brot, Käse, Konfitüre sowie auf einem kleinen Teller Früchte für Ernst, bereits in mundgerechte Portionen geschnitten, und Müesli für Röbi. Fürs Frühstück lassen sich beide viel Zeit. Sie sitzen am runden Tisch, Seite an Seite, und lesen in den Tageszeitungen. Sie blättern diese schweigend durch oder bereden, was ihnen dabei auffällt. Nach dem gemeinsamen Abräumen schlüpft jeder wieder in seine Rolle. Röbi erledigt alles in der Küche, und Ernst richtet sich am Esstisch fürs Arbeiten an der Chronik der Schwulengeschichte ein, aus der kein Buch geworden ist, sondern ein Internet-Werk, das zum Anlass seiner Aufschaltung am 3. Juni 2009 mit einer Vernissage im Veranstaltungssaal des Zürcher Kunsthauses präsentiert wurde.

Obwohl die Feierlichkeiten zu »Es geht um Liebe«[32] auch schon wieder einige Zeit zurückliegen und Ernst das Ende seiner geschichtlichen Aufarbeitung immer wieder so prognostiziert hat, dass er damit schon längstens fertig sein müsste, schafft er es dennoch nicht, den symbolischen Schlusspunkt zu setzen. Ihm ergeht es auf dem weltweiten Netz, wo der Fülle keine Grenzen gesetzt sind, so, wie es für ihn typisch ist. Zwölf Jahre nachdem er mit der Chronik begonnen hat, ergänzt er, um seinen Ansprüchen gerecht zu werden, fast täglich die Inhalte seines Lebenswerkes – seines Opus magnum – und verfeinert die Zugriffsmöglichkeiten. Er präzisiert, aktualisiert, schiebt dazwischen, erweitert …

Und Röbi, verantwortlich für die Buchhaltung der Internetseite, ist zum Passivsein verurteilt. Er getraut sich kaum zu atmen, wenn Ernst mitten in der Stube am Computer mit Schreiben beschäftigt ist, obwohl sich Ernst nicht einmal von Lärm ablenken ließe, da er beim jahrelangen Meditieren gelernt hat, sich absolut zu versenken.

Er bleibt dran und schreibt weiter – auch im Wissen, dass Röbi, der Anpassungsfähige, dabei auf vieles verzichten muss. Als ich ihn darauf anspreche, meint er bloß: »Wenn es uns nicht mehr gibt, dann gibt es niemanden mehr, der diese Geschichte, die nicht vergessen werden darf, festhalten kann.«

Wie recht er hat.

Ich frage sowohl Ernst als auch Röbi, wie es sein wird, wenn einer von ihnen sterben wird. Auch darüber haben sich beide Gedanken gemacht. Röbi hofft, dass Ernst ihn überlebt, weil ihn sein Körper in den letzten Jahren das Alter spüren lässt, ihn manchmal eine große Müdigkeit lähmt und dies alles zur Folge hat, dass er zwischenzeitlich immer wieder einmal seelisch absackt. Dennoch ist er, trotz des Wunsches, als Erster gehen zu können, um Ernst besorgt – er sagt:

»Ich kann ihn doch nicht alleine lassen. Ohne mich wäre er verloren – er weiß vom Haushalten so vieles nicht.«

Und Ernst, der seinem Tod in einer »ziemlichen Gelöstheit« entgegensieht, denkt, dass ihm ein Leben ohne Röbi leichterfallen würde als umgekehrt. Sollte er länger leben als Röbi, werde er seinem Partner zur Seite stehen – ihn gedanklich und mit dem Rezitieren von Mantras und anderen Texten, wie es Buddhisten machen, so lange begleiten, »bis nach dem Tod die große Weite« eintritt. Dann, im Wissen, dass Röbi den körperlosen Zustand geschafft habe, könnte er ihn auch loslassen – er sagt, nach einer Pause, während deren er in sich zu versinken scheint: »Innerlich habe ich das Anhaften an ihn losgelassen, und damit habe ich bereits jetzt das ganz tiefe Verbundenbleiben erreicht.«

Noch aber stehen beide im Leben.

Röbi findet trotz seiner seelischen Tiefs – ein Gefühl, das Ernst seit seiner Pubertät nicht mehr kennt – immer wieder Auftrieb. Vor ihm liegende Projekte verleihen ihm vor allem den dazu notwendigen Antrieb: Zurzeit sind es die Vorbereitungen für einen neuen Auftritt mit seinen Kabarettnummern und die Aussicht auf einen Kinofilm über den Kreis. Darin wird Röbi und Ernst eine zentrale Rolle zukommen – sowohl als Darstellende als auch im Zusammenhang mit der Aufarbeitung der inhaltlichen Grundlagen. Erste Interviews mit den beiden wurden bereits gefilmt. Sollten für die definitive Realisierung des Vorhabens die dafür notwendigen staatlichen Fördergelder zusammenkommen, folgen möglicherweise 2013 die eigentlichen Dreharbeiten.

Und mein Manuskript für dieses Buch ist so weit vorangeschritten, dass Röbi sich getraut, sich darauf zu freuen. Er sagt: »Endlich werde ich etwas über unsere Leben in den Händen halten können. Dies stimmt mich immer wieder zuversichtlich.«

Doch kaum hat er es gesagt, dringen wieder Zweifel durch, die ihn schon seit Wochen begleiten und immer wieder auch bedrängen. Bei fast jedem Interviewtermin mit mir lenkt er früher oder später das Gespräch auf das, was ihm einerseits Freude, andererseits aber auch Sorgen bereitet. Es sind die näher rückenden Aufführungen seines Programms »Wenn ich mir was wünschen dürfte« im Januar 2012. Anlass dafür ist ihr 55. Hochzeitstag und ihr 82. Geburtstag.

Röbi steht mitten in den Proben und hat sich fürs Einüben seines möglicherweise letzten abendfüllenden Comebacks zwar ein halbes Jahr Zeit genommen, realisiert aber, dass das Auswendiglernen, selbst ihm bekannter Texte, um einiges mühsamer geworden ist.

Sein Ziel ist auch ein ehrgeiziges: Für sein zweistündiges Soloprogramm sucht er einen neuen Zugang, um die Rollen sowohl stimmlich als auch schauspielerisch altersadäquat zu füllen. Auch das Schminken bereitet ihm diesbezüglich Probleme: »Weißt du, jetzt wo ich so alt bin, kann ich mich nicht mehr stark schminken, weil ich dadurch noch älter wirke.«

Der Druck, den sich Röbi selber macht, ist horrend, zweifelt er doch an fast allem, was damit zusammenhängt – auch daran, ob sein körperliches Durchhaltevermögen mit fast 82 Jahren noch ausreichend sein wird. Ich leide oft regelrecht mit und denke, wenn das nur gut kommen wird.

Dann ist es so weit.

Am 8. Januar 2012 sitze ich mit meiner Lebenspartnerin im prall gefüllten Turbine Theater in Langnau am Albis. An diesem Sonntagmorgen tritt Röbi nach zwei Abendveranstaltungen bereits zum dritten Mal auf die Bühne. Eingeladen sind zu dieser Vorstellung vor allem Familienmitglieder – auch der Bruder von Ernst, der auf sein Dabeisein wiederum verzichtet – sowie einige wenige Freunde und Freundinnen und gute Bekannte.

Ich bin nervös, weil ich weiß, wie viel Kraft und Energie Röbi in den vergangenen Monaten für seine bevorstehenden Auftritte investiert hat. Doch als er aus dem Dunkeln tritt, bin ich mir sicher: Er schaffts. Ich bin fasziniert, mit welch zarter, feinziselierter Stimme Röbi den Raum füllt – ohne künstliche Verstärkung eines Mikrofons, nur zu einzelnen Chansons von dezenter Klaviermusik begleitet.

Während des Programms richtet Ernst zwischen den Nummern die Requisiten für Röbis Einsätze. Giovanni, der den Part von Hedi übernommen hat, hilft Röbi beim Umziehen, bevor dieser, neu kostümiert, in einer andern Rolle wieder in Erscheinung tritt.

Röbi ist und bleibt der Star – einzig sein Schritt in Frauenpumps ist nicht mehr so sicher, wie er einst war. So wie mich packt er alle Anwesenden, die er auf seine Reise mitnimmt, die er wie schon in den Jahren zuvor mit dem Refrain des Chansons enden lässt, das seinem Programm den Titel gab:

»Wenn ich mir was wünschen dürfte,
möcht ich etwas glücklich sein,
denn wenn ich gar zu glücklich wäre,
hätte ich Heimweh nach dem Traurigsein.«[33]

Als zum Schlussapplaus alle, die zum Gelingen des Programms beigetragen haben, auf der Bühne vereint sind, steht auch Giovanni lächelnd in der Reihe. Auf ihn richten sich alle Blicke, als Ernst ihn im Licht der Scheinwerfer ohne Umschweife vorstellt und sagt: »Das ist Gianni – wir leben zu dritt ein ganz normales Leben.« Die meisten hören davon nicht zum ersten Mal, aber viele sind Giovanni vor diesem Sonntagmorgen noch nie begegnet.

Auch Röbi lächelt. In der Hand hält er meine Rose, die ich ihm nach seinem kraftvollen, berührenden Auftritt überreichte. Der Rose ließ ich einen Umschlag folgen – darin drei Seiten meines begonnenen Manuskriptes, das ihre Lebensgeschichte erzählt. Ich habe die Seiten 3, 11 und 56 gewählt, die das Datum ihrer ersten gemeinsamen Nacht symbolisieren, mit der vor über einem halben Jahrhundert ihre Liebe begann, hinter der sich so viel tragische Zeitgeschichte mit einem Happy End verbirgt.

Ausklang

Und dann gibt es doch noch ein Geheimnis zwischen Röbi und Ernst, das ihnen bis fast zum Ende unserer Gespräche fürs Buch verborgen geblieben ist. Es offenbart sich eher durch Zufall als durch hinterfragen.

Als ich mit den zwei Männern, kurz bevor wir uns verabschieden, im Korridor ihrer Wohnung stehe, reden wir übers Reisen, weil sie schon bald zum 54. Mal gemeinsam zum Shakespeare Festival nach England fahren. Im Zimmer, in dem wir jeweils sitzen, lagen deshalb bereits seit Tagen – ordentlich ausgebreitet – Röbis Wäschestücke auf dem Gästebett zum Einpacken bereit. Bei jedem Besuch war wieder etwas mehr da – alles überblickbar, »damit weniger vergessen gehen kann«, wie mir Röbi erklärte.

Kurz vor unserer Verabschiedung also, noch während ich meine Schuhe anziehe, sage ich – und formuliere damit eigentlich mein Rollenbild, das ich mir trotz allem von den beiden mache – zu Röbi: »So, und jetzt, wenn ich gegangen bin, packst du für Ernst noch die Koffer …?«

»Nein!«, antworten Röbi und Ernst wie aus einem Munde.

Ernst erklärt mir, dass er seine Sachen jeweils im Kopf packe und, erst kurz bevor er die Wohnung verlasse, eines nach dem andern innert »no time« in die dafür bestimmte Reisetasche lege.

»Und wählt Ernst dieses Vorgehen, weil du seinen Geschmack noch nicht kennst?«, stichle ich gegenüber Röbi.

Er schmunzelt vielsagend und meint: »Ich würde bestimmt das

Falsche einpacken. Ich wüsste auch nicht, wo in Ernsts Schrank was versorgt ist.« Er lege jeweils einfach die gewaschene und zusammengefaltete Wäsche aufeinandergestapelt auf Ernsts Bett, damit er sie selber versorgen könne.

Und nun kommt, womit wir alle drei nicht gerechnet haben. Auf mein »Wie bitte?« und »Habe ich richtig gehört?« stimmt Ernst Röbi nickend zu und meint, er könne dies auch nicht. Als ich beide erstaunt anschaue, sagt Ernst etwas, was ihn, noch im Moment, in dem er es ausspricht, selbst verwundert: »Ich kann nicht im Schrank eines ›Fremden‹ wühlen. Schon während Röbis Spitalaufenthalt ist mir dies unglaublich schwergefallen.«

Wir lachen alle – und ich sage: »Das ist wohl das Einzige, was euch voneinander fremd geblieben ist – der Kleiderschrank des anderen ...«

Wir küssen und umarmen uns. Zum Abschied stehen Röbi und Ernst winkend unter der Wohnungstür und schauen mir nach. Als ich an ihrem Briefkasten vorbeigehe und den demonstrativ angebrachten Kleber in Regenbogenfarben sehe, ist mir bewusst, dass vieles, was für uns homosexuell Lebende hier inzwischen selbstverständlich ist, für andere noch immer eine Gefahr bedeutet und Rückschritte trotz Fortschritten nicht überall verhindert werden können:

In St. Petersburg ist seit Anfang 2012 jegliches Sichtbarmachen von Homosexualität gesetzlich verboten. Anfang April wurden gleich mehrere Menschen verhaftet, weil sie sich gegen diese Diskriminierung zur Wehr setzten. Und gar in ganz Russland soll, sofern russische Abgeordnete mit ihrer Forderung eine Mehrheit finden, wie bereits in St. Petersburg und andern Großstädten öffentliches Sprechen über Homosexualität verboten werden. Auch in Ungarn wollen ultranationale Abgeordnete, dass Homosexualität mit Gefängnis und Geldstrafen geahndet wird. Die Beispiele wären noch viel zahlreicher ...

... doch als ich auf dem Weg zur Straßenbahn noch einmal zurückschaue, werde ich von Röbi und Ernst von meinen düsteren Gedanken erlöst. Beide stehen nun auf dem Balkon unter der Flagge für ein freies Tibet und verabschieden sich winkend ein weiteres Mal.

Ihr »Ciao … ciao …« umhüllt und begleitet mich, ebenfalls ihre Heiterkeit.

Danke, Röbi.

Danke, Ernst.

Für Vertrauen und Offenheit.

Den Einblick in eure Lebensgeschichte.

Und für die Freundschaft.

Anhang

Ansprache von Ernst Ostertag anlässlich der Registrierung der Partnerschaft von Röbi Rapp und Ernst Ostertag am 1. Juli 2003, im Musiksaal, Stadthaus Zürich.

Lieber Herr Stadtpräsident, lieber Herr Peterhans und liebe Gäste

Ein Traum ist Wirklichkeit geworden! Das ist ein großer Sieg der Menschlichkeit, der Menschenliebe und des Menschenrechts!

Was uns beide, Röbi und mich, jetzt vor allem erfüllt, ist Dankbarkeit.

Dank an die Pioniere des 19. Jahrhunderts, die als Erste überhaupt unsere Rechte formuliert, begründet und öffentlich vorgelegt haben und die dafür mit dem Verlust ihrer Existenz, mit Exil, Armut und Tod bezahlten. Dann Dank an ihre zahllosen Nachfolger, die durch widrigste, feindliche Zeiten selbstlos und mutig die Flamme unserer Hoffnung und unserer Würde weitertrugen, aber den heutigen Tag nicht mehr erleben konnten.

Ebenso Dank an alle, die unser neues kantonales Gesetz erdacht, erarbeitet und unermüdlich durch die politischen Institutionen getragen haben. Dank an alle Mithelfer vor und während des Abstimmungskampfes. Dank für ihren großen Einsatz an Zeit, Kräften, Geld und für ihr Hinaustreten in die Öffentlichkeit.

Dank auch allen Bürgerinnen und Bürgern, die am 22. September des letzten Jahres abgestimmt und ein Ja eingeworfen haben und damit den entscheidenden Durchbruch schafften.

Und schließlich Dank unseren feindlichen Freunden und scharfen Gegnern der EDU mitsamt ihrem fundamentalistischen Umfeld, die durch ihr Referendum erst den weithin hallenden Sieg möglich machten. Denn so ist der Kanton Zürich weltweit zum ersten Staat geworden, der ein Gesetz für gleichgeschlechtliche Partnerschaften per Volksabstimmung verwirklichte. Damit hat auch – unserer Meinung nach – der Stand Zürich die Eintragung ins Guinness-Buch der Rekorde verdient!

Sie fragen sich jetzt wohl, was dieser Tag uns beiden ganz persönlich bedeutet. Die Antwort ist einfach, sie lautet: Viel, sehr, sehr viel!

Denn nach fast fünfzig Jahren eheähnlichem Zusammenleben im Gefängnis der moralischen Illegalität, der zeitweisen polizeilichen Verfolgung, der Registrierung in den Homolisten, des bestenfalls schweigenden Geduldetseins werden wir heute offiziell in die Freiheit entlassen, in die Freiheit der Akzeptanz und der staatlichen wie gesellschaftlichen Anerkennung.

In die Freiheit dessen, was wir sind und schon sehr lange waren: eine Partnerschaft, gelebt aus dem gegenseitigen Respekt vor dem anderen, getragen von Liebe, Rücksicht, Geduld und täglich neu gestaltet entsprechend den gleichberechtigten Möglichkeiten der Entfaltung einzeln wie gemeinsam.

In dieser neuen, offiziellen Freiheit dürfen wir nun – als Paar – anderen dienen. Das wird sich wohl als Gewinn erweisen für viele, für unsere ganze wandlungsfähige, aufgeschlossene Gesellschaft.

Wir danken euch allen – und vorab, uneingeschränkt, den Behörden unserer Stadt, auch unserer Polizei. Danke!

Ernst Ostertag

Zeittafel

1930

- 21. Januar: Geburt von Ernst Ostertag in Winterthur.
- 27. Mai: Geburt von Röbi Rapp in Zürich.

1937

- Tod von Röbis Vater.

1938

- Röbi tritt im Zürcher Schauspielhaus erstmals als Kinderschauspieler auf, in der Rolle des Sohns in Johann Wolfgang Goethes »Götz von Berlichingen«.

1940

- Röbi spielt die Titelrolle im Schweizer Film »Das Menschlein Matthias« (Regie: Edmund Heuberger).

1945

- Röbi beginnt seine Ausbildung als Coiffeur.

1947

- Ernst tritt zur Ausbildung als Lehrer ins Evangelische Lehrerseminar Zürich-Unterstrass ein.

1948

- Röbis erstes Einbürgerungsgesuch wird unter anderem wegen »Unreife« abgelehnt.
- Röbi wird Abonnent von »Der Kreis«.

1950

- Ernst reist erstmals nach England und entdeckt das Shakespeare Festival in Stratford-upon-Avon.

1952

- Ernst schließt das Lehrerseminar mit dem Diplom ab und absolviert die Sanitätsrekrutenschule in Basel.

1955

- Ernst wird als Lehrer im Schulkreis Zürich Oerlikon gewählt.
- Ernst wird Abonnent von »Der Kreis«.

1956

- 3. November: Röbi und Ernst finden zusammen.

1957

- Ernst übernimmt Sonderklassen für Lernbehinderte.
- Erste gemeinsame Reise ins Ausland.

1958

- Ernst übernimmt Leiterfunktionen in einem neuen Schulhaus in Zürich Schwamendingen.
- Ernst und Röbi werden unter falschen Angaben von der Zürcher Sittenpolizei einvernommen und als Homosexuelle registriert.

1959

- Röbi wird Lehrer an einer privaten Coiffeur-Fachschule.

1960

- Der Kreis verliert mit dem Zürcher Tanzverbot für Männer sein Lokal.

1961

- Zweite polizeiliche Einvernahme von Röbi und Ernst nach einem Mord an einem Homosexuellen.

1963–1964

- Röbi arbeitet für Schwarzkopf – zuerst in Hamburg in der Ausbildung, anschließend im Libanon und in Syrien als Vertreter.
- Röbi eröffnet sein Coiffeurgeschäft.
- Röbis zweites Einbürgerungsgesuch wird abgelehnt.

1971

- Röbi löst sein Coiffeurgeschäft auf und wird nach einem Weiterbildungskurs bei der Schweizerischen Rückversicherung (heute Swiss Re) Bibliothekar in der Zeitschriftenverwaltung.

1978/79

- Ernst absolviert einen Intensivkurs des Kantons Zürich zur heilpädagogischen Weiterbildung mit Diplom als Sonderklassenlehrer.

1979

- Tod von Ernsts Vater.
- Röbi und Ernst begegnen in Bodhgaya (Indien) dem Dalai Lama.

1986

- Ernst zieht nach dem Heimeintritt von Röbis Mutter in die gemeinsame Wohnung zu Röbi.

1987

- Tod von Röbis Mutter.

1990

- Röbi wird pensioniert.

1994

- Aufnahme in den tibetischen Buddhismus. Röbi erhält den Namen »Karma Sherab« und Ernst »Karma Jinpa«.

1997

- Röbi und Ernst sprechen anlässlich der Berliner Ausstellung »100 Jahre Schwulenbewegung« in der Akademie der Künste in einem Beitrag des Westschweizer Fernsehens erstmals öffentlich über ihre Homosexualität und den Kreis.

1998

- Tod von Ernsts Mutter.

1999

- Röbi und Ernst treten in einem »10 vor 10«-Beitrag im Zusammenhang mit der Ausstellung »Der Kreis« im Schwulen Museum Berlin auf und werden in der deutschen Schweiz als homosexuelles Paar erstmals öffentlich wahrgenommen.
- 18. September: Röbi und Ernst treten erstmals an einer Großdemo in Bern auf. Sie tragen ein Transparent mit der Aufschrift »Ein Paar seit 43 Jahren, rechtlos …«.

2000

- Ausstellung »Der Kreis» im Schweizerischen Landesmuseum.
- Auftritt von Röbi und Ernst mit Kabarettprogramm zu ihrem 70. Geburtstag – ihr privates Coming-out.

2003

- Ausstellung »unverschämt – Lesben und Schwule gestern und heute«. Röbi und Ernst sind verantwortlich für den Inhalt der gesamten Männergeschichte (Schwulengeschichte).
- Röbi und Ernst lernen Giovanni kennen – Beginn eines Lebens zu dritt.
- 1. Juli: Verpartnerung auf kantonaler Ebene.

2005

- Aktive Öffentlichkeitsarbeit im Zusammenhang mit dem eidgenössischen Partnerschaftsgesetz.

2007

- 22. Januar: Verpartnerung auf eidgenössischer Ebene.

2008

- 27. Mai: Röbi wird eingebürgert und erhält seinen Schweizer Pass – es ist zugleich sein 78. Geburtstag.

2009

- 3. Juni: Vernissage von www.schwulengeschichte.ch – deren Autoren Röbi Rapp und Ernst Ostertag sind.

2012

- Röbi tritt mit seinem Programm »Wenn ich mir was wünschen dürfte« auf.

Quellen

1, 4, 5, 7, 11, 13–22, 25–27, 29, 30, 32: schwulengeschichte.ch.

2: Thomas Blubacher: »Oskar Wälterlin und sein Theater der Menschlichkeit«, Henschel Verlag, Leipzig (2011).

3: de.wikipedia.org/wiki/Homosexualität.

6: Edition Sozialpolitik Nr. 7; Sozialdepartement der Stadt Zürich. Sozialberichterstattung 02; Bericht von Thomas Huonker, verfasst im Auftrag des Sozialdepartements der Stadt Zürich.

8: »Thurgauer Zeitung«: »Ein peinliches Missverständnis«, 15. Mai 2012.

9: »NZZonline«: »Michele Bachmann ist Thurgauerin«, 16. Mai 2012.

10, 31, 33: »Wenn ich mir was wünschen dürfte«, Lied aus dem Film »Der Mann, der seinen Mörder sucht«, Text und Musik von Friedrich Hollaender (1931).

12: Ernst Ostertag: »Die Persönlichkeit als Prozess« (1979), »Der Grottenzyklus von Dazu – ein buddhistischer Initiationsweg« (1988); beide Publikationen erschienen im Octopus-Verlag, Wien.

23: Erasmus Walser: »Spektakuläre Mordfälle an Schwulen in der Schweiz, 1950 bis 1980er Jahre«, Vortrag vor der »Schwul-lesbischen Unigruppe Bern«, 31. März 2004.

24: Willi Wottreng: »Zürich bewegt – eine Stadtgeschichte in Bildern, Stadt Zürich Kultur und Elster Verlag, Zürich (2011).

28: »Die Tiergartenballade«, Text von Karl Meier / »Rolf« (1927).

Danke…

…an Gabriella Baumann-von Arx, ohne deren spontane, motivierende Aufforderung: »Barbara, die beiden Männer verkörpern Zeitgeschichte – schreib ihre Biografie!«, ich dieses Buch nie in Angriff genommen hätte. An Andrea Leuthold und Claudia Bislin für das umsichtige Lektorat und Korrektorat.

Danke…
…an alle in meinem Umfeld, dass sie für meinen vorübergehenden Rückzug und mein temporäres Versinken immer wieder Verständnis hatten.

Danke…
…an meine Lebenspartnerin Doris Kunz, die mich dauerhaft motiviert, in allem, was ich anpacke. Und mir während eines Entstehungsprozesses – auch bei diesem Buch – immer ein aufmerksames Gegenüber ist, mich mit den feinsten Reaktionen aufmerksam macht, dass Klärendes notwendig ist, und die es selbst nach der Überarbeitung der Überarbeitung der Überarbeitung schafft, nuanciert zuzuhören und nachzufragen – danke.

Erinnerungen I

Barbara Bosshard
Den Himmel berühren
Meine Geschichte von Trauer und erneutem Glück
Mit einem Vorwort von Beatrice Tschanz Kramel

252 Seiten, gebunden
mit Schutzumschlag
13,5 x 21,2 cm
Print ISBN 978-3-03763-012-9
E-Book ISBN 978-3-03763-505-6
www.woerterseh.ch

»Bücher über Schicksale von Krebskranken gibt es inzwischen unzählige, und zu Herzen gehen sie alle. Doch dass eine Lebenspartnerin, die allernächste Angehörige, ihre Geschichte von Trauer und erneutem Glück schreibt, ist ungewöhnlich. Aber alles an diesem Buch ist außergewöhnlich: die Intensität von der ersten bis zur letzten Seite, die Absenz von Sentimentalität, die ungeheure Sensibilität einer Frau, die zu großen Gefühlen und knappen, klaren Gedanken fähig ist. Als Lebenspartnerin einer Betroffenen setzt Barbara Bosshard allen Mitbetroffenen ein Denkmal. Das bewegendste Buch, das ich in den letzten zehn Jahren gelesen habe.«
Beatrice Tschanz Kramel, Botschafterin der Krebsliga, in ihrem Vorwort

Erinnerungen II

Lisa Marti
Mutanfall
Mein Leben ohne Ernst

208 Seiten, Klappenbroschur
mit Schutzumschlag
12,5 × 19 cm
Print ISBN 978-3-03763-301-4
E-Book ISBN 978-3-03763-504-9
www.woerterseh.ch

In ihrem Buch »Mutanfall« blickt die Glarnerin Lisa Marti auf ein Leben zurück, das spannender und tragischer, letztlich aber auch optimistischer und zufriedener nicht sein könnte. Unterstützt von der Ghostwriterin Franziska K. Müller, erzählt sie von ihrem immensen Verlust, als ihr Mann Ernst spurlos verschwindet, von großer Einsamkeit, tiefster Verzweiflung und einer bis heute brennenden Ungewissheit über seinen Verbleib. Sie erzählt aber auch von einem dunklen Kapitel Schweizer Geschichte, das sie am eigenen Leib erfahren musste – dem Verdingkindwesen. Lisas Geschichte berührt und wühlt auf und – sie macht Mut.

Erinnerungen III

Susanna Schwager
Das volle Leben
Männer über achtzig erzählen

320 Seiten, gebunden
mit Schutzumschlag
Mit Fotos von Marcel Studer
13,5 x 21,2 cm
Print ISBN 978-3-03763-001-3
E-Book ISBN 978-3-03763-527-8
www.woerterseh.ch

Wenn alte Männer erzählen, dann krachen die Kanonen, rasen die Räder, schmelzen die Herzen und posaunen die Trompeten. Susanna Schwager ist neben dem Fortissimo auch den leisen Tönen gefolgt und hat eine unbekannte Landschaft betreten: die dunkelzarte Seite des Männer-Mondes. Da sind auch Melodien zu finden, die zu Tränen rühren. Zwölf sehr unterschiedliche Herren über achtzig haben die Schatzkammern ihrer Erinnerung geöffnet. Mut, Kraft und Stolz, aber auch Versagen und Fehler verweben sich zu wunderbaren Geschichten und lassen die Gewissheit entstehen, dass es nichts Besseres gibt als Männer. Und Frauen. Und das volle Leben, hier und jetzt.

Die Wörterseh-Bestseller

Der Punkt auf den einzelnen Büchern steht für den höchsten Rang, den der entsprechende Titel auf der Schweizer Bestseller-Liste erreicht hat.